大熊要娶妻 1

文創風 872

清棠 著

目錄

自序

清棠

前些日子和朋友聚會，吃吃喝喝半天後，話題一如過往般轉到婚姻大事上。都是年華正好的小姐妹，聊起這個話題，卻紛紛吐起了苦水。

A是職場菁英，收入好，無壓力，有空便四處走走看看，除了工作忙一些，生活非常愜意。

但家裡常催婚，不時電話訊息轟炸，近鄰遠親遇到了就問，擾得她有家不敢回，壓力巨大。

B是銀行職員，體面，也忙碌。家裡著急，不停地給她安排相親，多則十天半月相親一回，少則一週一個，相親回來上班還得拚命找話題跟人聊天……真是又熱心又累人。

還有C，她是教師，按照常理，婚姻應該是最順利的，卻偏偏一直拖著，至今單身。

但其實，她們對婚姻並不排斥，也想結婚，甚至都想早點結，趁年輕生個孩子玩玩。

問起至今未婚的原因，都是忙。

忙工作、忙學習、忙著享受生活，以至於沒有時間談戀愛。

再問，就是沒遇到合適的。

怎樣才算合適呢？

想要有共同話題、共同愛好，想要學歷相當，想要經濟條件相當，想要性格如何、外型如何……

於她們而言，每一個條件都不算苛刻，放在一起，那便得打著燈籠花心思、花時間慢慢找了。

結果，還是回歸到時間的問題上。

眾姐妹都笑了。

A姐笑著道：「還是緣分未到吧，遇到合適的自然不會放手。」

C姐也跟上：「我們都算公務人員了，各種福利都很齊全，政府怎麼不把對象也一起幫我們準備好呢？」

「怎麼樣，妳還希望國家幫忙牽紅線嗎？」

「要是可以就好了，省了多少事啊！」

「妳就不怕遇到不好的？」

「唉喲，自己找也不一定能遇到好的，政府幫我們配對的話，說不定還有點保障啊！再說，感情可以慢慢培養嘛。」

「不認真培養都不行，政府在那壓著呢。對吧？」

「對對對，哈哈哈哈~~」

……

雖是玩笑，卻帶著許多無奈。

及至許久之後，朋友的玩笑話依然盤旋在我的腦海裡。

倘若國家真的幫忙介紹對象，會是什麼樣的歷史、政治因素導致？會按照什麼條件配對？不接受又會如何……

越想越多，慢慢便構建出一個小世界。

最後乾脆想，何不以這個為起點，寫一篇文呢？

一篇有朝廷幫忙解決主角婚姻大事的文，一篇跟朝廷分配的對象慢慢熟悉、慢慢相處生活的文……聽起來就很美好。

只是吧，小說終歸是小說，放在現實裡那就是謬談。

共度餘生的對象，還是得適合自己的，更要擦亮眼睛慢慢找。

找不著也沒關係。人生在世，婚姻並不是必需品。

若能遇上，便是幸運，若遇不上，也無須著慌。

第一章

一陣風吹過，夏日特有的汗臭味從後傳來，林卉皺眉，下意識抱緊包裹，加快步伐。

笑聲輕響，後面那人彷彿故意似地跟著加快腳步，兩人的距離愈發接近了。

林卉咬了咬牙，將包裹挪到左手，右手緊握成拳，後頭那人已黏了上來開口調笑——

「我說丫頭——」話還未說完，笑嘻嘻的聲音陡然一變。「哎喲哪個瞎了眼敢打——嘿嘿嘿，熊哥，你咋在這兒呢？」

另一道低沈的嗓音傳來。「你在這裡做什麼？閒著沒事就跟我見里正去。」

「我沒事找他幹麼——哎、哎——熊哥，我去，我去就是了，你先撒手——哎哎哎——熊哥——」

聲音逐漸遠去，林卉鬆了拳頭，停步回頭。

不遠處，一名高大漢子正拽著那無賴的胳膊往另一頭走。那漢子足足比那無賴高了一個頭，拽著人就跟提溜小雞仔似的，看起來輕鬆無比。彼時他正側著頭說話，凌厲硬朗的五官盡收眼底。

林卉微微愣怔，繼而嘆了口氣，擦了擦額頭的汗，繼續心事重重地趕回家。

話說回來，剛才那無賴口裡喊的是——熊哥？這熊哥，是村西邊那位熊哥嗎？

聽說這人兇得很，對鄉親也挺冷漠的，不曾出手幫過誰……看來傳言不太可靠啊。

半盞茶後，林卉回到村北邊一戶圍著柵欄的院子前。院子木門還維持著她離開時的合攏狀態，林卉胡亂抹了把汗，推開木門。

「姐姐！」

瘦小的身影呼地一下躥到她面前，仰著腦袋看她。「妳回來啦！」

林卉愣了愣，下意識掃了圈院子，視線在屋簷下那張小板凳上停留一瞬，再看小孩兒亮晶晶的雙眼，她心裡便軟了下來。「川川一直在等姐姐嗎？」

小孩是這具身體的弟弟，大名林川，兩月前剛滿六歲。大概營養不良，六歲的林川看起來像三、四歲似的，又瘦又小，加上五官秀氣，說話細細的，乍看還以為是小女孩。

林川沒有回答姐姐的問話，只咧嘴笑笑，伸出瘦巴巴的胳膊。「姐姐，我幫妳拿。」

林卉騰出左手摸了摸小孩的腦袋。「這個有點沈，姐姐拿吧。」收回手，抱著懷裡的包裹率先往屋裡去。「走，姐姐做好吃的給你。」

林川小跑著跟上，道：「姐姐，不用了，我煮了粥了。」

林卉嚇了一跳，忙低頭訓斥。「你怎麼——」對上林川的小臉，她話音一頓，趕緊換上笑容。「川川長大了啊，真懂事，都會幫姐姐幹活了。」

林川沒錯看她那一瞬間的驚嚇，他結結巴巴道：「我、我是不是做錯了？我、我下的米很少的。」

林卉不忍，忙安撫他。「沒有，下多下少都沒關係，姐姐是擔心你年紀太小，自己在家燒火會出意外。」

林川鬆了口氣，笑道：「不會的，我幫娘燒過很多回了。」

一提起娘親，他眼眶又紅了。

林卉心裡不忍，想起懷裡包裹，她忙轉移話題。「剛里正家的邱大娘給了姐姐一點麵粉，還有幾枚雞蛋，我給你烙個餅吧？」

林川拿手背擦了擦眼睛，搖頭。「不要了，姐姐，有粥就夠了，麵粉留著以後吃吧。」懂事得讓人心疼。

林卉拍了拍他的小腦袋，笑道：「咱家川川還要長個呢，只喝粥哪裡夠。姐姐給你烙個香噴噴的餅，吃了你才能快快長高長大！」

林川似乎會錯意了，立即抓住她衣襬急急道：「姐姐不要嫌我小，我能幹活，真的，我除了能燒火煮粥，我還會——」

林卉忙打斷。「姐姐沒嫌你，川川現在就很好，能幫姐姐，讓姐姐省不少心。」

林川盯著她看了兩眼，慢慢放鬆下來，林卉暗鬆口氣。

領著林川去了廚房，看到那沒幾粒米的清水稀粥，林卉又想嘆氣了。

她放下麵和雞蛋，將灶台上的粥盛出來放到一邊，拎著騰出來的鍋到屋外隨意沖了遍，再回來，弟弟已經乖乖坐在灶台前了。

她剛到這兒沒幾天，這幾天都忙著殯葬事宜，吃的都是隔壁劉嬸做的饅頭。昨天她第一次碰灶台，就搗出滿屋子的煙。

現在林川坐那兒……是等著幫她燒火？

林卉哭笑不得，看著剛及她腰高的小林川眼巴巴看著自己，她抹了把臉，叮囑他注意著點，就開始搗鼓起麵粉準備做烙餅。

她先燒了點溫水和麵，家裡沒油，鹽卻少不了，瞅了眼快見底的鹽罐子，她咬了咬牙，抓了把鹽加進麵粉裡。

正在燒火的林川一抬頭就看到她這般大手筆，心疼地嘶了一聲。小小人兒一副大人心疼糧食的模樣，分外可愛，滿腹陰鬱的林卉都被他逗笑了。

和好麵擱在一邊醒著，她跟林川一起坐在灶邊喝完那一小鍋稀可見底的清粥，邊喝邊引著小孩兒說話，套了不少資訊出來。

粥喝完，麵也醒得差不多了，林卉麻溜地開始揉麵、擀麵，貼到燒熱的鍋裡，抽柴壓小灶火便開始烙，麥麵的香氣慢慢飄了出來，剛喝了一肚子稀粥的林川忍不住吸了吸鼻子。

林卉勾了勾唇，打了個雞蛋到烙餅上，這下更香了，林川眼巴巴看著鍋裡的烙餅。

已經喝過粥，林卉便只烙了兩個蛋餅，瞅著火候差不多了，她忙指揮弟弟。「把火熄了，去洗把手。」

「哎！」林川麻溜地把灶台裡的柴抽出來敲熄，眼饞地看了眼鍋裡的蛋餅，一溜煙跑出去，緊接著就是舀水、洗手的動靜。

林卉拿碗裝了個蛋餅，等他回來，塞進他手裡。「來，小心燙。」

林川畢竟還小，看到許久沒吃的雞蛋烙餅，迫不及待咬了一小口，嘴巴被燙了一下。

林卉摸摸他腦袋。「慢點吃，別燙著了。」

林川嗯嗯兩聲，對著烙餅吹了吹，又咬了一口。

林卉莞爾，端起自己的餅，一口咬下去——眼淚差點掉下來，是燙的，也是心酸的。

她上輩子生活過得再艱難，也不至於連個蛋都吃不上，還是這種沒鹽沒油的蛋……

這日子真是，太特麼苦了！

吃罷午飯，把林川哄去睡午覺，林卉開始清點家當，看看僅餘的這些東西還可以勉強讓他們姐弟倆撐多久？

住是不成問題，他們現下住的房子雖有些年頭，也是能遮風擋雨。

衣服的話……林卉看了眼身上的補丁衣服，嘆了口氣，這個也暫且不急，最重要的是錢，若是不儘快弄到錢，接下來會是什麼情況，她壓根無法想像。

說起來也是莫名其妙，她完全不知道自己為什麼會突然出現在這裡！

她不就是最近忙了一點，接連一個多月熬夜工作到凌晨兩、三點，怎麼就死翹翹、怎麼就穿越了呢？

上輩子母親早亡，忙碌的父親把她送回祖父母那邊，在她猶自沈浸在母親離世的悲痛中時，父親又再婚了，然後是弟弟妹妹的接連出生。

從此，她彷彿便是那多餘之人，除卻從祖父母身上分得一絲半縷的疼愛，再無人關懷。

等到祖父母離世，她更像是無根浮萍，無依無靠，工作賺錢便成了她人生的重心，不過別的不說，好歹還是掙了些家底的……

誰知，辛苦多年，一朝醒來，全部沒了不說，還直面一具瘦骨嶙峋、斷氣許久的女屍，旁邊還有嚎哭不止的小林川。虧得當年她給祖父母送過終……否則可能也要跟原身一樣，直接嚇死了……

翻了翻記憶，她才認出眼前的女屍是這個原身的母親。

因其夜半高燒甚至開始胡言亂語，林父不顧雨天夜路，摸黑進城，誰知卻在路上遇到意外，摔倒磕了腦袋死了，直至第二天才被路人發現。噩耗傳來，林母當夜便拽了根衣帶，把自己掛在床架上，走了。

雖情有可原，依舊是讓人唏噓。

林卉收起思緒，開始盤點林家剩下的家當，原本家裡還有點碎銀，可林家夫婦的喪葬事宜辦下來，即便她一切從簡，這些錢也全搭了進去。

就這樣，家裡還欠著林家表舅家三兩。

三兩！聽說縣城米價不過幾文錢一斤，這三兩對現在的她而言就是天文數字了！

林卉愁得不行，錢是一碼事，農村人，有糧在手也不心慌。可看看這林家——田有三畝，卻是月前才剛下秧，收成少說要等到九月，就算把家禽全賣了，廚房裡也只剩下大概半斗米，以及快見底的粗鹽粒子。

林卉皺著眉頭來到後院，盯著牆根下那幾畦瓜菜發愁。

這幾日有賴鄉親們幫了不少忙，早上她將瓜菜收了一茬給各家都送了點，權當一點心意。這個時代沒有農藥化肥，下一茬收成也得等十天半月，這會院子裡已經沒什麼作物可收了，可家裡也掏不出銀子多買什麼菜，林卉舔了舔嘴唇，不死心湊近爬藤架仔細找著，說不定會有漏網之魚——

「啊——」

竹片搭的爬藤架竟然有毛刺，真是倒楣到家了。林卉氣悶，隨手將手指上的血珠往黃瓜葉上一抹——脈絡分明的黃瓜葉子彷彿海綿一般，瞬間將血珠吸收殆盡。

林卉愣住。

「林丫頭在家嗎？」有人在外頭喊話。「林丫頭！」

林卉回神，看了看那片正常無比的葉子，暫且放下狐疑，轉身往前院走去。

穿過堂屋，就看到柵欄外站著一行人，打頭兩位是她上午剛見過的里正鄭興為及其夫人邱大娘。

看到她出來，鄭里正笑了。「妳在就好，找妳有事呢。」

林卉詫異，快步迎到門口。「鄭伯伯、邱大娘，怎麼這會兒過來了？」大中午的，日頭毒辣著呢。

鄭里正擺擺手，先轉身招呼身後人。「走走，咱們進去說。」

林卉將他們迎進屋裡，同時不著痕跡打量被里正引進屋子的人，其中一名著文士服的中年人讓她格外在意——村裡人都是一身粗布短打，獨獨這人不一樣，而後頭的兩人則像是這人帶來的隨從。

邱大娘待文士服及鄭里正進屋了，湊過來安撫般拍拍她手掌，低聲道：「是好事，別慌。」一行全是男人，她是被請來當陪客的。

有她這一句話，林卉微微放鬆了些。

進了屋，鄭里正先讓她給那文士服行禮，介紹道：「這是咱縣裡的陳主簿，快來見禮。」

主簿？那也算半個官了，他來幹麼？林卉心裡嘀咕，面上不動聲色，乖巧上前行禮。

其餘人果然是陳主簿帶來的隨從，並不需要她多招呼，正好她家連杯子都沒幾個，林卉乾脆省了上茶的步驟，好在大夥似乎也不在意，坐下就開始說話。

鄭里正率先開口。「林丫頭，妳也知道，妳家這光景，咱們能幫妳一時，幫不了妳一世。」他語重心長。「妳已經及笄，也不要等明年了，恰好主簿今日過來，咱就把妳的事提前安排了吧。」

啊？林卉懵了。好端端的，她有什麼事？

陳主簿溫和地看著她。「妳叫林卉是嗎？老夫曾經與妳爹有過幾面之緣，沒想到如今竟天人永隔。」他嘆了口氣。「能幫妳一把，也算是告慰他在天之靈了。」

林卉依然不在狀況內，聽了這話只能低聲道謝。

「按理，妳的事不該由我們插手，不過老鄭求到我面前，這事老夫就攬下了吧。」

林卉茫然，看向鄭里正。

鄭里正微笑，解釋了句。「妳上午不是還託我幫忙嗎？」

林卉更一頭霧水了，她是託他幫自己找個活兒，與這主簿有何干係？

陳主簿捋了捋短鬚。「既然妳父母已然……家裡也無長輩主持，老夫就與妳直說了吧。」他跟鄭里正交換一個眼神，慢慢道：「妳還有個弟弟要照顧，老夫也不給妳往遠了找……妳覺得，村西口的熊浩初如何？」

林卉心裡一咯噔，小心翼翼道：「民女並不認識這人，只聽說他離開村子多年，開春才回村。」擔心有什麼不妥，她忙謹慎地補了句。「還聽說他有些兇。」

這是婉轉說法，早就聽說這人非善類，尋常人家不敢招惹。

陳主簿點頭，道：「確實。他原是士兵，入軍打過幾年仗，是不修邊幅了些，老夫知道外頭對他多有傳聞，不過老夫可以替他做個保，熊浩初的品性是毋庸置疑的，這點妳大可放心。」

這話裡意思……林卉聽得心驚。

不等她開口，鄭里正跟著道：「雖說跟妳談這個不妥當，可妳奶奶那邊……咳咳，眼下也不拘那些禮節了，妳若是覺得浩初還成，我們就給妳保了這個媒，讓妳趁熱孝趕緊出嫁了。」

竟然是真的要她嫁人？林卉大驚。她才十五歲！要是還在現代，她還是個中學生呢！這裡不是她所知的朝代，但風情民俗跟一般古代還算相似，加上這兩人的話，她猜測，這裡的女子約莫也是不能出外自立門戶的，時候到了就得嫁人。

可是她還有個弟弟要照顧呢，林川還小，她若是打著撫養幼弟的理由，能不能暫且不嫁人？思及此，她忙問：「鄭大伯，我若是嫁了，那川川怎麼辦？」

鄭里正頓了頓，道：「他姓林，自然是回林家。」

林家？不是說過他們已經分家了，就那一家子的德行……林卉皺眉。「大伯忍心把川川交給那些人嗎？」

鄭里正嘆了口氣。「林川是林家的子孫，他們再怎樣也虧待不了他，倒是妳……」他停住話頭，轉而勸她。「妳若是嫁人，好歹還能照看一下林川，總比你們現在的境況要好。」

林卉面有難色，她當然知道這樣更好，可她不是原版林卉，如何能接受自己十五歲嫁人？

陳主簿察覺她的拒絕之意，溫聲道：「林姑娘心懷幼弟，著實令人敬佩。可是妳已及笄，即便今年不嫁，明年也得嫁，何苦白熬這一年呢？妳若是嫁人，加上又嫁在本村，生活有著落了，也能照顧弟弟，豈不美哉？」

什麼意思？林卉愣住。難道這朝代的女孩，最晚十六歲就得嫁人？

陳主簿接著又道：「妳若是應下親事，老夫可以做主，補貼妳半兩銀子置辦嫁妝。」

半兩銀子！林卉眼睛一亮。

鄭里正微笑著拱拱手。「陳大人有心了。」

陳主簿朝北邊拱了拱手。「都是朝廷體恤，老夫不敢居功。」

鄭里正也不多客套，朝自家婆娘使了個眼色。

邱大娘意會，拉住林卉的手開始勸。「林丫頭，妳聽大娘一句勸，戰事才剛安穩沒幾年，外頭世道亂著呢，妳一小姑娘家家的，帶著一個弟弟要怎麼過日子啊？別的不說，隨便惹來個流氓地痞故意找麻煩，妳該怎麼辦？」

林卉立刻想起上午遇到的情況，倘若那無賴青年真的心懷不軌，以她現在的小身板……

她不禁打了個寒顫，窮鄉僻壤出刁民，她不能對這兒的治安太樂觀看待。再說，這時代的女性地位不比現代，她若是出了什麼事，指不定就……

邱大娘見她怕了，忙趁熱打鐵。「撇去這點不說，妳爹娘的喪事辦下來，妳家裡哪還有餘錢餘糧？這秋糧下來還得等好幾個月呢，這幾個月，你們倆吃啥喝啥？妳別看浩初家裡啥都沒有，可他才回來幾個月就開了三畝荒地種上糧食了，一看就是個能吃苦能幹活的。身體也健壯，平時打個零工也能幫補家用。雖說家裡人丁單薄了點，年紀也有點大——」

鄭里正忙扯了扯她袖子，邱大娘立即改口。「可老話有說，男人啊，年紀大些才知道疼人呢。」

可林卉在意的壓根不是這些問題。她左思右想，乾脆直接回問：「大娘，我家條件如何，妳也看到了，那位熊……他如何看得上我這樣的？」

不等邱大娘說話，鄭里正與陳主簿對視一眼，笑了。「浩初對家境啥的都不在意，只要求一點，要性子溫柔不挑事，還要能持家的。」

他笑咪咪地看著林卉。「我尋思著，你倆都是一個村的，性子也合適，我就向陳大人提了妳。」

他覺得合適的是原來的林卉，不是她！林卉氣悶，偏又什麼都不能說……她還不想被抓去燒死呢！正左右為難，一道小身影撲了出來。

「姐姐！」小孩兒揪住林卉的衣服，哭著道：「妳不要嫁人，我……嗚……我不要妳嫁人！」

眾人定睛望去，不是林川是誰？也不知道他躲在裡屋聽多久，眼睛都哭腫了。

「姐姐不要不要我……嗚嗚，我很快、很快就能長大……我、我能幹活，我能幫妳嗚嗚……」

眼紅鼻子紅的小娃娃哭得上氣不接下氣，彷彿當年的自己……林卉心有戚戚焉，彎腰環住他瘦小的身子，輕聲安撫。

孤女幼弟，父亡母喪，困苦無依，著實令人唏噓，邱大娘跟著抹起眼淚。「可憐見的……」

鄭里正與陳主簿同時嘆了口氣，一時間，屋裡只聞哀戚之聲。

半晌，林卉彷彿下定決心地鬆開弟弟，看向鄭里正兩人。「鄭大伯，我可以應下這門親事，只是，我有兩個條件。」

送走客人，惦記適才之事的林卉直奔後院。

已經止住哭的林川揪著她的衣襬亦步亦趨，林卉也由得他。

循著記憶找到適才擦血的黃瓜藤，林卉完全不需要再去翻到底是哪片葉子——她已經看到結果，只見一根藤上墜著根兩指粗的嫩黃瓜，再長一、兩天便能摘了。

她清楚記得，清晨的時候，她已經將這菜畦裡能摘的黃瓜都摘完了，絕不可能看漏這麼大一根黃瓜。

林卉抬起手，盯著自己已完全看不出受傷的手指看。

她的血……

「姐姐？」有些嘶啞的童音在耳邊響起。

林卉回神，手一翻，轉去摸林川腦袋。「姐姐沒事，我——」

「川川！我可憐的川川啊……」一陣哭嚎的聲音突然從院外一路飄進來。

林卉的臉霎時冷下來，掃了眼那根嫩生生的小黃瓜一眼，牽著林川走出去，甫穿過堂屋就迎上老老少少好幾人。

打頭陣的老婆子看到他們，撲過來摟住林川坐到地上，扯開喉嚨就開始嚎。「川川啊！我可憐的川川啊……」

林川嚇了一跳，吶吶喚了句。「奶奶……」

這老婆子正是林川姐弟的奶奶趙氏，跟在她身後的則是兩人的叔叔林偉光、嬸嬸許氏，再後頭是幾名有些眼熟的村裡婦人和漢子。

這些人進來也不說話，只唉聲嘆氣站在一邊，林卉冷眼看著他們。

許氏見趙氏嚎了半天也沒人搭理，藉著身體遮擋拿手指戳了戳林偉光腰眼。

林偉光立刻意會，笑著朝林卉道：「卉丫頭啊，妳放心，以後我們會好好照顧川川的。」

他一開口，趙氏嚎哭的聲音立即減小不少，耳朵更是豎了起來。

林川見狀，掙開奶奶的懷抱，一溜煙躲到姐姐身後，趙氏的臉登時有些難看。「兔崽——」

「咳咳！」林偉光輕咳兩聲，趙氏登時噤聲。

林卉也不搭理她，逕自朝林偉光道：「叔叔你這話是從何說起，咱們都分家了，哪能煩勞你們照看川川呢？」

林偉光擺手。「別想瞞了，我們都知道陳主簿來過妳這兒，妳還有什麼可瞞的？」

他臉色有些奇怪，像是難過，又像是抑制不住的喜悅，只見他搓搓手，又說道：「既然妳要嫁人了——妳放心，川川是我姪兒，我不會虧待他的。」

林卉一口拒絕。「不用了，我會帶著川川出嫁。」

林偉光登時跳起來。「放屁！林川姓林，怎麼能跟著妳陪嫁，妳這丫頭說什麼胡話！」

趙氏也不哭了，一骨碌爬起來，嚷道：「我孫子哪有去別人家的道理！」

許氏見情況不對，忙擠到前面嗔道：「卉丫頭啊，知道妳心疼弟弟，可哪有帶著弟弟出嫁的道理。」她裝模作樣地抹了抹眼角。「咱們雖然分家了，可一筆寫不出兩個林字，無論如何，咱們也不能放任林家的子孫不管。」

林偉光、趙氏在後面連連點頭。

林卉不想跟他們爭論，看看他們，再看看後頭幾個看熱鬧不嫌事大的村民，收起笑容，直接問：「說吧，你們到底想幹麼？」

林偉光一聽這話，又不惱了，笑著朝林卉道：「沒事沒事，只是聽到妳的好消息來看看妳，也讓妳放心，我們會好好照顧川川的。對了，妳既然要出嫁，我這做叔叔的不能沒有表示，回頭給妳準備份嫁妝。」

林卉絲毫不客氣。「謝謝叔叔，但川川的事不必麻煩你們，我自有打算。」不等他再說話，直接攆著他們往院門走。「還有其他事的話就等我出嫁時再說吧，現在我家裡不適合招待客人，還有事要忙，你們走吧。」

林偉光登時來火了。「誰是客人？這屋子姓林，我還沒——」

許氏連忙用手肘拐了他一下，笑著打岔。「卉丫頭妳真會開玩笑，咱都是一家人，哪需要避忌這個。」

趙氏卻不配合，立馬跟著嚷嚷。「妳這都要嫁人了，待屋裡好好縫幾件新衣裳便得了，哪那麼多事？妳還真當這屋子是妳的不成？」

林卉。「……」

行了，這行人的目的她算是看出來了。

她也懶得爭論，直接道：「你們打什麼主意我不管，反正我們家裡的田產房子，全都是留給川川的，誰都不能動。即便我出嫁，這些東西也自有我保管，等川川長大全交給他，不需要你們操心。」

不等林偉光幾人發作，她立刻接話。「還有，我應下的是村西口熊家的親事，你們要是有什麼不服氣的，以後只管到熊家來找我！」

以他們欺軟怕硬的性子，不怕她林卉，也肯定會怕這個凶名在外的熊浩初。雖然這親事八字還沒一撇，這杆大旗卻是能扯過來先擋著。

林偉光幾人還沒反應過來，敞開的院子外，剛走到門邊的熊浩初就被鎮住了，欲要敲門的手僵在半空，半天敲不下去。

林卉剛放完狠話，眼角一掃，就對上門口正主無語的臉，登時尷尬了。

尼瑪，狐假虎威的時候，被老虎抓包怎麼辦？線上等，挺急的。

沒錯，門外站的正是林卉剛剛提及的未來夫婿熊浩初。可惜院裡這麼多人，只有面對大門的林卉看見他。

另一廂，聽了她的話後，趙氏第一個跳起來，抬手就去拍林卉。「什麼！妳這死丫頭！嫁誰不好，嫁那個剋六親的喪門星！妳是不是想帶衰咱們林家？妳是何居心！」

林卉正尷尬，冷不防就挨了兩下，忙拉著身後的林川躲開。

「還敢躲？妳還敢躲？」趙氏邊罵邊追著打。「主簿是給了妳多少銀子，讓妳這麼害咱們林家！」

林偉光夫婦臉色也不好看，約莫是礙於別人在場不好說什麼，索性只袖手看著。

趙氏畢竟是農家人，看著年紀大，蹦躂起來不輸年輕人，一邊護著弟弟的林卉硬是挨了幾下，她終於忍無可忍，站定轉身——

「咳咳。」一個男人的聲音插進來。「剋六親的喪門星，是在說我嗎？」

眾人循聲望去，只見話題中的男人雙手抱胸站在門外，淡淡的神情掃過諸人，帶著股不怒自威的煞氣，大夥下意識縮了縮脖子。

趙氏沒注意到這動靜，她見林卉不閃了，更是打得起勁，嘴裡還不乾不淨地罵著。

男人似笑非笑地掃了眼那邊，林偉光一激靈，連忙去拽自己老娘。

「撒手，我今兒怎麼也得教訓——」

「娘，別鬧了！」林偉光低吼。

「怕她做——呃！」趙氏終於看見門外的熊浩初了，忙訕訕收手。

沒等林卉緩口氣，就聽熊浩初再次開口。

「我聽見有人罵喪門星，是說我嗎？」他的冷眼掠過趙氏，定在乾笑的林偉光身上。

林偉光有點緊張，連連擺手。「沒的事、沒的事，無冤無仇的，哪個人會罵你呀，哈哈。」他乾笑兩聲，招呼自家老娘媳婦。「走走走，看樣子熊兄弟找卉丫頭有事，咱們先回去，先回去。有什麼事改明兒再說，走走。」

其他人跟著應和，甚至不等林偉光出門，一個個腳底抹油溜得飛快，眨眼工夫，一群人走得乾乾淨淨的，連那撒潑的趙氏都一聲不吭躲出去。

林卉也是無言了。

看樣子，她得去打聽打聽，這熊浩初是不是有什麼問題，怎麼大家都避他如蛇蠍？

那熊浩初見人跑光了，也不說話，只拿那雙狹長凌厲的眸子上上下下打量林卉。

林卉被看得莫名其妙，低頭看自己——衣著整齊，雖破舊點，但也是洗得乾乾淨淨，沒有任何不妥。還有頭髮，她根據原主記憶狠狠練了很久的髮式，絕對不會有問題。

所以，這傢伙在看什麼？

她抬頭，見他還在看，忍不住皺起眉頭瞪回去，直接問：「你找我有事？」

熊浩初彷彿才回過神來，輕嘖了聲，收回目光，隨意擺擺手。「現在沒事了。」完了也不管她，逕自轉身大步離開。

林卉再度無語了。完了，這人真的有病吧？難不成是特地跑過來聽人罵他的……

離開林家，熊浩初直接來到鄭里正家。

「哎哎，好好好。」聽了他的話，鄭興為喜得眉眼帶笑，連連道：「這是好事，這是好事，你想通就好。」

熊浩初嗯了聲，看見屋裡張望的邱氏，擺擺手。「好了，我過來就是為了跟您說這事，沒事我先回去了。」

鄭里正也不惱。「好好，我送你。」

熊浩初搖頭。「不用了。」不等他回話，轉身離開。

鄭里正沒聽他的，笑呵呵送他到門口，再目送他離開。

邱氏見人走了，邊撈起圍裙擦手邊走出來，問：「當家的，熊小哥過來是……？」

鄭里正笑著回頭。「是好事！」他嘿嘿笑著轉回來。「熊小哥應下親事了。」

邱氏驚喜。「真的？」她雙手合十。「阿彌陀佛，佛祖保佑，佛祖保佑！」放下手，她趕緊追問：「怎麼突然改變主意了？早前他不是說不要這般麻煩的人家，還打算親自去推掉的嗎？」

鄭里正笑得狡黠。「妳以為我為什麼要他親自去推？這親事連門路都沒過，不過是雙方問個意思，哪需要他親自去退？」
邱氏有點明白了。「卉丫頭確實長得不錯。」
「不止。」鄭里正搖搖手指。「我看見林老二帶著一群人過去了。」
邱氏大驚。「他們去找卉丫頭麻煩了？」
鄭里正點頭，笑道：「當了幾年兵的人，尤其是他這種漢子的，多少有點俠氣。眼看孤女稚兒受欺，女娃樣子還不差……」他笑得得意。「妳看，這事不就穩了嗎？」
邱氏給他豎了個拇指。「要的。怪不得你能當上里正。」
鄭里正笑呵呵。「行了，以後卉丫頭姐弟自有熊小哥照看著，咱不用擔心了。」
林卉找了件小事將弟弟打發走，自己坐在後院廚房簷下盯著那根脆生生的小黃瓜發呆。
她的血如果真的有這種奇異的功效，在這種落後的、以農為本的時代，她以後要小心了，她可不想被抓去放血……
現在問題是，有還是沒有？
她伸出手指比劃了半天，還是不想受罪。她乾脆起身，從水缸裡盛了勺水裝盆裡掬水先洗把臉再說。
大熱天的，又折騰了大半天，她臉上早就刷了好幾層汗漬，這會兒洗洗也合適。
洗過臉還不算，林卉還跑回屋裡拿了塊帕子，將脖子胳膊全擦了一遍，然後，再把盆裡的髒水往菜畦裡一潑。

嘩啦一聲響，菜畦裡的葉子瓜藤晃了晃，就不動了，除了沾了水珠子，啥變化也沒有。

林卉盯了半晌，果斷放棄，放下東西出門去——家裡山窮水盡了，她不能在這種地方浪費時間，得趕緊想些賺錢的法子增加收入。

林家所在的村子，叫梨山村。因為村後的山林裡長了許多野梨，雖酸澀難吃，但也在戰亂年裡養活了不少百姓，待得戰事休，依著這片山頭的村子乾脆改名為梨山村。

林家處於村子北邊，村西邊是梨山，村東頭有條從梨山流淌下來的小河，雖叫小河，能灌溉沿途幾個村子的田地，水量也不小了，林卉正是奔著這條河去的。

有水就有魚，她來到這裡好幾天了，連口肉腥味都沒嚐過，饞死了。

彼時，太陽已經開始西斜。林卉還沒走近水邊，就聽見那頭傳來熱熱鬧鬧的聊天說笑聲，定睛一看，已有許多婦人在河邊洗衣服。

林卉摸摸鼻子，拐了個彎往上游走，一路走到村東頭，除了遇到幾個準備去洗衣的婦人、被抓住絮叨了幾句，連片魚鱗也沒見著。

林卉沒法，只得避開河流，打算到梨山另一邊的山腳下看看。

這會兒日頭沒那麼曬，村子裡的人大都出來活動了，直接走過去的話指不定又會遇到很多熱心的大娘大叔問東問西的，她想了想，乾脆繞到村子外，打算從田裡穿過去。

田裡栽種的都是水稻，因靠近水源，引水方便，田裡一片濕漉漉的，甚至還有好些是灌滿水的田。

西斜的陽光打在綠意盎然的田地上，配上間接響起的幾聲蛙鳴，行走在田埂上的林卉彷佛心靈都受到洗滌——

等等，蛙鳴？

……田雞？

林卉停住腳步。

爆炒田雞、紅燒田雞、干鍋田雞、栗子燜田雞……一道道菜名從腦海裡滑過，她不禁咽了口口水。

是了，這梨山村有水流、有水田，村外山腳還有大片的草叢，怎麼會少了青蛙呢？最重要的是，有青蛙的地方，就會有……

那還逛什麼？思及此，林卉撒腿往家裡奔，一路風馳電掣奔回家，還沒喘口氣，就見被她打發出去玩的弟弟又坐在屋簷下等著了。

看到她，林川立即站起來。「姐姐。」

林卉看他孤單的樣子有些不忍，走過去捏捏他臉頰。「走，姐姐帶你去玩。」

「啊？」

林卉從堆雜物的西屋裡翻了個背簍出來，還是個帶蓋的。再翻出一把燒火鉗，帶上一小捆繩子，她滿意地揹上背簍，領著林川興沖沖出發了。

繞開村裡人，兩人來到村西邊的野地，這兒挨著梨山腳，不遠處就是密林，野草亂石多，他們到的時候，天邊已經開始飄上紅霞，偶爾能聽到幾聲蛙叫。

林卉找了兩根樹枝，折掉枝杈，跟林川一人一根，一邊打草一邊慢慢走進草叢。

很快，這片草地的安寧被打破了。
「快快，姐姐，牠跑了！」
「呱，呱。」
「左邊左邊！」
「呱——」
「嘿！」林卉一棍子敲下去，滿意地看到那隻小東西被敲暈在地。「看你往哪兒跑！」換上燒火鉗一夾，將其扔進背簍裡，蓋上蓋子。
「姐姐好厲害！」抓著樹枝的林川興奮地跑過來。
林卉一揚腦袋。「那當然，也不看看我是誰！」抓起旁邊石頭，重新壓回背簍蓋子上。「走，繼續！」
看看左右，林卉一手抓著棍子，一手抓著燒火鉗，繼續朝草叢深處邁進。
忙碌起來，時間過得飛快。待天邊鋪滿彩霞，蟲鳴蛙叫也愈發熱鬧的時候，林卉的背簍已經裝了有小半筐。
林卉剛給背簍蓋子壓上石頭，抬眼就看到林川在身上抓撓。她一怔，這才想起不妥，黃昏時候蚊蟲多，是她疏忽了。
她暗嘆了口氣，忍痛道：「再抓一隻我們就回去。」
林川自然聽她的。
林卉掃視一圈，往邊上走了幾步，停在一塊臉盆大小的石頭前，林川追上來，抓緊棍子嚴陣以待，林卉站在另一邊，跟他對視一眼，彎腰快速推開石頭。

「呱！呱！」兩道影子跳出來，直奔林子方向，林卉大喜，抓著棍子追著打。「快，別讓牠們跑了。」

「嗯！」

「呱——」一隻順利被敲暈。

「川川收好。」

扔下一句話，林卉繼續追著另一隻跑。

「看你哪裡跑——」前邊突然冒出個人影擋路，眼看那隻小東西就要跳走了，林卉大急。「——閃開——靠！」

人影巍然不動，小東西也順利匿進草叢裡，不見了蹤影。

林卉忿忿停下腳步，抬眼瞪過去。「地這麼寬，不知道自己很擋路嗎？」

「……」熊浩初一臉複雜地打量她，從她頭上草屑、到髒兮兮的手、再到沾滿濕泥的布鞋。再看另一邊，還不及他腿高的小屁孩正拿燒火鉗箝著一隻醜蛤蟆。

他收回視線，對上這位沒見過幾面的、兇巴巴的未婚妻，艱難問道：「你們在……抓蛤蟆？」

癩蛤蟆，似乎不能吃吧？林家的日子已經困難到這種地步了嗎？還有，是誰跟他說，這林家姑娘性子溫柔的？

沒錯，林卉領著林川折騰這許久，就是為了抓癩蛤蟆。

對上熊浩初那複雜的神情，林卉終於反應過來了，乾笑一聲，雙手交疊抓著木棍垂在身前，低眉順目喊了聲：「熊大哥。」

熊浩初。「……」

他還沒說話，林卉就發現他手上拎著的東西，瞅了眼他後頭的林子，順口問了句：「熊大哥這是去打獵了？」

熊浩初看了她兩眼，嗯了聲，將手裡帶血的灰兔子遞給她。「癩蛤蟆不能吃，這個妳拿回去吧。」

林卉一頭霧水，她也沒說捉癩蛤蟆是為了吃吧？

無功不受祿，男女授受不親。他們兩家還沒過明路，這兔子她可不敢收。

故而她搖搖頭，委婉拒絕。「不用了，我不會殺兔子。這兔子皮毛還能賣錢，別給我折騰壞了。」

熊浩初也不再多說什麼，點點頭。「知道了。」

知道什麼？林卉還有點摸不著頭腦，就見他大步走向那裝了半筐癩蛤蟆的背簍，她大驚，忙追過去。「別動！這些我都有用，別給我放跑了！」

熊浩初頓了頓，隨手拂掉石頭，扣住背簍蓋子，將背簍抓起來。「走吧，天黑了，林子這邊不安全。」

不是要扔掉她的癩蛤蟆就好。林卉鬆了口氣，搶上前，將自己的背簍奪回來。「我自己來。」反正他們本就打算回去了。

熊浩初也不強求，順勢鬆手。

剛入手，林卉就感覺到背簍裡有活物蹦躂的動靜，忙找林川。「川川，把繩子給我。」發現他手裡燒火鉗還夾著一隻，忙又道：「先扔進來。」

緊張兮兮站在一邊的林川看了眼熊浩初，依言行動。

收好癩蛤蟆，用繩子將蓋子紮緊，林卉才將背簍揹起來，然後朝熊浩初點點頭。「我們回去了，熊大哥再見。」

不等他說話，她一手扶著背簍，一手拉著林川，腳底抹油了。

熊浩初。「……」

被帶走的林川回頭看了幾眼，等走遠了，終於忍不住小聲開口。「姐姐……」

「嗯？」心情頗好的林卉側頭。「怎麼了？」

林川小心翼翼再看了眼後頭。「我們就這樣走了嗎？」

林卉哦了一聲，隨口道：「沒事，咱們跟他又不熟。」即便他們有婚約，她也無須獻殷勤，何況八字還沒一撇。

林川似懂非懂，沒有再問。

彼時天已近暮，村裡炊煙嫋嫋，兩人聞著一路的飯菜香味饑腸轆轆地趕回家。

到家後，林卉不急著做飯，先吩咐林川燒火，再跑回前院，從籬笆下沙土堆裡挖了塊薑，再回到廚房，把剛才順手逮的幾隻青蛙從背簍裡抓出來。

林川看看青蛙，再看看她。「姐姐……」

林卉抓著一隻青蛙朝他晃晃。「沒吃過？」

林川搖搖頭又點點頭，道：「聽大哥他們說過。」

他說的大哥，是林家老二林偉光的兒子。林偉光有兩個兒子，一叫林文，一叫林武，兩個孩子都有十歲以上了，所以他叫哥。

林卉也不想聊他們，拿刀一個個把青蛙拍死，扔水裡清洗。「這幾隻是田雞，可以吃，待會你嚐嚐，可香了。」洗完一一抓出來甩乾，拿刀一滑，開始剝皮。「其他那些帶毒，不能吃，也不能摸。」

林川看她掐著青蛙血腥剝皮，咽了口口水。

林卉有條不紊地剝皮、剁腦袋、清理內臟、剁掉爪子、切塊，這邊弄好，又切了點薑絲、加了把鹽，好好揉捏了一遍，然後扔一邊醃製。

淘米把飯蒸上，再把林川換下來，讓他去洗澡——幸好農村孩子早熟，六歲已經能自己洗澡穿衣服了，否則她會累死。

等林川換了身衣服過來，廚房裡已經瀰漫著股濃濃肉香。林川吸了吸鼻子，眼饞地看向蓋著鍋蓋的灶台。

林卉也饞得不行，估算著時間差不多，她麻溜地抽柴滅火。

林川見狀，蹬蹬蹬跑到灶台邊，將姐姐剛才用蒸飯剩下的熱水燙過的碗筷端到外頭的飯桌上——這幾天，林卉在吃飯前都要把碗筷燙一遍，他已經習慣了。

林卉揭開鍋蓋——啊！是肉香啊！她終於能嚐到肉——

「姐姐！」

林川突然在外頭喊她，聲音聽起來似乎有點緊張。林卉眨眨眼，將鍋蓋放到邊上，省得將剛蒸好的蛙肉燜了水，完了才往外走。

「怎麼了？」她邊走邊問。

在堂屋的林川看到她，忙奔過來，指著外頭道：「有人找。」

林卉疑惑，信步出去。

暮色中高大的身影穩穩站在院門處，林卉剛看清這人是誰，就見對方朝她舉了舉手裡的東西便轉過身，將東西掛到門邊掛雜物的勾子上，抬腳就走。

林卉定睛一看，是隻剝了皮的兔子，她連忙喊住他。「哎等等！」

熊浩初停住，半轉過身，疑惑地看著她。

林卉張嘴，想了想，道：「你等會。」轉身鑽進屋裡，留下熊浩初跟林川大眼瞪小眼。

半晌，她再次出來，手裡還端著一個碗，上面蓋著個碟子，隨之而來的，還有隱隱約約的肉香味兒。

熊浩初若有所覺，挑了挑眉。

林卉走到門口，大大方方地將碗一遞。「今兒抓了幾隻田雞，不多，你拿些回去嚐嚐吧。」

熊浩初掃了眼那個蓋碗，戲謔道：「確定是田雞，不是癩蛤蟆？」

林卉擠出假笑。「放心，吃不死人。」

熊浩初的視線快速滑過她的臉，轉過頭避開她的視線。「算了，不多的話你們留著吃吧。」

「……」林卉再往前一步，將碗遞到他面前。「大老爺們別磨磨唧唧的，拿走。」

熊浩初下意識後退一大步，活像她是什麼病毒似的，林卉不禁暗翻了個白眼。

所幸尷尬場景只持續了一瞬，熊浩初察覺不妥，迅速將碗接過去。也不知道他怎麼動作的，咻地一下，連碗帶蓋都到了他手裡，還一點都沒碰著林卉。

林卉愣了片刻，再抬頭，男人已經走了，臨了只扔下一句「謝了」。

她撇了撇嘴，看看天色，關門落閂，取下兔子，轉身拉住瞪大眼睛看他們的林川進屋。

雖然分了一半蛙肉出去，姐弟倆依然吃得滿足不已，連肉湯都沒剩下，全倒出來拌飯了。

吃完一抹嘴，林卉感慨，要是調料齊全，肯定比清蒸好吃。

吃完飯，天色也暗了，林卉擔心天黑了會看不見，顧不上洗碗，趕緊鑽進廚房——天氣太熱了，這兔子要是不處理一下，明兒就得臭掉了。

把兔肉剁成幾大塊，在剛才燒開晾涼的熟水裡加點鹽，再把兔肉泡進去。

泡上一個小時，撐到明天應該沒問題。林卉舒了口氣，趕緊跑去洗澡收拾自己。

第二章

隔日早上，前一天找到了賺錢的法子，又吃到久違的肉，放鬆許多的林卉睡了個飽覺才爬起來。

她打著哈欠去洗臉漱口，就見林川捧著碗碟從外頭進來。

哦，熊浩初把碗碟送回來了呀。

不過，這麼早？林卉下意識看了看天色，雖說她今兒賴了會床，可這破地方沒電沒網路，天黑就睡覺，導致她每天早早起床，再說，今天她起得也不算晚，這個時間點，村民約莫都還在家吃早飯呢——

等等，熊浩初該不會是為了避開人群，特地大清早就來吧？

林卉無語了。

他是擔心壞了她的名聲嗎？還真看不出來，幾番接觸下來，她發現這傢伙看著很兇悍，實則比她還守規矩。

林卉一邊胡思亂想著，一邊把自己打理乾淨，準備就序後端起水盆，打算拿去洗衣服，眼角一掃，就愣住了。

昨天被她潑了盆洗臉水的空心菜，竟然竄高了一截，現在足有巴掌高，再長長就能採收了。

林卉低頭看看手中水盆，再看了眼那巴掌高的菜苗，「嘩啦」一下，再次將洗臉水潑過去。

很好，以後她不用放血了，或許，她連洗澡水都得省下來了。

待菜地澆透水，水缸裡的水也見底了，林卉嘆了口氣，下午回來再挑水吧！翻出昨晚換下的衣服，她帶上盆直奔河邊洗衣去。

待她洗完衣服回來，小林川已經熬好了粥。

林卉忍不住憐惜，這小孩懂事得讓人心疼，好在遇到她，若是原主那個性子，林川怕是真要被扔回林老二那邊了。

喝完粥，兩人就得下田了。

家裡僅有的田地是將來她跟林川吃飯的保障，在她沒找到出路之前，這三畝地收成的水稻就是他倆過冬到明年的口糧，她肯定要小心伺候著。

讓戴著大草帽的小林川在地裡拔草，林卉挑著木桶去幾百公尺外的河邊挑水。

前幾日她忙著打理喪事，田裡的雜草都長了不少，水也是與林家交好的幾家人輪流幫著澆的。昨兒她去各家致謝，已經說了今天開始地裡的活不需要再麻煩他們——她若是想在這裡生活下去，這些農活始終得做的，何必多承人情。

所幸現在是六月，稻苗已經扎根開始拔節，對水的需求沒有那麼大，一畝地約莫需要四、五擔水，三畝地，她只需要挑個十幾回。以她這做慣農活的身體，挑個水應該不成問——

靠！這麼沈？

剛把扁擔擱肩膀上，信心滿滿的林卉還沒站直就一個踉蹌，差點被水桶拽倒摔趴下去，待站穩後一看，木桶裡的水也灑了大半。

林卉震驚了。原主難道從來沒挑過水嗎？

仔細翻了翻原主記憶，還真沒。

林母生完林川就落下病根，一年到頭有大半日子都得躺床上，這幾年都是林卉打理家裡，燒水、做飯、洗衣、種菜……還得照顧年幼的林川，田裡的活兒也就農忙的時候會幫著爹爹收割稻子，挑水這樣的活兒，她還真沒做過。

完了，看著幾百公尺外三畝亟待澆水的稻田，她欲哭無淚。

生活特麼的太難了……

沒法子，再不行也得上了，滿桶的水擔不動，半桶難不成還擔不動嗎？大不了多跑幾趟。

林卉心一橫，將水桶裝了半滿，彎腰再試——果然挑起來了。她大喜，忙抬腳前進。

挑是挑起來了，可也是真的沈，加上水桶不聽使喚，即便雙手扶著水桶邊，水桶依舊走一步晃三下，讓她挑得異常艱難。

好不容易到了地兒，她已累出一身汗，肩膀更是火辣辣的，想到還有三畝地要澆，還真想撂擔子不幹了，但也只能想想罷了。

咬牙澆完一畝地，就算兩邊肩膀輪換著受力，林卉徹底撐不住了。

她覺得肩膀可能、或許……磨破皮了。

總歸是澆不完剩下的兩畝地，林卉索性不管了，帶著曬得臉蛋紅撲撲的林川回家去。

一到家她便鑽進房裡，關上門拉下衣領一看，兩側肩膀果然磨破了，血花花的——若不是衣裳布料粗，怕是都被血染透了。

林卉的眼淚唰地就下來了。她在現世再難，也從未受過這種皮肉之苦……她上輩子做了什麼孽？要穿到這種落後的鬼地方受苦？

躲在屋裡大哭了一場，她擦乾眼淚，打開房門出來，只見門外蹲著個紅眼睛兔子，她一怔。

看到她，林川呼地站起來，胡亂抹了把眼睛，小聲道：「姐，我熬好粥了。」頓了頓。「這次我有注意，不會很稀。」

小孩紅腫的眼睛巴巴地看著自己，林卉心裡酸軟不已。

只是些力氣活而已，多練練不就好了？比起她以往那些更辛苦、孤立無援的經歷，這算得了什麼？哪個莊稼人不是這麼過來的？多練練就好。

何況她現在有個懂事的弟弟，再也不是一個人單打獨鬥了，流這點血，回頭她洗個乾淨，洗澡水稀釋一下還能拿去澆灌田地，到時水稻肯定長得不差，日子總能好起來的。

想通後，林卉長舒了口氣，揚起笑容，拍拍林川腦袋。「走，姐今天給你燉兔肉吃！」

半個時辰後，昨晚那隻兔子就被農村柴火灶燉得鮮香綿軟，一整隻兔子，算不上大，加上湯汁，也足有小半鍋。

吃之前，林卉特地翻出家裡最大的、也是唯一的湯碗，盛了一半兔肉湯汁出來，領著弟弟給熊家送去。

她去送肯定不妥，林川倒是方便許多，只是他還小，肯定端不住，她一起過去，待到了地方再讓林川送進去就好了。

好在大中午的路上沒幾個人，即便看到人，她也儘量領著林川繞開，繞不開的……就算了。

很快，熊家那簡陋無比的茅草木屋就映入眼簾——還真的是茅草木屋。林卉嫌棄地皺了皺眉，下一瞬又放鬆下來——算了，都是窮得快被鬼抓走的人，誰也別嫌棄誰了，再說，人家熊浩初好歹還是壯勞力，還能打獵做工。

這兒是村子最西邊，靠近梨山腳下林子，偶爾有野獸出沒，尋常人都不敢把房子蓋在這，熊浩初的茅草屋不光簡陋，周圍還空蕩蕩的，連個鄰居都沒有。

林卉找了棵樹躲太陽，小林川則捧著大碗慢慢走過去。

林卉聽見林川朝屋裡喊了聲「熊大哥」，那位大塊頭就從虛掩木門的屋裡出來了，接下來那邊說話，她就聽不見了。

只見林川把碗交給熊浩初後，還往這邊指了指，似乎在解釋什麼，林卉看到熊浩初看過來，忙禮貌性地朝他晃了晃手。

那邊的熊浩初臉一扭，低頭跟林川說話去。

林卉。「……」

切！老古板！

另一頭，熊浩初正在問林川。

「有人欺負你們了？」

林川茫然搖頭。「沒有啊。」

「那你怎麼哭成這樣？」瞧他眼睛都腫了，熊浩初瞇了瞇眼，是不是昨兒見到的那群人又來找事了？

林川畢竟還小，知道眼前這人就是里正說的人選，也是自己將來的姐夫，聽他這麼一問，登時又紅了眼睛。「因為姐姐哭了。」他抽噎了下。「上午去地裡澆水回來，姐姐就躲進屋裡哭了好久。」

「……」

目送林家姐弟離開，熊浩初重新回到屋裡。

他這木屋是應付著蓋起來的。他回村那會兒是開春，開荒種糧才是大事，所以便先把尋地蓋房這事擱下了。

屋子簡陋是真簡陋，三面牆一面門，屋頂上是茅草，吃飯睡覺都在一個屋，床是兩張條凳並一塊床板架起來的，加上一張自己打的方桌和條凳，剩下的空間，連轉身都嫌逼仄。

哦，他這屋子甚至沒有浴間，要洗澡就奔河流上游無人處游兩圈。

屋子簡陋成這樣，也別指望他能搞個廚房出來。

再說，他對廚藝一竅不通，如此，他便在屋後鏟了塊空地搭了個土灶，能燒火就行。平日三餐都是胡亂搗鼓應付，家裡有什麼材料，洗洗切切扔進去，一鍋燉熟了，能吃三頓。

這些日子天氣熱，食物撐不到傍晚就壞了，他也只是上山搞隻獵物烤一烤，或直接去縣城買點饅頭包子啥的湊合就差不多了。

說起來，昨兒林卉送的田雞肉還真好吃……

熊浩初下意識舔了舔唇。

掃了眼剛吃到一半的「亂燉」，他嫌棄地將其推開，再把林家送來的兔肉拉到面前，抓起筷子就埋頭吃起來。

明明是一樣的兔子，頂多加幾片薑，鹽也沒多幾粒，怎麼吃起來就是比他燉的香？

熊浩初三兩下把兔肉啃完，端起碗，將湯底咕嚕咕嚕喝得一乾二淨，完了一抹嘴，碗也不收，起身，取下牆上弓箭抬腳出門去。

中午太熱不好下地澆水，吃過午飯後，林卉用家裡缸底剩下的水將肩膀擦拭乾淨，擦洗過的水拿盆裝好，放在陰涼處，準備下午再拿去田裡多加點水稀釋了澆水稻——她現在這麼弱雞，搞不起量，就提升質吧！

然後她得抓緊時間處理昨天傍晚抓回來的癩蛤蟆——要是死了，她就白忙一場了。

處理之前，她先翻出以往林父編竹筐剩下的竹篾，折了段半尺長的竹片，再找來個破了口的舊碗，最後拿根細木棍遞給弟弟。「待會幫忙敲蛤蟆。」

林川一臉茫然的接過木棍，點頭。

林卉把背簍拉過來——昨晚這些蛤蟆已經涮過水、洗掉了泥土，現在可以直接開工了。

先用燒火鉗夾出一隻蛤蟆，林卉左手捏住竹片，從癩蛤蟆頭部耳後、沿著背一路往下輕輕刮，幾下工夫，竹篾上就沾滿了刮出來的黏液，她手一轉，將竹篾往碗沿一抹，黏液順利轉移到破碗裡。

「川川，敲牠腦袋。」她吩咐道。

林川雖不明所以，依然聽話地點點頭，抓緊細木棍，穿過姐姐手裡的燒火鉗，往蛤蟆腦袋上敲。

癩蛤蟆，也即是蟾蜍。從其身上取出的黏液，晾乾後，就是一味中藥，名曰蟾酥。

《本草衍義》有云：「蟾蜍眉間有白汁，謂之蟾酥。以油單紙裹眉裂之，酥出單紙上，入藥用。」

林卉能知道這些，也是託了自己那無良老爸的福——哦，現在算來，應該是上輩子的老爸了。

上輩子呵……如今想來，竟宛如隔世。

上輩子她為了討得父親歡心，追著父親的腳步學中醫、背藥典，不過是換來一句「女孩子學這些有什麼用」的敷衍話語，轉頭，她還是只能遠遠看著父親一家子共享天倫……

自那以後，她便歇了討好父親的心思。

只是沒想到，這些技能，竟然能在這個陌生的世界掙點活路，也算是賺了。

另一邊，蟾蜍已經被林川敲得「呱呱」叫了半天，林卉瞅著差不多，示意他停手，再次拿竹篾開始刮。

如是反覆，直把蟾蜍刮得奄奄一息。

待林卉把小半簍蟾蜍全部刮完後，也只收到剛蓋過碗底的蟾酥液，要是晾乾，只會更少。

林川看姐姐對著碗裡黏糊糊的東西嘆氣，好奇不已。「姐姐，妳弄這些幹麼？」

林卉隨口道：「賣錢，這玩意能賣錢。」

林川不敢置信。「這、這東西怎麼會有人要？」

林卉笑，隨意講了兩句蟾酥的藥用，順手將碗遞給他。「給，去找張板凳擱在院子裡曬。」

又能入藥，又能賣錢，林川接得緊張兮兮的。「姐姐……」

林卉拍拍他腦袋。「弄壞了也沒關係，癩蛤蟆而已，再抓就是了。」頓了頓，補充道：「今晚我們還得繼續去抓哦。」順便把今天這些扔回去，希望牠們能活下去。

「嗯嗯。」林川連連點頭。

搞定蟾酥，約莫已經是下午三、四點的樣子。林卉嘆了口氣，收拾好地上的東西，戴上斗笠，認命地再次下田澆水——林川被她強制留在家裡照看蟾酥。

她沒忘記那些洗過傷口的水，她不想被林川發現異常。

支開林川後，林卉將那不足半盆的水勻進兩個木桶裡，再翻出一件舊衣服，疊了幾層搭到肩膀上。完了她還不忘到廚房拿個水瓢，然後才挑著水桶往河邊去。

到了河邊，林卉將水桶裝得七、八分滿，忍痛挑起，為了不浪費一滴水，全程小心翼翼、一步一晃地往田裡挪，短短幾百公尺，生生走了大半天。即便這樣，她的臉色也不好看，身上的汗都不知道是熱的還是疼出來的。

坐在田埂上歇了會兒，她就拿著水瓢開始澆水稻，儘量每株勻到幾滴——只有兩桶水，上午剩下了兩畝水稻，能澆多少澆多少吧，雖然要一直來回走動彎腰，好歹是比來回挑水輕鬆。

到後面水沒了，林卉還是不死心，又去多擔了半桶水，將水瓢、桶裡仔細擦洗了遍，把剩下的水稻都澆遍了。

剛站直腰，就聽見熟悉的童音遠遠傳來——

「姐姐！不好啦——里正伯伯帶熊大哥到家裡來提親啦！」

林卉呆住了。

提親？昨兒才說定的事情，今天就提親？

既然來提親，那她提的要求，熊浩初是應下了？但若是應下了，怎麼還急巴巴來提親？提親也罷了，都不先商量一下、挑個好日子什麼的嗎？這看起來不太像是熊浩初那個老古板會做出來的事啊……

即使一頭霧水，林卉仍是得趕回家去。這會兒過了最熱的時候，田裡已經有不少人出來幹活，鄰里之間的田地都是挨著的，四周又沒遮沒蔽，林卉一下午怎麼幹活，周圍人都看得清清楚楚，林川那句話聲音可不小，大夥也都聽見了。
等他們姐弟走遠，附近村民便你一句我一句地聊了起來。
「唉，沒個男人就是不行，哪有這樣澆稻子的，早晚會乾死。」
「怕是擔不動。瞧這丫頭，就比我閨女大不了幾歲啊……要是林哥還在，哪裡捨得。」
「可不是……好人不長命啊！」
「欸，你們心疼個啥勁，沒聽林家那小孩嚷嚷的嗎，有人提親了。」
「聽到了聽到了，有人提親是好事，林家丫頭那模樣，哪裡是幹農活的料子——」
「不對啊，我聽著，那小孩說來提親的好像是熊家？是不是……那個熊家？」
「不會吧?!」
眾人面面相覷。
村民們如何討論，林卉自然不得知，也沒空管，她一路趕回家，還沒到家門口，她就聽見熟悉的哭嚎聲。
「……作孽啊！我林家祖業竟然要毀在我老婆子手裡，我還有什麼臉下去見老頭子啊！」
林卉在門前慢下腳步，低頭輕問：「川川，奶奶他們也過來了？」
林川縮了縮脖子，搖頭。「我出門的時候還沒來。」
林卉了然，拉著他快走兩步，隨手推開門走進去。
「回來了回來了。」靠近大門的一名微胖婦人臉露喜意，朝她招手。「卉丫頭，快過來！」這是劉秀芳，林母生前為數不多交好的鄰家婦人，她的夫家張家也給了他們很多幫助。

林卉直接越過在地上打滾的老婆子和站在一邊的林偉光夫婦，快步走上前。「劉嬸。」視線一掃，除了鄭里正和熊浩初，還有幾名眼熟的老者。

劉秀芳笑咪咪迎上來，壓低聲音。「放心。」然後推她往前一步。「來，趕緊叫人。」

林卉這會兒也看清楚了，眼前幾位老者，都是梨山村裡林氏一族的長輩，前幾日辦白事的時候她都見過，最重要的是，她跟林川之後的日子能不能如願，得看這些長輩的意見。

故而劉秀芳話音一落，她立馬領著小林川挨個打招呼。「二叔公、四叔公、七叔公、大堂伯……」反正就是不搭理地上撒潑的趙氏。

趙氏也不嫌丟人，一骨碌爬起來就告狀。「二叔你們瞧瞧，這丫頭現在對我就這副死模樣，回頭要是把我孫兒帶走了，我以後還有活路嗎？」

中間一名拄著枴杖的乾瘦老頭掀了掀眼皮，掃了眼林偉光。「偉光，你是打算跟你娘分家了？」

跟在趙氏身後的林偉光茫然，不解道：「這哪兒的話？我什麼時候要分家了？」不是在說林卉嗎？

趙氏也張牙舞爪。「他敢？」

乾瘦老頭瞪她。「既然你們不分家，妳不指望兒子，指望幾歲娃娃幹麼？」

趙氏一窒，立馬駁道：「我要是不幫著這孫子，以後他就得改姓熊了！」

「胡說八道！」乾瘦老頭一敲枴杖。「妳當我們幾個死了嗎？」
趙氏還想說話，被林偉光扯了扯，她看了看兒子臉色，不甘不願閉上嘴。
林卉一直低眉順目不吭聲，熊浩初更是面無表情。
鄭里正看看左右，站出來打圓場。「林老哥幾位都在這兒呢，不會讓川川吃虧的。來，別光站外頭，進屋說話，都進屋說話。」
乾瘦老頭哼了聲，拄著枴杖率先進屋，其他人陸續跟上。
趙氏一把推開擋在前頭的林卉，氣勢洶洶鑽進去，林卉被推得連退兩步，簡直無語了。真是的，她招誰惹誰了？
林卉撇了撇嘴，拍拍緊張兮兮在旁邊伸手扶她的林川，抬眼準備跟上，恰好看到熊浩初移開視線——這傢伙剛才在看什麼？
她跟著視線一轉，咦，牆根下放的那是啥？
沒等她看清楚，劉秀芳就推著她進屋了。
屋子裡，僅有的幾張條凳都給了族老坐，趙氏性子難纏，鄭里正乾脆把最後一張條凳讓給她，自己站著。
所幸林家堂屋不算小，這麼多人塞裡面倒也不顯逼仄。
鄭里正環顧一周，見該到的不該到的都到齊了，清了清喉嚨，開始說話。「大家都知道林家現在的情況，孤女幼弟的，以後日子實在難過，總歸卉丫頭明年就十六，我跟陳主簿商量了，覺得熊小哥不錯，就保了這個媒，打算讓卉丫頭趁著熱孝嫁過去。」

趙氏眼一瞪，準備說話——

「不過呢，」鄭里正擺擺手，笑咪咪看了眼林卉。「卉丫頭說，她有兩個條件。第一，畢竟是父母雙忌，卉丫頭希望過了孝期再成親，現在可以先訂親。」

應該的，這娃兒有孝心。幾位林家族老接連點頭。再說，訂了親，兩家就算一家了，平日裡男方家裡就能照顧著些，也算一舉兩得了。

鄭里正繼續說道：「第二呢，她要帶著林川。」

族老們登時愣住，趙氏立馬跳起來。「臭丫頭——」

鄭里正忙擺手。「嫂子妳先別慌，先聽我把事說完。」

趙氏不服，被幾位族老瞪了眼，忍怒壓下到嘴的怒罵。

鄭里正沒管她。「說實話，林家兄弟當年已經分家，兩家人也鬧得不太愉快，把川川送回去，總是不太妥當。」眼見趙氏要發作，他加快語速。「再說，卉丫頭家裡什麼情況，大家也知道，川川相當於是卉丫頭一手帶大的，說是半個兒子也不為過。她不放心，想帶在身邊，也是情有可原。」

話是這麼說……眾族老們下意識看向熊浩初。娶媳婦拖個一年半載的便罷了，還要帶個拖油瓶？這位哥兒們樂意嗎？

熊浩初面無表情。

鄭里正自然知道大夥意思，拍拍身邊的熊浩初，笑道：「所幸熊小哥大度，兩個條件都答應了。」頓了頓，他補充道：「不過，卉丫頭性子好，又會持家，熊小哥應了也不虧。」

低著頭的林卉暗自撇撇嘴，趙氏翻了個白眼。「窮光棍當然不虧。」

鄭里正當沒聽見。「既然雙方都點頭了，熱孝期雖有忌諱，所幸只是下訂，也不拘挑什麼黃道吉日，這訂親之事啊，趕早不趕晚。恰好今天熊小哥獵到一隻牡鹿，當個訂親禮也是妥當，我便給卉丫頭作了這個主，選今天做好日子了。」

牡鹿？林卉下意識地瞟了那男人一眼。是牆角那隻嗎？中午她出門送兔肉的時候似乎沒見著，也沒聽林川提起有看到院子多了什麼東西，這才過多久……他哪兒冒出來的牡鹿？

她還在胡思亂想，另一邊的趙氏已經一蹦三尺高。

「這麼急？」她嚷嚷。「哪有昨兒說好的親事今天就訂親的？這要不是盯著我們家的房子田地，我頭一個不相信！二叔，你們難道就眼睜睜看著他們打著撫養林川的名號，將我兒子的田產都佔了去？」

幾位族老也是臉露不滿，掃了眼淡定的熊浩初，齊齊看向鄭里正。

鄭里正擺擺手。「大家別急，這也是為什麼我要請各位過來的原因。」他頓了頓，解釋道：「今兒把大家請來，一是要給林家田地房子的歸屬做個見證，二是熊小哥想要把親事訂下來。林川畢竟姓林，是偉業的香火子嗣。卉丫頭的意思呢，是想請族老們做個見證，把家裡的田產房子記在林川名下，待林川長大後，就可以繼承管理這些田產。而在此之前，這些田產收穫的作物就當是林川的撫養費。」

「撫養費？」這回不光趙氏不滿了，林偉光嗤笑。「林川才幾歲，他一個人要吃三畝地？」

趙氏連連點頭。「就是、就是。」

乾瘦老頭看了眼熊浩初，轉向鄭里正。「這帳算得不對吧？」

鄭里正微笑，看向林卉。「卉丫頭，妳來解釋。」

林卉點點頭，往前一步，落落大方道：「這三畝地，不光要供林川吃飯，還要供他識字學文。」

識字學文？所有人都怔住了，熊浩初也看向林卉。

「憑什麼？」林偉光下意識道：「我兒子都還沒唸書呢！」

「這與我何干？」林卉臉帶微笑。「還是說，叔叔想用我爹的田地供你兒子唸書？」

林偉光一窒。

林卉不理他，直視那乾瘦老頭。「我爹開出來的三畝地，供林川吃飯穿衣帶唸書，可還合理？」

豈止合理，這年頭唸書可是燒錢得很，不是那等富貴人家，誰敢送孩子去學字唸書？若是真這麼做，熊家怕是還得倒貼呢。

所有人都看向熊浩初，林卉跟著轉頭看他。

「熊大哥意下如何？」林川作為她這具身體唯一的骨親，她是一定要好好教導、撫養成才的。

這不光是為了還她佔用原主身體的恩情，也是為自己留條可靠的後路。

畢竟她是個女人，在這以男人為尊的世界，不依靠男人可能很難找到出路。連姑娘家年滿十六未嫁人朝廷都得干涉，那想必女人守寡、離異，也不一定行得通。

但即使她勢必要嫁人，也絕不能把雞蛋全放在一個籃子裡，且不說熊浩初其人品性如何她不知道，沒有娘家的女人，總歸是少了個靠山。

這幾日細細觀察下來，林川雖然年紀小，品性卻不錯。她若是好好教，將來也能成為自己的倚仗，何況她也有信心自己可以賺錢供養這個弟弟長大成才。

現在的問題是，熊浩初不知道她的能耐。

那他願不願意接收這個燒錢的拖油瓶呢？

面對神色中顯出幾分驚異的熊浩初，林卉體貼道：「熊大哥若是有不便之處，這門親事作罷也無妨。」

換言之，熊浩初若是不想花這個錢，那兩人的親事就算了。

屋裡安靜了下來，所有人都等著熊浩初的回答。

熊浩初盯著林卉看了會兒，問：「若是我們有了孩子，孩子唸書嗎？」

林卉怔了怔，點頭。「當然也得送去唸書。」

喲！好大口氣！所有人瞪著她看，鄭里正也擔心了。

「卉丫頭，這讀書可不是鬧著玩的。」

林卉掃視一圈，看回當事人。「熊大哥也覺得很難嗎？」

熊浩初沒有回答，只是點頭。「我知道了。」而後轉頭朝鄭里正道：「我沒有問題，繼續吧。」

眾人又是一愣，鄭里正皺起眉頭。「熊小哥啊，卉丫頭年紀小不懂事，你可不能——」

熊浩初打斷他。「這是我們的事。」

話是這麼說……鄭里正張了張嘴，心裡頗有些哭笑不得。這算什麼？不是一家人不進一家門？

「行了！」乾瘦老頭一敲枴杖，拍板道：「人家兩口子的事，外人就別多嘴了。既然卉丫頭跟熊小哥都應下了會送林川去學文，這事就這麼定了。」

趙氏見狀還想鬧。「空口大話誰不會說，我還說要送我孫子上京考狀元——」

「妳當我們死了嗎？」乾瘦老頭瞪她。「大夥今天都在這裡，卉丫頭要是敢出爾反爾，自有族裡規矩處置。」

趙氏不滿。「那我兒子的田地房子就平白送給熊家了？」

鄭里正皺了皺眉。「妳倒是提醒我了。」轉頭朝乾瘦老頭道：「這安排不妥，卉丫頭也是偉業的孩子，出嫁總得有幾分嫁妝，現在偉業家的三畝地跟房子都要留給林川的話，那卉丫頭呢？」

林偉業，正是林卉這具身體的生父。

乾瘦老頭一想也是，沈吟片刻，他跟幾位兄弟交頭接耳起來。

趙氏還想說話，一直站在邊上不說話的劉嬸先發制人，笑著朝她道：「嬸子，卉丫頭可是妳孫女，她出嫁，妳這當奶奶的，沒點表示嗎？」

趙氏臉一拉。「這都賠了三畝地出去了——」

「咳咳。」幾位族老似乎商量好了，乾瘦老頭輕咳一聲。「既然林卉要撫養林川，還要供他識文學字，咱們林家也不能虧了她。我們商量了，偉業家三畝地，兩畝歸到林川名下，一畝劃給林卉當嫁妝。」

「什麼！」趙氏跳起來。「哪家姑娘出嫁帶一畝田當嫁妝的？」

林偉光也在後頭幫嘴。「就是，隔壁村的那姓張的富戶嫁女兒也不過是多帶點物件——」

「怎麼，你們是打算給林卉添妝？」乾瘦老頭板著臉。「偉業家裡什麼情況你們看不見嗎？卉丫頭若是真能給林家供出一個讀書人，給她一畝地還算少的。要不，你們家也勻一畝地來，就當是全了跟偉業的兄弟、母子之情吧。」

趙氏、林偉光這下傻眼了，支支吾吾半天，一句屁話也說不出來。

林卉暗嗤。果然一物還需一物降，這一家什麼德行，看來村裡人都是知道的，族老們這是直接一棍子打在七寸上啊。

沒有搗亂之人，接下來的事情就分外順遂。

有識字的鄭里正在，田契房契直接新擬了一份，再簡單寫了個撫養協議，讓林卉、熊浩初按手指印，林川這事兒就算結了。

然後就是熊浩初、林卉兩人的訂親。

都是莊稼人，林卉又在熱孝期，兩家都不走那些虛禮，越過各種繁瑣步驟，下小訂、換八字，一氣走完。

熊浩初的小訂禮是一隻牡鹿，以及一根素雅的銀簪子。

看到他掏出銀簪，趙氏等人眼睛都直了，劉秀芳眼睛也紅了，雙手合十，嘴裡喃喃道：「翠娥啊，妳這下可以安心了。」

林卉也忍不住看了熊浩初幾眼。這傢伙窮得連房子都沒，哪來的錢買銀簪子？別是打獵換來的錢吧？

不管如何，兩家的親事這是徹底訂了下來，等明年林卉脫孝後，兩人就能成親了。

事情了了，族老等人自然各回各家，趙氏三人也不甘不願離開了。

林卉送劉秀芳夫婦出門的工夫偷偷問了句。「劉嬸，我奶奶他們不是不喜歡熊大哥嗎？怎麼今兒後來這麼安分？」

劉秀芳噗哧一聲笑了，低聲道：「這可是陳主簿保的媒，他們有天大的膽子也不敢壞了這頭婚。」看了眼慢悠悠跟在後頭的熊浩初，又笑了。「再說，他們也不敢當面惹熊小哥啊。」

林卉眨眨眼。

「行了，我先回去了，家裡一堆事呢，有事再喊我啊。」

「哎，劉嬸張叔再見。」林卉朝他們揮揮手，待他們走遠，轉身——

嚇！

「你幹麼？」林卉連退兩步，與熊浩初拉開些距離。

小林川一直揪著她衣襬亦步亦趨的，見她退後兩步，忙跟上，同時拿烏溜溜的小眼睛盯著熊浩初。

熊浩初沒理會他，直接吩咐林卉。「明天開始，飯菜多做點。」一指林川。「讓他給我送去。」

林卉。「……」

她這是跳進另一個火坑了？

還沒等她問句「憑什麼」，熊浩初又開口了。「妳那幾畝地，以後我來澆水，妳顧著家裡就行。」

林卉愣住了。

熊浩初低下頭，直視林川。「地裡的活兒是男人的責任，以後早上跟我下地幹活，知道嗎？」

林川第一次被稱為男人，立即挺起小胸膛，煞有介事地點點頭。「我知道了！」

林卉終於回神，忙勸道：「還是我自己來吧，你那兒不是還有三畝地嗎？再加三畝，你哪裡吃得消？」

熊浩初搖頭。「沒事。」看了她一眼，沒再說別的，抬腳就要走。

林卉心情複雜，視線一掃，看到某物，連忙喊住他。「等等！」

熊浩初站定，不解地回頭看她。

林卉往院子裡一指。「那隻牡鹿可不可以麻煩你幫忙處理一下？我不會殺鹿。」

熊浩初一愣，臉色有些奇怪。「可……那是給妳的訂禮。」

「那又如何？」林卉理直氣壯。「總不能扔著不管吧？」

熊浩初。「……」

林卉彷彿聽到他嘆氣。

還沒反應過來，就見他認命重新往院子裡走，她忙追上去，問道：「等等，你會鞣製鹿皮嗎？」

熊浩初斜了眼小跑著跟在邊上的短腿林卉。「妳說呢？」

那就是會了。林卉舒了口氣，繼而提醒道：「這可是我的。鞣製好後，得還給我啊。」

熊浩初。「……」

察覺他神情有異，林卉以為自己將人利用得太過分了，忙補了句。「放心，會算你工錢。」

熊浩初眉頭更緊了，重點是工錢嗎？

他二話不說，輕輕鬆鬆將牡鹿扛了就走。

太好了，訂了親、以後田裡澆水的重活又被熊浩初主動攬了去，林卉是徹底鬆了口氣，心情大好，結果一轉頭，剛把牡鹿扛走的熊浩初又回來了，還挑了一擔水，倒進她廚房的水缸裡。

這下子，即便肩膀還隱隱作痛，她的心情依然好得不得了……

這門親訂得太好了，家裡有個男人果真是不一樣啊——雖然還沒過門。

熊浩初把水缸裝滿了水，就回去搗鼓那隻牡鹿了。

林卉則領著林川再回到田裡，把野草清理了一番才又回家做晚飯。

在後院菜畦摘了根嫩黃瓜，再薅一把綠葉菜苗，熊浩初就來敲門了——他把鹿肉分好了。

林卉要他把肉放進廚房裡，自己則拿了其中兩塊肉急匆匆出門，待她回來，熊浩初已經走了。

林卉也不管，抱著用鹿肉換回的鹽趕緊跑去廚房做飯——還有這麼多鹿肉，她得抓緊時間處理。

不說熊浩初當晚吃到一葷一素管飽的晚餐是如何心滿意足，她當天忙活到夜裡，累得倒頭就睡。

從這一天之後，林卉的生活一下子規律了起來。

每日早起把粥熬上、澆菜、洗衣服，吃完早飯，再去田裡幹活——雖說熊浩初不需要她幫忙，可她哪裡能心安理得把兩家六畝地全壓在他一個人身上？挑水沒法子，除草抓蟲還是可以的。

在地裡忙活一個時辰，她又得回去做飯。

那天宰殺的牡鹿肉她用鹽醃好掛起來風乾，夏日濕氣重，她還特地學以往在網上看來的法子，用柴火將分成塊的鹿肉燻乾，想吃的時候取一些放到飯裡蒸熟，不光肉香，連米飯都帶著肉味。

林卉沒忘記自己身體的異常能力，每天洗漱留下來的水全拿來澆菜地。菜地也不負所望，蹭蹭蹭長得飛快，供他們三個人天天吃，竟還開始有些富餘。

最重要的，是蟾蜍。

熊浩初發現她每天傍晚雷打不動、鍥而不捨地去抓蟾蜍，縱使再摸不著頭緒，他也不多問。

反正兩姐弟就在他家附近活動，他每天吃完飯，提著裝碗碟筷子的籃子要還回去，順便一起就跟過來，東邊翻翻，西邊踢踢，幫林卉把隱匿在各處的蟾蜍全扒拉了出來。

有了他幫忙，每天的蟾蜍收穫是大大增長，那陣子夜裡少了許多「呱呱」叫聲，村人們睡覺都覺得安穩許多。

只不過蟾蜍、青蛙都是吃蟲子的，農家人就靠耕種那幾畝地過日子，少了蟾蜍、青蛙，蟲子多了，把作物吃光可就得不償失了。雖然林卉取了黏液便放走蟾蜍，可多少還是會弄死一些，故而她抓了幾天，湊夠了一碗蟾酥，就不再繼續抓了。

蟾酥曬好，她便找熊浩初打聽城裡情況。

後者皺眉。「妳問這些幹什麼？」

林卉解釋。「家裡很多東西都沒了，我得進城去買點。」

熊浩初不以為意。「妳要什麼跟我說便是，我去買。」

林卉瞪他。「褻衣你也給買嗎？」

熊浩初。「……」

光天化日之下，這女人竟然堂而皇之跟男人討論褻衣?!沒羞沒臊！

熊浩初的五官本就淩厲，板起臉後更顯兇狠，林川縮了縮脖子。

但不知為何，林卉卻不怕他，見他面露惱怒，還嗔怪道：「做什麼突然擺出一副臭臉？沒見川川都嚇著了嗎？」

她不怕他？熊浩初眉頭緊皺，教訓道：「妳一個小姑娘家，在外頭跟人說什麼褻衣的事不恰當，以後注意點。」

林卉白了他一眼。「開個玩笑罷了。再說，這裡又沒外人。」

熊浩初怔了怔。林卉可不管他，繼續問：「你知道村裡誰家有馬車去縣城嗎？我要是想坐車，是不是要花錢或者給點啥的？」

熊浩初回神，搖頭。「不知道。」

林卉無語。「那你怎麼去的？」

熊浩初順口道：「走過去就是了。」見林卉瞪眼，他解釋。「縣城不遠，走得快半個時辰就到了。」

林卉不信。「不可能，我爹以前去縣城抓藥，一來一回都得大半天。」

熊浩初想了想，道：「我腿長。」

林卉斜瞄他一眼，臭不要臉！擺手道：「行了行了，看來問你也不知道，我還是去問劉嬸吧。」

「妳一個人去縣城不安全。」熊浩初不贊同。「需要什麼我幫妳買。」想起適才她開的玩笑，忙補充道：「不方便的話，可以託村裡婦人幫忙。」

林卉不以為意。「能自己去為什麼要託別人？總不能一輩子不出這村子吧？」她還得去看看有什麼商機呢。

也是。熊浩初想了想。「妳要買很多東西嗎？」

「反正不少。沒馬車的話，我一個人揹不回來。」

熊浩初暗嘆口氣。「我陪妳去吧。」

林卉登時喜笑顏開。「好。」她就等這句話呢，要不她怎麼不直接去問劉嬸？

熊浩初瞬間轉過彎來，他無語地看著她。「我們還未成親。」走太近徒惹非議。

林卉擺手。「都訂親了，沒差。」總比旁的村民親近。

她的性格跟原主差太多，村人彼此之間大多知根知底的，跟他們說話得小心翼翼些，以免被發現她跟以前不一樣。

反觀熊浩初，他才從外地回來，跟村裡人不熟，對她更不瞭解，在他面前，她起碼能放鬆些。

而且，她很多東西不方便給村裡人知道，例如蟾酥——她怎麼解釋她不光知道蟾酥這味藥，還會取蟾酥？

熊浩初自然不知道她肚子裡的彎彎繞繞，見她對自己不設防，心裡還是滿意的，便摸著鼻子放任了。

確定好第二天出發的時間，兩人便散了。

第二天一早，林卉爬起來便鑽進廚房，將昨兒用鹿肉換回來的麵粉全和了，一部分做成麵疙瘩湯，裝好放在一邊晾涼，剩下的做成容易攜帶的發麵烙餅，留著中午當午飯。

林川早早跟著起來忙活，麵疙瘩一好，林卉便給他盛了一大碗，讓他吃完趕緊去給熊浩初送早飯，她又轉去給菜地澆水。

等她忙完還不見林川人影，登時皺眉，忙不迭往外跑找人去，剛到院門，就看見熊浩初挑著一擔水往這邊走，捧著碗跟在後頭的正是林川。

林卉忙打開門。「怎麼這麼久才回來？」說完她才看到男人一腦門的汗，褲腳上還黏著泥巴，登時了然。「你下地了？」

「嗯。」熊浩初越過她走向後院，將水倒進缸裡，擦了擦汗，問：「等很久了？現在可以走了。」

林卉嗔道：「又不趕時間，急什麼？你先歇會兒。」見他臉上汗涔涔的，她忙將晾在院子裡的帕子拽下來，遞給他。「要不要擦洗一下？」

她沒想到這傢伙還記得澆水，六畝地啊，這傢伙怕是天沒亮就開始幹活了。

熊浩初避開她的手。「不用了，隨便擦擦就好。」拿袖子胡亂抹了把臉了事。

林卉無語，知道他是計較什麼，又再度往前遞。「這是川川的帕子。」再朝另一邊的浴間努努嘴。「自己去那屋裡擦。」

熊浩初頓了頓，接過帕子，旁觀的林川立即獻殷勤。「熊大哥，我給你裝盆水。」

林卉沒管他們，轉身進了廚房。

早上燒好的水已經涼得差不多了，她翻出家裡唯一的水囊，沖刷兩遍後灌滿水，再用一塊乾淨的帕子把烙餅裹起來紮緊。

收拾好東西，她才端著自己的那碗麵疙瘩坐到門檻上慢慢吃起來。

熊浩初鑽出浴間的時候，正好對上她吃麵的側臉。

淡金色的陽光灑下來，映在她那比旁人白上許多的肌膚上，剔透得彷彿整個人在發光。

熊浩初愣住了。他讀書少，形容不出來，只覺得這丫頭……真好看，不光是皮相上的好看，是那種……靈動的、朝氣蓬勃的好看。

很快，兩大一小出發了。

這個點不早了，村裡到處都是人，下地幹活的、去洗衣服的、打孩子的，看到他們結伴而行都面有異色。好在有林川一起，又是結伴去縣城，倒不至於太出格，有些與林卉家還算熟的還會打趣兩句。

直至看不見村子了，林卉才放鬆下來。

熊浩初察覺出幾分。「妳怕他們？」

林卉乾笑一下。「怎麼會？」迅速轉移話題。「縣城大嗎？」

熊浩初盯著她看了兩眼，識趣地接話。「不大。和豐縣山多良田少，人口更少，是整個崇州出了名的窮縣。」

林卉「啊」了聲，自言自語道：「難怪那個陳主簿這麼積極拉媒。」不拉媒如何添丁？

熊浩初哭笑不得。「這是朝廷政策，不光主簿，包括縣令在內，倘若他們治下的鰥寡孤獨、適齡而未婚者太多，他們會被申斥的，反之，這些都會算進他們實績。朝廷每年都會根據人口丁冊考核他們。」

林卉早就察覺一二，此刻聽他明明白白說出來，依然有些不敢置信。「這到底有多缺人啊……」

熊浩初怔了怔，轉頭看著前路，淡淡道：「連年戰亂，人丁有損，即便活下來，也是少數。」

林卉這才想起這茬，忙道歉。「我沒有別的意思，就是……」她撓撓頭。「感慨一下。」

熊浩初「嗯」了聲。

「不過，你知道得真多。」尋常百姓頂多只知道何時要成親，至於為何要執行，約莫都是一知半解的，哪能分析出一二三？

林卉想了想，試探地問道：「你以前是不是接觸過這些官員政令？」

熊浩初沒接她話茬。「妳要去買什麼？我一會兒帶妳去。」同時示意她看前頭。「縣城到了。」

林卉忙扭頭看去，城門已經出現在路的另一頭了，再看左右，路上行人也多了不少。

好吧，縣城果然很近，難怪陳主簿還能親自到他們那兒拉媒……

一直乖乖跟在他們旁邊的林川也看到了，興奮不已地開始嘰嘰喳喳，兩人的話題便到此打住。

第三章

十里八鄉就這麼一個縣城，人自然是不少，三人順著人流慢慢走入縣城。熊浩初便罷了，林卉跟林川眼睛都快來不及看了，城門外就地叫賣的小攤販、守城的衛兵、各式各樣的店鋪房子、形形色色的路人，還有輛真真正正的馬車從身邊經過……

眼前一切，彷彿電視場景再現一般，這一刻，林卉才真真切切感覺自己是穿越了——

「哎喲！」林卉捂著腦袋怒瞪過去。

敲了她腦袋的熊浩初淡定收回手。「要先買什麼？」

「先去賣東西。」林卉指了指他背簍。「哪裡有藥店收藥材的？」

熊浩初想了想。「這邊。」

他拉著林川往前走，同時示意她跟上，林卉忙追上去。

熊浩初領著他們左拐右拐，鑽進一條人流較少的大街。

三三兩兩的行人衣著打扮截然不同，料子更好，行人說話也是輕言慢語，還有許多轎子來來去去。

林川有點緊張，一手抓著熊浩初，一手拽著林卉。

林卉倒是不緊張，她只擔心這條街的店鋪……不好對付。

沒一會兒，熊浩初領著他們來到一間飄著淡淡藥香的店鋪，匾額上書——回春堂。

他們剛踏進藥鋪，便有一小哥迎上來，熊浩初朝他擺擺手，直接奔向左側櫃檯，那兒坐著一位低頭翻書的短鬚老者。

「宋伯。」他朝那位老頭打招呼。

老頭聞聲抬頭，見是他，立馬笑了。「熊小哥，好些日子沒見你了，今兒可是又有什麼好物？」視線掃過他身邊的林卉林川，卻絲毫沒有八卦之意。

熊浩初點點頭，看了眼林卉，取下背簍，將裡頭用竹葉包著的蟾酥拿出來，遞給老頭。

老頭接過來，先放到鼻端嗅了嗅，眉毛一挑，連忙解開包紮的草繩，褐色、半透明的蟾酥露了出來。

林卉是每天曬製一點，每天曬一片，每一片薄薄的，疊在一起，足有成人拳頭高。

老頭一片片捏起來，又聞又摸，還掰了一小塊舔了舔，完了直點頭。「不錯，不錯，這蟾酥很乾淨。」他看向熊浩初。「熊小哥，沒想到你不光會打獵，還懂藥材啊。」

熊浩初搖搖頭，指了指林卉。「是我未婚妻做的。」

老頭詫異，道：「我以為你已經成親了，竟然……」他咽下到嘴的話，看向林卉，略微打量了一眼，笑道：「小姑娘，這是妳做的？」

「嗯。」林卉點頭，直接問：「老先生，這些蟾酥，你們收嗎？」

「收，自然是收的。」老頭似乎有些驚異，看了眼把話語權交給她的熊浩初，笑了，開始給她列帳。「蟾酥取起來麻煩，我收外人一片九十文，熊小哥跟我有幾分交情，妳這一片分量不小，品質也好，我便不跟妳耍那些花腔，咱們按一片九十三文收，妳這裡共有十六片，總共一千四百八十八文。我給妳補了零頭，給妳一兩半如何？」

林卉看向熊浩初，後者朝她點點頭。林卉尋思著價格也差不多，遂跟著點頭。

蟾酥順利出掉，她的口袋裡也終於有錢了。

臨走老頭還笑著對她說。「小姑娘日後若是還有什麼好材料，儘管往我這兒送，多少我都收了。」

「好！謝謝宋伯。」

賺了錢，接下來就該採買東西了。

米、鹽是大事，林卉還想入些調料，改善一下伙食。還有衣服，實在是太破了，如果夠錢她想買兩身。對了，她還想養雞。

熊浩初拉著林川在前邊，聽著她在後面掰著手指絮叨，唇角微微勾起。

「……等雞仔長大了，咱們就有雞蛋——啊——」

熊浩初猛地回頭，發現剛才跟在身後的小姑娘摔了個屁股墩兒，眼角都疼出淚花來。

「走路沒長眼啊？這地兒是你們能逛的嗎？哎喲——」路邊一個吊兒郎當的男人嘴裡碎碎唸道，頭剛轉過去看到林卉時，瞪過去的眼一下直了，立馬上前扶人。「姑娘，沒摔著吧？來，哥哥拉妳一把呀！」

男人的手還沒伸到林卉面前，就被大步過來的熊浩初一把握住，他「嗷」地一聲叫出來：「疼疼疼——」還使勁去掰手腕上的鐵鉗。「撒手！撒手！」

熊浩初紋絲不動，詢問地看向林卉，林川緊張地上前扶起姐姐。

林卉也緩過來了，連忙爬起來看那名鬼叫個不停的男人是誰。

只見那人一身石青緞繡八寶半臂配鴉青直裰，頭上還頂著沙羅襆頭，看起來頗有幾分書生味。不說款式，全身料子都不知道比他們好上幾倍。

她心裡一咯噔，忙朝熊浩初道：「你幹麼呀，趕緊把人放了。」萬一惹了不該惹的人，就糟糕了。

熊浩初把她上上下下打量了一番，確定沒什麼問題，才鬆開那傢伙。

「嘶——」直裰男人終於被放開，還沒說話，一看手腕，生生多了圈紅印子，他登時勃然大怒。「賊猢猻！竟敢動你爺爺?!」怒瞪熊浩初。「打聽過你爺爺是什麼人嗎？」

熊浩初冷冷掃了他一眼，轉身欲走——

直裰男人一個箭步，堵在他面前。「動了爺爺還想走？」

林卉有點緊張，忙跑過來小心翼翼道歉。「對不起大哥，剛才是我沒看路撞著您了，您大人有大量，這事兒就這麼算了吧？」

她一站出來，直裰男人的眼睛就直了，再聽她賠不是，臉色立馬多雲轉晴。

只聽他笑道：「瞧姑娘說的，不過是小事一樁，不足掛齒。」他搓了搓手。「姑娘剛才摔著了，受傷了嗎？哎妳住哪兒呀，回頭我給妳送點吃的補補身子。」

「不用——」林卉話還沒說完，一隻大手將她往後推了推，然後她面前便多了堵牆。

「不勞你惦記。」身前男人淡淡道。

「嘿兄弟！」直裰男人一改先前惡棍模樣，開始跟熊浩初稱兄道弟。「你們哪裡人啊？

相逢即是有緣，既然碰上了，咱們就當交個朋友，哥請你們吃飯去！」

「不用了。」熊浩初面無表情，抓住林卉手腕，再拉上林川，不等男人反應逕自離開。

「哎哎哎，別走啊！」直裰男人大步追上來，張開雙手攔住他們的去路，眼睛直往林卉臉上瞟。「這麼急匆匆的是要去哪兒呢？這縣城我熟，你們想買什麼，哥我領你們去——」

「不用了。」熊浩初再次把林卉往身後拉，瞇眼看著他。「我們兩口子想去哪兒便去哪兒。」

兩口子？直裰男人愣了愣，驚疑地看向林卉，最後停在她的髮式上，嚷道：「放屁，人家姑娘還頂著丱髮呢！」

林卉下意識摸摸自己腦袋上的包包髮型，這個髮型簡單，原主原來也一直這樣梳，她便跟著記憶學了。原來這叫丱髮嗎？

她還在胡思亂想，熊浩初已冷下聲音。「那也是我們家的事，與外人無關。」他冷冷道：「現在，你還有事嗎？」

直裰男人被看得寒毛直豎，看看林卉，又覺得不太甘心，硬著頭皮道：「那撞了我怎麼說？」

熊浩初瞇起眼，已然捏起拳頭，林卉見情況不對，連忙撲上去抱住他胳膊。

溫熱柔軟的身體貼過來，熊浩初登時僵在原地。

林卉沒察覺，扶著他胳膊探出半身，軟聲地朝直裰男人求饒。「這位大哥，剛才是我不小心撞了你，真的非常對不起，可以原諒我嗎？」烏溜溜的杏眼可憐兮兮地望著他。

那直裰男人被看得半邊身子都酥了，腦子一熱，忙不迭點頭。「沒事沒事，我也沒撞著。」

林卉眨巴眨巴眼睛。「那我們現在可以走了嗎？」

「可以！當然可以！」直裰男人邊點頭邊往一邊讓。「哎姑娘啊，哥哥我叫裘泰寧，家住東城錦民街，妳若是有什麼困難，定要來找我啊。」說著還剜熊浩初一眼，打的什麼主意不言而喻。

他這是以為自己是被脅迫還是咋地？林卉暗笑，臉上依然笑咪咪。「好的，我知道了，謝謝哥哥！」完了推了推熊浩初，低聲道：「快走。」

熊浩初眉頭皺得死緊。林卉見他不動，怕他犯倔，掐住他後腰軟肉用力一擰。熊浩初背部肌肉登時繃緊。

林卉才不管他疼不疼，邊朝那直裰男人微笑，邊推搡著他往前走。

直裰男人站在原地，戀戀不捨地看著林卉的臉，直到看不見了，才長嘆了聲。「如此嬌花，配這樣粗鄙漢子，真真是浪費……不對啊，這年紀不對啊！」他猛然反應過來。「小姑娘看著才及笄，應當還沒到婚配年齡，怎麼配了個這樣的老男人？」

半晌，他摸了摸下巴。「說不定，小爺我還有機會？」

他這邊在打什麼主意，林卉自然不知道，她正忙著安撫熊浩初呢！

「我說，你擺著個臭臉給誰看呢？」

熊浩初忍怒。「妳身為姑娘家，怎麼能隨意對外人——傷風敗俗！」對外人什麼？說話？還是笑？

老古板！

林卉翻了個白眼。「我怎麼了？我還不許說話不許笑了嗎？說兩句笑一笑能把事兒圓過去，不好嗎？」

轉過來還教訓他。「做人要以和為貴，別動不動揮拳頭。咱又不是什麼有權有勢的人家，萬一得罪不該得罪的人，怎麼收場？」

想教訓她反被念叨了一頓的熊浩初。「……」

林卉接著給林川灌輸思想。「川川你看到了嗎？以後可別學他，大丈夫能屈能伸，別死守規矩不放，回頭事情做不成還招了禍。知道嗎？」

林川看看黑臉的熊浩初，似懂非懂地點點頭。

熊浩初依然黑著臉。

林卉有些好笑，湊過去，小聲道：「別生氣了，都怪我，以後我走路注意著點啦。」

熊浩初靜默片刻，道：「我在這裡，妳無須太過擔心。」

林卉愣了愣，嘟囔道：「知道了，真是……」典型的大男人主義。

熊浩初沒聽清，疑惑看她。

林卉嫣然一笑，輕推他胳膊。「好了好了，以後我都乖乖站你後面好不好？我們趕緊去買東西吧？」

這是……撒嬌？熊浩初動了動手指，視線滑過她的如花笑靨，在她頰上小酒窩停留片刻，移開目光，「嗯」了聲。

那這事就算揭過了？林卉輕舒了口氣，手上陡然一緊。低頭一看，她的手腕已被某位虎背熊腰的漢子攥在手裡。

「走吧。」低沈的嗓音在她頭頂響起。

林卉仍有些愣怔，視線一轉，對上林川懵懂的神情，不知怎的，臉上便有些發燙。

肯定是天氣太熱了！

沿途返回，他們很快回到之前城門附近熱鬧街區。叫賣的、寒暄的、講價的，各種聲浪夾雜其中，吵雜不堪，又帶著滿滿生活氣。

不光吵，人也更多了。擔心再出意外，熊浩初乾脆抱起林川，另一手張開，虛攏在林卉外邊，護著她不讓她被旁人擦撞。

這讓他走得異常艱難。林卉走得慢，他腿長，走得也快。每走兩步，他便要停下來等一等，看看林卉。

林卉心裡竟忍不住漾出幾絲甜意。抬頭，男人硬朗側顏映入眼簾，帶著幾分冷肅。

她想了想，伸手拽住他的衣襬。男人腳步頓了頓，懸在她肩外的手指動了動，輕輕搭在她肩膀上。林卉耳根有些發燙。

要買的東西太多，米糧是最重的。林卉打聽好價格，打算走的時候才買，然後直奔雜貨鋪。

她先買調料。鹽五文一兩，糖十三文一兩，醬三十文一壺，油一百二十文一壺。四味調料一買，瞬間沒了三百文。

林卉心痛得不能自已。她辛苦十二天，才得了一點錢而已啊……

熊浩初對此完全沒有發表任何意見，一副隨她安排的樣子。

林卉忿忿。要不是這傢伙太能吃，她何至於買這麼多！她還負債呢，又是糖又是醬，哪家有她這麼奢侈的？

轉而又想，這廝每天澆六畝地，再不給他吃好點，怎麼能行？

索性還是買了，接著轉戰裁縫鋪。

「什麼？這身衣服要六百文?!」林卉翻了翻手上衣料，確定是素色布料，連朵花兒都沒見著，她不敢置信抬頭。「妳這料子鑲金了嗎？」

對面戴著珠花的婦人臉一拉，把衫子扯回去。「這可是端州過來的黃麻，夏日穿這個最是涼爽透氣。看不懂別瞎扯。咱這鋪子可是鄉親們最愛來的，要是欺價了哪個還來？」說完還白了她一眼。「妳要花兒自個扯布回家繡去。」

林卉心知理虧，連忙道歉。「哎喲大姐，對不住了，我以往沒見過這麼好的料子，這不是看妳長得跟廟裡菩薩似的，想著妳好說話才敢上來摸摸嘛。」

婦人臉色好看許多。「也就我脾氣好了，換了別家店，早把妳轟出去了。」仔細打量她身上。「瞧妳這身針線也不錯，都是過日子的，別整那些花哨的，扯幾疋棉布回家自己做去，沒得白花那個錢。」

林卉「哎哎」點頭，然後小心翼翼問：「大姐，這棉布價格……」

「欺不了妳。」婦人回身抱了幾疋布擱櫃檯上。「這些個結實，就算天天挑水下地也能禁得住，不貴，二百五十文一疋。」

林卉牙疼般「嘶」了一聲，哭喪著臉問道：「姐，還能便宜些嗎？」

婦人擰巴眉頭。「這個價真不貴了，省著點用，能做兩身衣服了。」

林卉瞅了眼門外候著的熊浩初，有些不好意思地擺擺手。「做不了，我家男人太壯實。」

婦人鄙夷地看她一眼。「擱我這兒顯擺啥，就妳男人壯實嗎？」

林卉。「……」

不是，她也沒說啥，哪兒聽出顯擺的意思了？

好說歹說，珠花婦人終於被磨得以二百三十文的價賣給她兩疋布，還搭送了兩根針幾卷繡線。

氣得婦人直轟她。「趕緊走趕緊走，再待下去，我們家鋪子都要被妳搬空了。」

林卉現在看出來了，這婦人就是個嘴皮子厲害的紙老虎，實則心軟得不得了，價格也實惠，難怪店裡好多都是穿著布衣的婦人。

她笑嘻嘻說了幾句好話，哄得婦人臉色好看了許多。

收拾好布料針線，塞進背簍，布疋比較長，背簍蓋子被頂得翹了一邊，她也不管，揹上背簍，喜孜孜走出鋪子。

裁縫鋪裡大都是女人，熊浩初那個老古板覺得進來不妥，便拉著林川在門外候著。此刻一見她出來，二話不說，直接伸手抓向她背簍。

林卉忙避開。「別麻煩了，這個我揹。待會你還得幫忙揹米糧呢。」

熊浩初眉峰微微皺起。「我揹得下。」

林卉知他大男人主義又發作了，白了他一眼。「你那筐裡還裝著油壺醬壺呢，弄髒布料怎麼辦？」

熊浩初啞然。

「行了，走吧。」林卉低頭招呼林川。「川川，抓緊熊大哥啊。」

「嗯嗯。」林川原本一直盯著某處，聽見林卉的話，忙收回目光朝她點點頭。

林卉順著他適才的視線望過去，看到插滿一稻草靶子的冰糖葫蘆，登時了然。

小孩子嘛，又一直窮著沒什麼零嘴，看到糖葫蘆走不動都是正常的。

林卉想了想，拉起林川的手。「走，給你買糖葫蘆去！」

林川眼睛一亮，下一刻又慌忙搖頭。「不用了姐姐，那多浪費啊。」

真的是太乖了。林卉一想到現代接觸過的那些熊孩子，就忍不住心疼他。

她摸了摸林川腦袋。「沒關係，一根糖葫蘆幾文錢，咱們還買得起。你最近天天幫忙抓蟾蜍，獎勵一根冰糖葫蘆，很正常！」

林川遲疑了，看看她，又看向熊浩初。

熊浩初點頭。「想吃就買吧。」

林川登時高興得跳起來。「那我要挑個最大串的！」

林卉無語。她才是付錢的老大，小屁孩幹麼要看這大塊頭的臉色？越想越不忿，她忍不住瞪了眼熊浩初。

熊浩初有點摸不著頭腦。「怎麼了？」

林卉輕哼一聲，拉上林川扭頭就走。

熊浩初。「……」

見姐弟倆走向對面，他顧不上多想，抬腳跟上。

林卉買了根冰糖葫蘆，遞給林川，後者雙眼放光，卻將其推回來。「姐姐，妳先吃。」

竟是打算跟他們分著吃？林卉忙搖頭。「不用了，川川自個兒吃吧。」她上輩子再淒慘，糖葫蘆還是吃過幾回的，這會兒更不會跟小孩子爭。

林川又遞給熊浩初。「熊大哥……」

熊浩初摸摸他腦袋。「不用。」

林川依然有些遲疑，林卉拍拍他腦袋。「快吃，一會兒化了就不好吃了。」雖然她看這糖葫蘆就沒沾多少糖。

林川嗯嗯兩聲，嗷嗚一口咬下去。甜絲絲的糖衣帶著山楂的酸味湧入口中，吃得他滿臉都笑開花。

林卉莞爾。「好吃嗎？」

林川連連點頭，嘴裡含著那小口冰糖葫蘆，捨不得張開嘴說話。

林卉摸摸他腦袋，轉頭跟熊浩初商量。「走了這麼久，咱們找個地方歇歇腳吧？」她看看道路兩邊的攤子，問：「我帶了烙餅，要不，咱去找個茶水攤子坐著？」

「餓了？」

林卉老實點頭。「嗯。」又有些擔心。「要是只點茶水，會不會被罵？」

熊浩初搖頭。「無妨。」彎腰抱起林川。「我認識一個攤主，咱們去那兒歇腳。」張開手，看著她。

林卉只遲疑了下便爽快走過去，抓住他衣襬。「走吧。」

熊浩初也不吭聲，輕輕扶上她肩膀，帶著他們匯入人潮。

這邊是縣城西市，前段是各種鋪子，中段擺賣十里八鄉村民帶過來的山貨、特產，後段全是各種可供歇腳的茶攤、麵食攤。

熊浩初帶著他們過來的時候，已是飯點，一路全是湧到這邊吃飯的人，有挑著貨物的漢子、三三兩兩結伴而來的婦人、逛市集的一家子……熙熙攘攘，熱鬧非凡，沿街兩邊的條桌、條凳皆坐得滿滿當當。

各色食物的香氣直往他們鼻子鑽，香得兩姐弟直咽口水。林川這會兒也顧不上啃糖葫蘆，攬著熊浩初直伸脖子。

林卉也沒差多少，一路走來，小籠包、酥油餅、湯圓、粽子、糯米糍、蔥包檜兒、糟羹、雲吞麵……每個攤販的食物都不帶重樣的，看得她眼睛都恨不得懟到那些人的碗裡去。

注意力一直放在她身上的熊浩初，沒發現自己渾身氣息都溫和了不少。

兩大一小穿過人潮，直走到一處攤販前，熊浩初微微一用力，攬著林卉拐到右邊架著兩口大鍋的攤販位置。

到了？林卉立馬睜大眼睛。

「張哥。」只聽熊浩初朝站在大鍋後的中年人喊了聲。「來三碗雜湯、三份——」

林卉連忙拽了拽他衣襬，低聲道：「咱帶了餅，點兩碗湯就夠了，我跟川川合吃一份。」她看到旁邊客人用的碗了，要都是那麼大，說不定一碗就夠了。再說，這味兒聞著就香，怕是放了不少肉啊骨頭啥的，鐵定不便宜，還是別點得太多。

熊浩初還沒說話，那站在大鍋後忙著盛湯的中年人已聞聲抬起頭，看到熊浩初，登時笑了。「喲，小哥今兒這麼早？」再看，他竟然帶著一位姑娘還抱著孩子，遂打趣。「今兒全家出來呢！要吃點什麼？」

熊浩初也不多解釋，點點頭，看了眼警告地瞪著自己的林卉，若無其事道：「來三碗——兩碗雜湯。」把那直擰他腰眼的柔荑抓在手裡，他繼續道：「我們坐牆根那兒，待會勞你送過來了。」

「好吶。」中年人朝另一邊吆喝。「孩他娘，趕緊過來幫忙。」

他們說話的工夫，林卉已經打量過老闆面前那兩口鍋。一口燉著湯，一口滾著熱水，旁邊還有一個上頭放著分成一團團麵條的籮筐。

這是麵攤？

未等她瞧清楚，熊浩初就拉著她的手轉向用餐區。

所謂用餐區，不過是橫平豎直擺放的條桌並條凳。靠近路邊的條桌全都坐滿了人，熊浩初拉著她直接走到最裡頭靠牆根的條桌前，先幫她把背簍取下來，讓她坐進靠牆的位置，再把林川塞在她身邊，最後才卸下自己背後的大背簍。

見他準備把背簍往桌下塞，林卉忙拍他一下。「傻了嗎？把烙餅拿出來呀。」

熊浩初瞅了她一眼，依言俯身，翻開她那個小背簍，入目就是一玄色、一鴉青的布疋，他頓了頓，將壓在上面的布包拿出來，重新蓋上蓋子。

林卉沒注意到他那一瞬的異常，順手接過來，掃了眼油乎乎的桌子，直接將布包擱在自己腿上，麻溜解開，拿起一個烙餅遞給他。「給。」

熊浩初接過烙餅，還沒咬上一口，老闆就端著兩大碗湯過來了。

「喲，怪道今天只要湯呢，」他掃了眼熊浩初手上的烙餅，打趣道：「有媳婦兒就是不一樣，都帶上乾糧了。」

熊浩初似乎心情很好。「嗯。你家湯好喝，帶他們過來嚐嚐。」

老闆被說得樂呵呵的。「要的要的，咱家的湯那可是下足料的。」看了眼林卉的丱髮，啥也沒說，只擺擺手。「你們慢慢喝，不夠再找我要，湯管夠。」

熊浩初點點頭，老闆轉身又去忙活了。

林卉遞了個餅給弟弟，再挪了碗湯到他面前，讓他先吃，然後抬頭看熊浩初，好奇問道：「你經常來這兒吃？」

熊浩初點頭，將另一碗湯移到她面前。

林卉搖頭。「太大碗，我跟川川一碗就夠了，這碗你吃吧。」

熊浩初不為所動，將勺子遞給她。

林卉舉了舉手上的烙餅。「我吃這個。」

熊浩初皺眉。「配湯。」見她還要反駁，他補充道：「吃不完給我。」

意思是，她喝不下的他解決？這、這……

川川還小，又是她這身體的弟弟，她才勉為其難與他共用一碗，可這傢伙、這傢伙跟她又不是親人，難道不覺得吃別人的口水很噁心嗎？

林卉心裡這般胡思亂想，甚至還覺得嫌棄萬分，臉上卻不由自主地染上一層緋色。

熊浩初愣了愣，伸手去摸她額頭。「不舒服？」

林卉「啪」地一下拍開他，瞪了他一眼。「你才不舒服！」搶過他另一手上的勺子，不再搭理他，低頭開始喝湯。

熊浩初被她整得一頭霧水。不過，這般精神，想來應該不是曬著了。

那怎麼突然臉紅了？

他的視線不由自主瞟向她那泛上紅暈的耳尖和後脖子，半天挪不開眼。

林卉又不是死的，自然察覺到他的目光，她從碗裡抬起頭，狠狠瞪過去，低聲斥道：「看什麼看？吃你的餅去！」

熊浩初莞爾，一錯眼，就對上林川半帶理解半帶同情的目光。

「熊大哥，」林川咽下嘴裡的烙餅，將自己面前的湯碗往他那兒推了推。「你要是餓得慌，就先喝我這碗吧。你一直盯著姐姐，她都要不敢喝了。」
注意力完全不在湯的熊浩初。「……」
被盯了半天的林卉。「……」
林卉見熊浩初難得顯出幾分窘迫，噗哧一聲笑了，朝弟弟道：「不用管他，你趕緊吃。」一陡然想起什麼，她忙問：「你的糖葫蘆呢？」
林川得意地將衣襟拉開，露出塞在裡頭的糖葫蘆，開心地道：「我要帶回家吃，省著點吃，說不定能吃三天。」
「……」林卉真服了這孩子，這下糖葫蘆外層薄薄的糖衣全黏衣服上了。
她耐心解釋了幾句，林川才戀戀不捨將糖葫蘆拿出來，然後就著湯，咬一口烙餅，再喝一口湯，再咬一小口糖衣都快化完的糖葫蘆。
合著這肉湯還不如糖葫蘆得他歡心，林卉無奈搖頭，由得他去。
抬眼，就看到某人正埋頭吃烙餅，一口接一口，速度快得彷彿不用嚼，進嘴就往下嚥。
看著就噎得慌。林卉忙將自己喝過的那碗雜湯再推回去。
熊浩初頓住。「不——」
「趕緊喝！」林卉瞪他。「就你這吃飯速度，我還沒吃一半你都拿餅子塞飽了。」再捏起碗裡的勺子。「我用這個。」跟林川喝一碗。
熊浩初頓了頓，看了眼慢吞吞舔冰糖的小孩兒，終是依言把碗拉回去。
林卉搖搖頭，剛準備低頭，就見男人直接端起湯碗，咕嚕咕嚕灌掉三分之一。

林卉。「……」

他們從未同桌吃過飯，她還真沒見過這傢伙吃飯的模樣。所以，這傢伙是餓著了還是向來吃東西都這般兇猛？

她忍不住又看了兩眼，就這麼一會兒工夫，男人已經乾脆俐落解決掉一個烙餅。

林卉。「……」

為了方便，她今天做的烙餅比平日大不少，竟然……

見熊浩初望過來，她乾脆將裝烙餅的布包遞過去。

熊浩初疑問地看她。

林卉揚了揚另一隻手上的餅。「我這個就夠了。」

見他不接，索性直接塞他懷裡，完了也不管他，執起勺子，就著林川面前那湯碗開始吃起來。

湯是鴨湯。湯色澄清，喝起來卻鮮醇得很，碗底還有幾塊鴨肉鴨雜，柴火久熬的湯肉酥爛鮮香。她很久沒喝過這般肉香濃郁的湯了，吃一口烙餅就忍不住喝一口湯。

湯鮮餅香，在這沒有飼料沒有化肥的世界，這絕對是最天然的食物原味。

林卉吃完自己的餅，忍不住又把林川吃不下的小半個餅給吃完，再加上一大半碗帶鴨雜鴨肉的鮮湯，等她放下勺子，立馬打了個輕嗝，她連忙捂住嘴，心虛地看了眼熊浩初。

熊浩初眼底閃過抹笑意，將紮好的布包遞回給她。

林卉接過來，掂了掂，咋舌。「你吃了幾個？」

「……五個。」

「……你一頓吃這麼多？」林卉瞠目，想到什麼，連忙又問：「這些天你是不是都沒吃飽？」

熊浩初頓了頓，含糊道：「差不多了。」餓的話他會隨便再搗鼓點別的加餐。

林卉聽明白了，嗔怪道：「你怎麼也不說？你做的都是力氣活，不吃飽怎麼行？」

熊浩初感覺自己在這丫頭面前似乎毫無威嚴，才出門半天，他已經被訓了好幾回了。

他輕咳一聲，抓起大籮筐甩到背上，再抓起小的遞給林卉，已經準備要走了。

林卉接過小背簍，視線往桌上掃，兩碗湯帶肉渣都沒了——熊浩初喝完湯後，直接拿餅把裡頭的湯料給扒拉著吃得乾乾淨淨的。

林川爬下條凳，乖乖抓著她衣襬。

林卉拍拍他，先把烙餅布包扔進背簍，揹起來，一抬頭，發現熊浩初已經逕自走到攤主那邊給錢了，她忙抓著林川追過去。

「……什麼時候成親啊？」

林卉看見攤主老闆把銅板塞進布兜裡。

「明年。」熊浩初眼角看到林卉牽著林川過來，朝攤主老闆點點頭，自然地拉起她手腕，帶著他們離開。

待走遠了，林卉靠過去，小聲問了句。「多少錢？」

「不貴。」熊浩初隨口道：「先跟我去個地方。」

林卉看了他兩眼，確定他不像是會計較的樣子，就決定算了，讓他請客，接話道：「去哪兒啊？」

「辦點事。」

林卉等半天也沒見他往下說，撇了撇嘴。

熊浩初領著他們繞出西街，轉入另一條街，鑽進一間門面簡單的鋪子。

布坊？林卉詫異。有什麼事要特地來這裡？上午他們已經去過另一家布坊了啊。不過這家布坊，看起來倒是更為雅致、安靜。

熊浩初進了門直奔櫃檯，朝櫃檯後的小夥子道：「周掌櫃呢？我來提錢。」

提錢？林卉瞪大眼睛。

小夥子似乎認識熊浩初，笑著點點頭。「掌櫃在裡頭，你等會兒。」轉頭鑽進裡屋。

沒多會兒，一名白胖老頭鑽出來，詫異地掃視一圈，看向熊浩初。「熊小哥，這個月怎麼這麼早？」

熊浩初皺了皺眉。「不能提？」

「不不，當然能。」老頭擺擺手。「本就是隨你方便而定的時間，你現在取也無妨。你等會兒。」他從櫃檯下取出一本帳本，翻開，再取過算盤，啪嗒啪嗒地算了起來。

林卉乘機扯了扯熊浩初的袖子，熊浩初低頭看她，她小聲問：「你提什麼錢？」

熊浩初解釋。「我鞣製的皮毛都拿來這兒賣，每月結一次錢。」

是他打獵得到的獸皮嗎？既然能月結，肯定這段時間常送貨來了，林卉羨慕極了。「有門手藝真好啊。」

熊浩初頓了頓，看了她一眼。

林卉卻沒再說什麼，見他要等掌櫃，逕自拉著林川興奮地跑到另一邊去看那些掛在牆上的皮草。

黑狐裘、貂皮襖、紫貂昭君套、兔毛風領襖、鼠皮裙……兩鄉下姐弟那是看得目不轉睛。林卉似乎對這些有些瞭解，低聲朝弟弟介紹，偶爾還能聽到後者發出的驚嘆聲。

熊浩初盯著他們的背影半晌，幽深的眸子裡看不出什麼情緒。

「熊小哥。」周掌櫃算好帳抬起頭，順著他的目光看了眼林卉姐弟倆，繼續道：「這月你總共送了三次皮子，數量比上個月少了點，也都只是兔毛一類的普通皮子，賣不上什麼價，加起來約莫只有七兩，要提嗎？」

熊浩初點頭。「提。」

「成。」

熊浩初領好銀子，轉頭找那對姐弟去。

另一頭，林卉正對著紫貂昭君套滔滔不絕。「……凶得很，不光吃蟲子鳥兒，兔子跟雉雞都是牠的食物……」

熊浩初眼底閃過抹深思。

「熊大哥！」林川率先發現他。

林卉忙停下話頭，瞅了眼櫃檯，小聲問他。「搞定了？可以走了嗎？」

熊浩初點頭，俯身抱起林川，再拉住她手腕。「走了。」

林卉乖乖跟著出門。

接下來，就是按照計劃購物。

二十斤米，一百五十文。

十斤麵，一百文。

林卉還想買點澡豆，進脂粉鋪一問，最便宜的澡豆不過嬰兒拳頭大，竟然要足足一百文！都快趕上二十斤大米了。

她掉頭就走。開玩笑，她現在溫飽還成問題，哪裡買得起這麼貴的東西。可大夏天的，只能用清水洗澡也著實痛苦。

她想了想，問門外候著的熊浩初。「你知道哪兒有賣豬肉的嗎？」

熊浩初看了眼脂粉鋪子，沒說什麼，直接帶她去了西市某處。

這兒全是肉販子。大熱天的，肉腥味、汗味以及各種奇怪的味道混成一團，熏得人直欲作嘔。

天氣熱，午後豬肉攤都開始降價，豬肉一斤降到十四文，肥肉貴一些，要十六文。

林卉興奮地直接買了五斤肥肉——真的是純肥肉，一丁點紅肉絲都見不著那種。

隨後，她看那還沒賣完的豬大腸著實便宜，忍不住又買了兩斤，這就花了近一百文。

回城的路上，在城門外農人紮堆擺集的地方，林卉見著雞苗，忍不住又買了兩籠，四百文瞬間又沒了。

一趟工夫，就把辛苦半個月掙下的錢花掉了大半。

還是得繼續想法子掙錢。林卉摸了摸懷裡剩下的半兩銀子，暗忖道。

還有，現在該怎麼回去？他們買太多東西了，扛回去會累死。

林卉正在發愁，就見熊浩初卸下背簍，將米麵壓在底下，醬啊油啊疊上去，完了還把她背簍裡的兩疋布抓過去，壓在最上面，她忙去搶。「米麵就好幾十斤了，你別逞強了。」

熊浩初搖頭。「不會。」把滲著血的豬雜扔進她那個背簍，再把兩籠雞仔疊著放進去。「妳揹這些。」

林卉瞪他。「我這樣等於啥也沒放。」

熊浩初沒管她，隨手將裝米麵的大筐往背上一甩，完了還單手把林川抱起來。「走吧。」

小林川走了大半天，這會兒早就累了，不過性子倔，一直不吭聲而已。

林卉不敢置信。「這樣還能走得了？」林川再瘦也有三十多斤吧？何況還有幾十斤東西揹在背後……這傢伙要逞強也得有個限度吧？

熊浩初淡定地掃她一眼。「妳走不動？」將空著的另一臂膀伸到她面前。「走不動可以上來。」

林卉傻眼，這是開玩笑吧？

熊浩初猶覺不夠，又補了句。「放心，這會兒路上沒什麼人，不會被人笑話的。」

林卉無語了，重點不是這個吧大哥！

見她驚著了，熊浩初收回手。「不上來便罷。」
……這是在整她。林卉轉過彎來，斜他一眼。「我還以為你不會開玩笑呢。」
熊浩初勾了勾唇角，率先往前走。「走吧。」
林卉忙扶著背簍追上去，邊好奇問道：「你力氣到底有多大？」
「比常人大一點。」路上沒什麼人，熊浩初沒再特別關照她，走得大步流星。
林卉小跑著跟在邊上，見他揹著重物、抱著林川依然健步如飛，驚呆了。「這只是比常人大一點嗎？」想了想，她小心翼翼問了句。「是不是你過去在軍隊的時候鍛鍊的？」
熊浩初搖頭。「天生如此。」
林卉睜大眼睛。「天生？」她這下真好奇了。「那你搬過最重的是什麼？」
熊浩初想了想。「成年水牛吧。」
什麼？一頭成年水牛起碼五百公斤吧！林卉驚呆了。「你、你怎麼搬？」
熊浩初空著的右手伸出，做了個托舉的動作，隨口道：「就托著肚子抱起來。」見她瞪大眼睛，他還好心解釋了句。「水牛摔坑裡斷了腿，不用抱的出不來。」
林卉。「……」
熊浩初腳長步子大，她這裡步子一緩，兩人距離立即拉開老遠。熊浩初的注意力一直在她身上，見狀停下來，回頭看她。「怎麼了？」
「沒事沒事。」林卉回神，忙追上來，兩人再次前進。
林卉瞅了眼已經睡著的林川，想了想，帶著三分試探地問：「你是因為天生力氣大，才去打獵嗎？」

熊浩初遲疑了下，道：「我力氣大，又會射箭，打獵正好，來錢也快。」

「那你以後打算……」林卉欲言又止。

熊浩初很直接。「妳不喜歡我去打獵？」

「……也不是啦。」林卉有點尷尬。還沒成親就管人做什麼營生，也管太多了。只是，這年代打獵全靠冷兵器，終究還是有風險，畢竟荒山野嶺裡的野物可不比動物園裡馴養過的，他一個人進山，若是出點什麼意外……

熊浩初看了眼林卉，道：「以後我少去就是。」

林卉想說什麼，思及兩人關係，又默默咽了下去。

熊浩初也不再說什麼，接下來的路程，兩人一路無話。

回到林家，熊浩初放下林川，再把背上的米麵卸到廚房裡。

林卉打發揉眼睛的林川去洗把臉，轉身就見熊浩初要離開，忙喊住他。「等等。」

熊浩初依言停步，卻見那丫頭話也不多說一句，鑽進西屋裡又不見了人影。他皺了皺眉，掃了眼空蕩蕩的屋子，抬腳走出去，站到門外候著。

林卉拿著東西出來的時候，就看到這大塊頭矗在門口，把屋裡的光都給擋了大半。

她頓了頓，逕自走過去。「來，張開手。」

熊浩初視線一掃，立刻倒退幾步。「不，不用了，不合適。」

這人真是……林卉翻了個白眼，兩步追上去，一把揪住他袖子。

熊浩初觸電般揮開她，皺眉斥道：「妳這丫頭！」

「幹麼！」林卉甩了甩手中繩尺，反瞪回去。「量個尺寸而已，你躲什麼？」

林卉是要給熊浩初量尺寸做衣服。她仔細觀察過幾回，發現這傢伙就那幾身衣服來回換而已。

農家人活動量大，粗布衣服不禁磨，大夥的衣服都會特地在肩膀、手肘等處加塊料子防磨。偏偏這傢伙家裡沒女人，自己約莫也是不會搗鼓，那幾身衣服破舊得很，也沒有加厚防磨，這幾處特別容易磨損的地方早都磨得發白開線，再破下去衣服就沒法穿了。

先不說熊浩初平日是如何幫她挑水、劈柴、送肉的了，今兒他靠自己的關係幫她賣出蟾酥，完了還幫她揹東西回來……她給做兩身衣服也是應當。

再說，雖說她有原主記憶，該要會的針黹工夫應該還是會的，可真要動手她還是慌得慌。這夏日的衣服總比冬日衣服好做，她得先練起來——就她現在溫飽成問題的狀況，可穿不起鋪子裡的成衣。

正是因為想到這些，她才忍痛買了兩疋布。這傢伙要是不配合，她肯定要罵人了。

熊浩初看著面前氣勢洶洶的丫頭，有點頭疼。「妳身為姑娘家，不能稍微注意點嗎？」

林卉沒好氣。「這兒又沒外人，注意啥？」上前一步。

熊浩初跟著退一步。「就算沒人——」

「行了，別囉嗦了。」林卉打斷他，拽起繩尺往他肩膀上一搭——

熊浩初僵住了。

林卉個子嬌小，站一起連他肩膀都不到，現在她張開雙手分別按在他左右肩膀上，看起來就跟……撲到他懷裡似的。

林卉完全沒搭理這老古板的反應，按照記憶量好肩寬，她默念幾遍記下數字，再拉起他的胳膊量，然後拉下繩尺，轉而往他腰上繞去——

院門口突然響起一聲驚呼，然後是婦人的嚷嚷。「要死了！林卉妳這浪蹄子！」

林卉還沒反應過來，站在她身前的熊浩初已經退開幾大步。

林卉皺眉，將剛才量妥的數字過了遍，確認記住了，才抬頭看向院門口。

來者正是林卉奶奶，趙氏。只見她虎著臉大步進來，嘴裡直罵。「林卉妳這小浪蹄子——」

「奶奶。」林卉板著臉打斷她。「妳過來有什麼事？」

「有什麼事?!」趙氏抬手，直接往她胳膊上掐。「我要是沒過來，你們豈不是都要脫衣服行那骯髒事了？光天化日的，妳還在孝期呢，要不要臉？」

林卉沒躲住，胳膊被掐了下，登時疼得「嘶」了聲。哇，老太婆下手真重！

再下一瞬，她面前就多了道小山。

「幹什麼幹什麼？」被熊浩初抓住手腕的趙氏跳腳。「你這流氓還想打我這老婆子不成？」

熊浩初冷著臉。「再胡說八道我——」

林卉推了他一把。「別管她了，你先回去吧。」

熊浩初皺眉看她。「她要打妳。」

林卉眉眼一彎。「那麻煩你出門的時候，順便把她也帶出去。」

「林卉妳敢？」趙氏嚷嚷著試圖伸手去打熊浩初身後的林卉。「我是妳奶奶！妳敢這樣對我？小心我去族老那裡告妳。」

熊浩初無奈，拽著趙氏往院門帶。

林卉沒搭理她，往熊浩初身後躲了躲，完了又推他一次。「趕緊走。」

「兔崽子！妳敢?!」趙氏被拽著往後退了幾步，偏又掙脫不開，氣壞了，乾脆往地上一坐，開始哭天喊地。「偉業你這個不孝子啊，死就死了，還讓你女兒帶著外人欺負我這老太婆啊！」

熊浩初也確實不可能拖著她出去，只得停下來。

趙氏頓時得逞般嚷嚷起來。「我告訴你們，別說你們才只是訂親。就是成親了，大庭廣眾下這般沒臉沒皮地廝混，我也能告族老去！竟然還敢欺負我老婆子？呸！」

熊浩初何曾與這等潑婦掰扯過，一時竟只能黑著臉站在那兒。

林卉白了某個沒用的大塊頭一眼，蹲下來，頗為悠哉地以掌托頰，好整以暇地道：「奶奶，我說，妳來究竟有啥事啊？」

這姿勢、這語氣，登時在趙氏的火頭上澆了勺油。她捶了兩下泥地，怒指林卉。「死丫頭，妳這是什麼態度？別以為找了個男人當靠山我就不敢打妳。妳一天沒過門，我就能把妳這親事給攪黃了，沒得留在這裡敗壞我林家門風。」

林卉佯裝詫異。「奶奶竟然反對我跟熊大哥的親事？」她一擊掌。「恰好我也還想再挑挑，要不，咱們一塊去找里正、找陳主簿談談？」

熊浩初。「……」

趙氏被噎了個正著，看看她，又看看熊浩初，無可奈何地指著她鼻子怒道：「死丫頭！妳給我等著！」一骨碌爬起來，抬腳就跑沒影了。

林卉和熊浩初面面相覷。

「咳，我回去了。」後者掩唇咳了咳，跟著快速離開。

林卉撇了撇嘴，走過去掩上院門。

「哎，哎，卉丫頭！」

是劉秀芳劉嬸。

林卉忙又拉開門。「劉嬸，怎麼了？」

劉嬸看看外頭，問：「剛妳奶奶又來鬧了？」

「嗯。」林卉皺眉。「也不知道又作什麼么蛾子。」

劉嬸擺手。「我知道，我知道。」見林卉詫異望來，她壓低聲音道：「妳跟熊小哥是不是去縣城了？聽說還揹了老多東西回來？」

林卉瞇了瞇眼，點頭。

「那就對了。」劉嬸責怪她。「妳家什麼情況大家也知道，突然買那麼多東西回來，被村裡人看見，自然也就多議論了幾句，趕巧又被妳奶給聽見，這就出事了。」

林卉皺眉。「怎麼，我家買點啥的都見不得光嗎？」

「不是這個意思。」劉嬸嘆了口氣。「只是妳奶奶那性子，沒事也要占點便宜的嘛，哪會放過妳，妳家裡又沒個男人……我就是怕妳吵不過她，這才趕緊過來看看情況的。」

林卉依然有些不舒坦。這一家家的盡盯著別人，她就沒點隱私了？

劉嬸以為她在擔心她奶奶，又看了眼外頭，笑道：「不過，我是不是白來了？熊小哥已經把妳奶奶給嚇走了，真不錯。」

熊浩初？嚇走趙氏？

「得了吧！」林卉撇嘴。「他對上我奶奶壓根沒轍，這木頭，也就長得唬人，中看不中用。」

劉嬸啐了她一口。「唬人還不夠嗎？妳還想怎麼樣？要是他連對老太太都敢揮拳頭，豈不是更嚇人？」頓了頓，她突然掩嘴笑起來。「再說，這男人中不中用的，除了妳，誰知道啊？」

林卉一愣，霎時回不出話來。嘖，這位嬸子，妳這是公然開黃腔啊！我可是還沒成親啊……

劉嬸可不管她，既然沒什麼事，她又聊了兩句便逕自走了。

第四章

林卉回到屋裡，先把躲在屋裡偷聽的林川打發去將那些雞仔放出來，餵點水，自己則轉去廚房把買回來的米麵調料歸置好，然後盯著那幾塊肥肉發起呆。

買不起澡豆，索性自己做肥皂……應該可以吧？一塊澡豆一百文呢，這肥皂她要是做得漂亮點，說不定也是個收入。

看看天色，林卉捋起袖子就開幹了。

先準備草木灰。她拿了個篩米麵的竹篩子，將爐灶裡刮出來的草木灰篩掉石子、木塊等雜質，林川不知道什麼時候回來了，見她正搗鼓灰泥，好奇不已地問：「姐姐，妳在做什麼？」

「做肥皂啊。」林卉隨口道，將篩好的草木灰往鍋裡一倒。「就是類似澡豆的玩意。」

「肥皂？」林川看著灰，疑惑不已。「用灰做嗎？」

林卉搖頭。「當然不是。」舀了兩勺水放進鍋裡，在灶下隨意撿了個細柴枝開始攪拌，同時吩咐弟弟。「先幫我燒火。」

林川聽話地鑽到灶下燒火。

鍋裡的草木灰水很快就開始冒泡，蹲在旁邊的林川問了句。「姐姐，這麼黑乎乎的會變澡豆嗎？」

「現在還不行，還有好多道工序呢。」林卉隨口道。

林川茫然。「什麼是工序？」

林卉啞口，恰好鍋裡的草木灰水開始沸騰，她忙岔開話題。「可以撤火了。」然後抓了塊帕子墊手，將草木灰水倒到盆裡。

林川好奇。「這就好了？」

「得晾晾。」

快手把鍋刷乾淨，林卉又把買回來的肥肉切片，燒熱鍋，將肥肉放入鍋裡開始煉油。很快，鍋裡冒出滋滋輕響，伴隨而來的，是一陣濃濃的肉香。

林川咽了口口水。

林卉好笑看他一眼。「瞧把你饞的。咱家這些日子也沒少吃肉吧？」不過十來天工夫，那小臉都圓潤了不少。

林川有些不好意思。「這味兒太香了。」他伸長脖子看了眼鍋裡。「是不是要煉油出來做飯？」

以往年節，林母也會將肥肉割下來煉油，煉好的油囤起來，偶爾饞肉了，就挖一小勺，抹一抹鍋底炒菜，或者直接拌飯吃，都特別香。

林卉也想到林母曾經的做法了。她笑笑。「這些不能吃，我有用。」

林川輕「哦」了聲，有些小失望，不再多說什麼。

林卉也不管他，拿鍋鏟給煸出油的肥肉翻面，一會兒後，幾斤肥肉煉出滿滿一大碗公的油。豬油好了，還要等草木灰水沈澱出鹼水，不過這暫時是沒法弄了，她得做飯了。

淘米把飯蒸上，再吩咐林川去小灶燒火，她翻出今兒買的豬大腸，用鹽粒好好刷洗幾遍，切段，先用水煮至八分熟，然後熄了火，撈出，加薑絲、蒜瓣、醬料醃漬。

醃漬還需要等一段時間才入味，有林川看著火，林卉放心地轉到後院摘了點小白菜，又轉回廚房，將東牆上掛著的風乾鹿肉取下來，剁下一大塊。

小白菜過了水，撈起備用，鹿肉洗淨，裝盤，放進蒸飯的鍋裡一起熱。

那頭的豬大腸也差不多了，她重新點上火，就著鍋底一層熱油，切了些薑片、蒜瓣下去爆香，放入豬大腸開始炒。

油鍋滋啦滋啦的，這下不光林川饞了，連她自己都忍不住咽了幾口口水。這油炒的菜跟蒸菜就是不一樣，想當年，她再窮也不至於頓頓蒸菜。

這都快一個月沒吃過油炒的菜了……人生啊，果真是世事無常啊。

她一邊胡思亂想，一邊盯著豬大腸，瞅著差不多了，加點鹽再翻炒幾下，麻溜起鍋裝盤，然後就著熱鍋，再炒了個蒜蓉小白菜，此時旁邊的飯也差不多了。

她先不忙著熄火，將鹿肉夾出來，放在洗乾淨的砧板上晾涼，然後擦著手，吩咐林川。

「去把你熊大哥叫過來吃飯。」

「啊？」林川訝異。「不給熊大哥送飯了嗎？」

「嗯，別送了，估計全村都知道他跟我們吃一鍋裡的，沒必要再費那老鼻子勁。」

她只不過去城裡買點米麵，回來連奶奶、劉嬸都知道了，更別提她一天三頓往熊家送飯，不知道才有鬼。

林川似懂非懂點點頭。「那我去喊他吃飯。」

林卉想了想，不放心補了句。「他要是不來，你就說我們也可以搬一堆鍋碗瓢盆過去他那兒吃。」完了又道：「乾脆以後我們就在他那兒做飯得了。」

林川偷笑。「姐姐，熊大哥家連個像樣的爐子都沒有呢。」

林卉敲了敲他腦袋。「我這不就是嚇唬他而已嗎？」揭開鍋蓋看了一眼。「趕緊去吧，飯都好了。」

林川點頭，將爐灶裡的柴抽出來，敲熄，完了撒腿跑出去。

林卉搖搖頭，轉頭去切鹿肉，邊切邊盤算著該做什麼來錢的活兒好。

做吃食來錢快，但對她這種未成親的姑娘家不大好。

採曬藥材是不錯，但這玩意得看運氣，採得到就有，沒採到就沒有。她原本的想法是去山上採一些回來自己試著種看看，畢竟她有加速植物生長的金手指，不用白不用。

可仔細想想，這些是長遠工夫，來錢太慢。

澡豆技巧性不高，若是她能把肥皂做出來，多少能幫補些……

「姐，我們回來了。」林川的聲音遠遠傳來。

林卉回神，才發現自己刀已經停下，鹿肉也早已切完。她微哂，揚聲喊了句。「川川過來端菜。」手裡不停，麻溜將鹿肉盛盤，再將砧板拎到廚房外清洗。

林川蹦蹦跳跳地拉著熊浩初進來了。

林卉掃了眼面無表情的熊浩初，下巴一點。「端菜盛飯去。」

熊浩初一聲不吭，乖乖跟在林川後面進屋忙活。

待林卉洗完砧板、刀具和鍋子，兩人已經在堂屋擺好碗筷等著她了。

總算沒有白對這兩傢伙好，林卉心裡受用不已。

擦乾手走過去，在熊浩初對面落座，她拿起筷子。「吃吧。」

熊浩初便罷了，饞了一下午的林川立即把筷子伸向那盤爆炒豬大腸。

林卉看著他把豬大腸塞進嘴裡，唇角勾起，果不其然，下一瞬，林川就苦著臉轉過來，一副要吐不吐的樣子。「姐姐……」

林卉笑咪咪。「怎麼了？」

「這、這好臭啊……」林川咬著豬大腸，吞也不是、吐又捨不得。

熊浩初剛扒了口飯，正準備夾菜，聞言，筷子一轉，夾了塊鹿肉乾塞嘴裡，再扒拉兩口飯。

林卉看見，斜了他一眼，繼續跟弟弟說話。「豬大腸就是這種味道，大家都愛吃。」

林川滿臉震驚，不敢置信地看向那盤豬大腸。「都喜歡這樣的味兒？」

林卉被逗樂了。「對啊，沒有豬味的豬大腸怎麼能算好大腸？」

林川小臉皺成一團。

「不好吃嗎？」林卉逗他。「除了那個味兒，不也挺香的嗎？」完了佯怒般板起臉。

「這可是花了姐姐幾十文買回來的，可不許吐出來。」

林川跟著去城裡的，自然知道這點。他艱難不已地咽下豬大腸，尋找盟友般看向熊浩初。「熊大哥，你也吃吃看啊。」

默不作聲扒飯的熊浩初頓了頓，瞥了眼虎視眈眈想看好戲的林卉，有些遲疑。

林卉齜牙警告道：「花了錢的。」

熊浩初眼底飛快閃過一抹笑意，在林家姐弟的目光中，緩緩夾了塊豬大腸扔嘴裡，嚼吧嚼吧咽下去。

林川眼巴巴看著他。「熊大哥，你不覺得臭嗎？」

「挺香的。」熊浩初面不改色，又夾了口塞嘴裡，完了補充道：「覺得味兒重，屏住呼吸就好了。」忽略那股味兒的話，確實是好吃。

林川小大人般嘆了口氣，看了眼姐姐，又夾了塊豬大腸塞嘴裡，皺著鼻子快速嚼下去。完了還安慰姐姐。「姐姐，等我長大會做活了就掙錢給妳，到時妳就不用買豬大腸了。」

他以為是窮人才買豬大腸吃？好吧，豬大腸確實比肉便宜點。

「別胡說。」林卉哭笑不得，敲了敲他腦袋，道：「等咱們家有錢了，咱們再買點米酒、香料調味就是了，到時味道會更好。」

林川震驚。「都已經有錢了還要吃這個？」

熊浩初亦是側目。

林卉擺擺手。「想吃、好吃就能吃，管那麼多幹麼？」

林川苦著臉，嘴裡不知道嘀咕些什麼。

熊浩初倒是對她這話頗為欣賞，只是他那臉，旁人約莫也看不出情緒。

林卉不管他們，逕自給自己夾了塊豬大腸。嗯哼，也不是那麼臭嘛，爆炒的口感還很不錯呢。

兩葷一素，一碟蒸鹿肉是隔三差五能吃上的，剩下的蒜蓉小白菜跟爆炒豬大腸，都被吃得乾乾淨淨，連特地多下了兩把米的飯都被掃光了。

林卉咋舌不已，再三確認熊浩初吃飽了，才搖著頭收拾碗筷去刷洗。

吃飽的熊浩初閒著沒事，想到今日還沒幫她挑水，抓起牆角的木桶扁擔就出門去了。

林卉也不管他，收拾好碗筷，再把林川趕去洗澡，眼一掃，看到那盆泡著的草木灰水，登時想起件事，忙又轉出去。

在門口略等了會兒，就看到高大身影挑著水回來了，她迎上去。「熊大哥。」

挑著水的熊浩初腳步穩當如常，見她過來，輕巧一拐彎，繞過她進了院子，隨口接了句。「什麼事？」

林卉眼巴巴跟上去。「你會不會木工活？」

熊浩初腳步不停。「妳要做什麼？」

「就是要做個模子。」林卉跟在他身邊，比手畫腳道：「我想做肥皂，哦不，就是想做一種澡豆，需要一個漂亮的模子來塑型。」

熊浩初看了她一眼，沒回答，逕自走到水缸前放下擔子，把水桶裡的水逐一倒進缸去。

林卉有點著急。「你到底會不會做啊？要是不會做，我就去找別人了，我這邊急著呢。」頓了頓，她補充道：「我想快點做看看，說不定這澡豆能賣錢。」
「我會。」熊浩初放下水桶，正面看她。「妳要多大，什麼樣的？」
「真的？」林卉驚喜。「你會就好了。」左右看看，隨手撿了個石子，在地上畫起來。
「我想要就這樣一塊板子，上面挖出一個四角圓潤的長方形……」巴拉巴拉，把自己的想法連描帶畫說了一遍。
熊浩初約莫是聽懂了，點頭。「行，明天我去山裡找合適的料子，回來給妳磨。」
林卉雙手合十。「好人一生平安。」
熊浩初。「……」
他這未婚妻平日挺靠譜的，就是偶爾會有點……跳脫。
不過，還挺可愛的。

第二天，熊浩初忙完地裡的事就進了山。
林卉惦記自己的肥皂大業，忙完便急急回家去看昨天那盆草木灰水，只見水體已經分出兩層，上層茶色，下層渾濁。
看來是成了。
林卉轉去看豬油及豬胰子。她昨兒擔心天氣太熱，剁好的豬胰子會壞掉，待豬油煉好放涼，就挖了兩勺豬油拌進去。這會兒看，豬油已經變成奶白色，豬胰子看著也油光滑亮的，應當是沒壞。

她從前還在讀書的時候，曾經在一家手工皂專賣店打過工，大概知道肥皂怎麼做。現在萬事俱備，就等模具了。

林卉輕舒了口氣。轉去後院，將昨兒買回來的雞仔們放出來，隨手在地上撒了把米，任由牠們啄食。

林家原本也有養雞，雞籠啥的都齊全，院子周圍連帶菜畦邊上都圍了籬笆，加上還有林川盯著，她完全不用擔心小雞跑了或是去踩踏啃食菜苗。

轉回屋裡，林卉將布疋、剪子拿出來，準備縫製衣衫。

她有原主的記憶，還記得怎麼做衣服，只是沒有實際操作過，總覺得虛。

為防萬一，她去廚房拿了炭條，按照熊浩初的尺寸慢慢畫出模子，再三確認無誤後，才小心翼翼把布樣子剪出來，剪完就得開始縫製了。

這是個慢功夫，她也不急，搬了張板凳坐在窗下慢慢縫。

後院傳來林川攆得小雞咯咯叫的動靜，腳下是窗外映照進來的金燦燦陽光，偶爾幾縷微風送來，端的是一片歲月靜好。

一針一針，銀針在衣料上慢慢穿梭，那些對未來的慌亂和茫然似乎也沈澱了下來。

嗯，偶爾做點細緻活，還是挺好——

「卉丫頭！卉丫頭在家嗎？」

得。這破地方，就沒個安靜的時候。

不等林卉放下針線布料，院子虛掩的大門就被推開了，幾個人呼啦啦闖進來。

林卉皺了皺眉。她這院門白天開著，是給熊浩初留個方便的。這傢伙每回都站在門外喊林川，一天能喊好幾回，她煩了，就乾脆留了門讓他自己進來，可這傢伙依然故我，都得等她回應了才進門。

古板是真古板，可換到現代，也是妥妥的紳士。

倒是這些村人，約莫都是熟悉的，通常只在門外喊兩聲，然後便直接推門進來，她倒也不是討厭有人來，只是因為上輩子習慣了鄰居互不相識、互不打擾的狀態，加上她對這邊的人尚不熟悉，總擔心做了什麼事被發現不對，故而才覺得有些不喜。

她隨手將東西往針線簍子裡一扔，起身迎出去。

進門的人已經嚷嚷開了。「卉丫頭呢？可別是跑了吧？」

有溫和男聲響起。「阿彩，卉丫頭不是這樣的人。」

「這可說不準——喲！」說話的婦人已經看到林卉了。「這是在家呢，怎麼喊妳半天不吭聲？」

「舅舅，舅娘，表哥。」林卉見著人了，心裡不由一跳。「怎麼今兒有空過來？」

這位舅舅，是林卉母親的表弟宋泰平，旁邊是他的婆娘江氏及兒子宋向文。

哦對了，這宋家，還是他們林家的債主。林家夫婦殯葬花銷不小，林卉原身又不經事，生生白花了許多錢，其中有三兩，正是找宋家借的。

聽到她打招呼，宋泰平笑笑不說話。

宋向文也頗為矜持地掃了她一眼，點了點頭。

倒是江氏，聽她這話就不喜。「沒事就不能過來了？親戚親戚，不走動那還叫親戚嗎？」一邊叨叨，邊越過她逕自走進屋。

林卉暗嘆了口氣，跟上去。

進了屋，江氏開始左右四顧。「哎？川川呢？」

「在後邊玩呢。」林卉隨口道。這會兒沒聽見雞仔的聲音，也不知道他跑哪兒去了。

「還有心情玩啊。」江氏嘀咕了句，轉身湊到宋泰平身邊，取下他背上包裹，掏了半天，從裡頭掏出一個小布袋子。「這是和記的奶饅頭，甜的、奶香的，跟咱平日見的饅頭不一樣，可貴了，特地帶回來給你們姐弟倆甜甜口的。」

「謝謝舅娘。」這年頭點心金貴，這位舅娘能惦記著給他們帶來，雖然只有兩個，林卉心裡也舒坦。

「都坐，坐下說話。」江氏給了禮後便招呼林卉坐下，自己也主動選了個靠窗位置坐下，餘光一掃，看到窗邊條凳上擱著針線簍，登時笑瞇了眼。「哦，這是在做針線活？」

宋家父子也剛坐下，聞言都望過去。鴉青色的布料在陽光下分外明顯。江氏笑容還沒收，眉頭就皺了起來。

林卉沒在意，繼續站那兒，輕聲細語又問了一遍。「舅娘，今兒來可是有什麼事呢？」

沒法子，原主就是這樣靦腆溫柔的性子，這些人不比熊浩初剛回來，多少更瞭解原主一些，她可不能亂來。

唔，這或許也是她選擇熊浩初當對象的理由。

「卉丫頭啊，雖然你們還在守孝，可這重孝期都過了，咱農家、咳咳，這村裡頭也沒那麼講究，該穿啥衣服穿啥衣服，只要別穿得花枝招展的，也沒人管妳，有必要給川川準備這麼深沈的顏色嗎？」

怎麼突然提這個了？林卉順著她的目光看向針線簍，恍然。「哦，妳說那個啊，那不是做給川川的。」雖然剩下的她是打算做身給林川。

深色耐髒。再說，她家林川皮膚白，穿深色好看，有什麼問題？

江氏詫異，忙問：「不是給川川做的，妳給誰做？」急得聲音都大了不少。

林卉滿不在乎，坦白道：「給村西口的熊大哥做的。」反正都會被知道，倒不如坦坦蕩蕩的。

宋家三口的臉色登時不太好看了。

「妳好好一姑娘家，給個野漢子做什麼衣服？」江氏急聲罵道，頓了頓，似乎發現自己語氣不太好，忙道：「可是收了銀錢，幫著做的？」

林卉瞅著這幾人態度有些不對，瞇了瞇眼，道：「沒有。送他的。」

「送?!」江氏聲調都變了。「妳個死丫頭哪來的錢給人買布料送衣服?!」

林卉神色淡淡，不想多說。「反正不是偷來搶來的。」

江氏跳起來。「你們家還欠我們家三兩銀子呢，妳倒好，有了錢不想著給我們還上，竟然巴巴去買布給野男人做衣服去？」伸手去戳她。「妳腦子是不是壞掉了，哪有把錢往外使的？說，是不是被野男人勾了去？」

林卉連退兩步，臉色有些不好看。「舅娘，我們家欠你們的錢說好了明年還，現在還沒到時間。」

江氏臉一變——

「再說，我跟熊大哥訂親了，他幫我下地澆水、打理田地，我只是給他做幾身衣服又怎麼了？」

「什麼?!」

這下連宋泰平父子都跳了起來。

「妳訂親了?!」宋家三人異口同聲問道。

林卉眨眨眼，點頭。「對啊。」

江氏怒極拍桌。「誰給妳訂的親事？豈有此理！問過我們了嗎？妳爹娘可是早跟我們家說好了，等明年開春，就把妳嫁給我們家向文的。」

「啊？」林卉傻眼了，但愣怔只一瞬，她很快便反應過來，道：「這事我並不知情，現在爹娘已經走了，我也訂親了，既然他們生前沒提，咱們以後也只能當沒有這事。」

這表舅一家對原主性格、習慣瞭解更甚，她若是跟他們家訂親，短期內怕是都得端著。熊浩初目前來看沒有什麼太大的毛病，兩相對比，她覺得還是熊浩初比較適合。

江氏不滿。「這怎麼可以——」

宋向文按住母親，上前一步，進屋以來首開金口，只聽他問道：「表妹，可是有人脅迫於妳？」一身書生服，說話溫溫和和的，看著倒是人模人樣的。

林卉絲毫不為所動，搖頭。「沒有，是主簿大人和里正為我做的主。」

宋家三口面面相覷，宋向文皺眉。「主簿大人？妳不是明年才滿十六歲嗎？他怎麼會突然給妳安排親事？」

林卉苦笑。「表哥，我家什麼情況你們也知道，主簿大人和里正也是為了幫我才為我安排的，若是不訂親，我的日子實在是過不下去。」

宋向文不滿。「妳過不下去怎麼不找我們？」

「謝謝表哥惦記。」林卉看宋家三口臉色都不好看，咬了咬唇，裝出可憐兮兮的模樣。「咱們畢竟只是表親，救急不救窮，你們上回解囊幫我們家一把，我已是感激不盡，哪裡能總找你們呢？」

江氏聽了直拍大腿。「那也不能跟別人訂親啊！現在我們家向文怎麼辦？」她嚷嚷。「要不是我遇著到城裡的張嬸，聽說妳買了老多東——咳咳，下回等我們再回來，豈不就是喝妳喜酒的時候？」

林卉一愣，她買點米麵，怎麼就成了新聞，還傳到縣城去了？

宋泰平左右看看，吶吶道：「既然卉丫頭訂親了，這事便算了——」

「不行！」江氏和兒子異口同聲打斷他。

宋泰平撓撓頭。

宋向文陰沈著臉想了半天，朝林卉道：「把親事退了。妳還在熱孝，倉促訂婚也屬正常。如今想明白了去退親，旁人想必也能理解。」

林卉皺眉。「訂親不是兒戲，哪能想訂就訂，想退就退。」

宋向文看著她。「妳可是擔心里正為難？我們陪妳去。」

江氏連連點頭，表示贊同。

他們畢竟幫過自己，林卉耐心解釋。「表哥，我們兩家訂親大半個月，平白無事的，我為什麼要去退親？再說，熊大哥幫了我很多，我斷不可能做這種忘恩負義之人。」

宋向文也惱火了。「這熊什麼的，不過是個鄉野村夫，妳跟他講什麼恩義？他能聽懂嗎？妳我打小相識，我學文識字，比那些亂七八糟的鄉野村夫好上百倍，跟著我，將來妳才能當個人人羨慕的城裡人，不比天天下田幹活好嗎？」

「就是。」江氏輕哼了聲。「要不是城裡姑娘一個個眼高——」

「咳。」宋向文打斷她。「娘，這些就不必多說了。」

江氏吶吶停嘴，眼角一掃，看到林卉正瞅著自己，登時來氣。「妳這小丫頭也是不經事，外人哪有自家人好？妳嫁到誰家去能比咱家好？」

「娘，現在說這些做什麼？」宋向文不耐煩，看了眼林卉。「表妹不懂事，我們直接去找里正吧。」

林卉很無奈，面上卻只能一副六神無主、左右為難的模樣。「表哥，這樣不好吧……」

「有啥不好的！」江氏一拍大腿。「向文說得對，就該去找里正討個說法。」揮手。「走走走，趕早不趕晚，現在就去！」

說完，不等他們接話，率先就往外走。

宋向文緊隨而上。

宋泰平看看走掉的母子，再看看林卉，嘆了口氣。「卉丫頭啊，我們都是為妳好啊，妳要是嫁進來我們家——」

「磨嘰啥呢。」江氏回頭斥道：「快找里正說正事去。」

宋泰平撓撓頭，跟了上去。

林卉無奈至極。她還不知道自己這麼搶手……正愁呢，就看到一顆探頭探腦偷窺的小腦袋。

被發現的林川縮了縮脖子，林卉一樂，忙朝他比了比西邊方向，也不知他懂不懂，就聽江氏在前院裡喊她。

「林卉妳還不趕緊跟上？」

林卉吐了吐舌頭，連忙轉身追出去。

看到她出來，江氏猶自嘟嘟囔囔上前拽住她胳膊，宋家父子也一副著急不已的模樣拉著她往外走。

林卉暗自撇嘴，剛出大門，就看到一抹熟悉的身影往遠處疾走。

那不是趙氏嗎？她怎麼在這裡？

看方向，應當是剛從這邊走過——抑或是，直接從她家院門走開的？

林卉眯了眯眼。

宋家會突然從城裡回來，會是奶奶在後頭搞的鬼嗎？

她可沒忘記，這老傢伙昨天還揚言要攪黃她的親事。

一行人很快來到里正家。

林卉一言不發，江氏絲毫不怵鄭里正，開門見山就把來意如此這般說了。

不說鄭里正，連邱大娘都聽得一愣一愣的。

鄭里正皺起眉頭，看向林卉。「卉丫頭，妳也是這個意思？」

林卉連忙搖頭。「里正伯伯，我沒有。」

「妳是傻了嗎？」江氏立馬急了，一巴掌拍過去。「好好的書生才子妳不要，找個種地的莊稼漢？向文還是妳表哥呢！」她扭頭再對著鄭里正道：「小丫頭不懂事，你問她做啥，她爹娘不在，我們這當長輩的自然要替她操心。」

鄭里正被懟得臉色不愉。

林卉被掃了一巴掌，力道雖然不大，畢竟也不太舒服，形勢不由人，她只能擠出幾滴眼淚，可憐巴巴地看著鄭里正夫婦。

邱大娘心疼不已，不等鄭里正說話，一把將她拽到身後，叱責江氏。「你們不過是一表三千里的親戚，以往我從沒聽翠娥說過這親事，誰知道是不是你們瞎編的。」

「妳——」

鄭里正擺擺手。「不管你們以往有沒有提過，既然六禮沒走，親事未定，這事就算過去了。」

「怎麼能過去呢？」江氏急了。

「怎麼不能過去？」鄭里正臉一板。「現在卉丫頭的親事已經過了明路，也入了陳主簿的丁冊記錄，這就是板上釘釘的事。」

宋向文上前一步，剛想說話，鄭里正立刻瞪過去。「虧你還是讀書人，你這是打算毀人姻緣、奪人妻子？」

宋向文臉僵住了。

林卉躲在連連點頭的邱大娘身後，暗笑不已。

「那我兒子的親事呢？難不成就這麼算了？」江氏氣急敗壞。

「不然妳還想怎樣？」

宋向文臉色陰沈，視線掃過低垂著腦袋，只露出白皙額頭的林卉，不甘心地走前一步。

「既然這門親事作罷……」他有些遲疑地道：「我們家也不是什麼富貴人家，這……」

林卉瞬間領會，忍不住在心裡破口大罵。哇！這宋向文忒無恥了，這是打算用錢壓她就範？

果然，宋向文的話只說了一半，江氏很快就反應過來，搶著道：「對對對，我們原本可是衝著結親這層關係，才掏家底借了三兩銀子給卉丫頭操辦喪事的，如今這層關係沒了，這錢我們可不借。」

鄭里正皺眉，看向林卉。

林卉沒法，借著衣裙遮擋狠狠掐了大腿一把，硬是把眼淚逼出來。

她擦了擦眼淚，細聲細氣道：「舅娘，不是說明年開春再還的嗎？」

「呸！」江氏吐了口唾沫。「原本還說好妳要嫁到我們家的呢。怎麼，就許你們反悔，不許我們反悔呀？」

現在爹娘不在，話當然全由她說了算。林卉掩面，轉向宋泰平哭訴。「舅舅，我叫你一聲舅舅，你念在我爹娘剛去不久，再多給我們些日子吧。」

鄭里正也嘆氣。「老宋啊，你家若不缺這銀子下鍋，就……多給卉丫頭點時間吧？她一個人也是難。」

宋泰平張了張口，看看掩面哭泣的林卉，再看看鄭里正，嘆氣。「算了——」

「算什麼算！」江氏跳起來。「老宋我告訴你啊！你再胳膊肘往外拐，我回頭把你喝茶錢都給收了。」

宋向文看林卉哭得眼睛鼻子紅，似乎心軟了些，走前一步，輕聲道：「卉妹妹，別哭。只要妳把那親事給退了，不就沒那許多麻煩了嗎？」

林卉恨不得把這道貌岸然的傢伙掐死，她咬了咬唇，可憐巴巴地抬起頭。「表哥，錢我一定會還你們的，可以再給我兩個月……不、一個月時間嗎？只要一個月就行了。」

她如今這身體雖瘦小，卻真真是天生的美人胚子，五官秀氣不說，皮膚更是莊稼人裡少見的白皙通透，就算天天在太陽底下曬，也只是把皮兒曬傷，半點不見黑。

若不是林卉原主生來就是這麼白，連帶林川也白得很，她會以為是自個兒穿越帶來的金手指導致的。

正因為姿色出眾，鄭里正等人才擔心不已，熱孝未過就要早早給她定下親事，還找的是村裡頭最不好惹的人家。

她自己也清楚，怕也是因為這皮囊，宋向文才對她這村姑娘念念不忘的吧？那江氏看似潑辣，實則全是以兒子的意見為主，她搞不定江氏，或許可以試試搞定宋向文？

果不其然，她不過硬擠出幾滴淚看向宋向文，後者果然愣了愣，繼而伸出手。「表妹——」

林卉皺眉，連忙後退兩步，「呼」地一陣風過，她面前就多了堵肉牆。

「……哥兒們，你的手摸哪兒呢？」低沈的嗓音不悅道。

林卉好奇探頭一看，宋向文伸出的手赫然按在熊浩初壯實的胸膛上。

噗——

看著宋向文跟見鬼似的縮回手急退兩步，躲在熊浩初背後的林卉差點笑出聲來。

不過，熊浩初出現在這裡，倒是讓她想到了一點。

三兩銀子不多，但對農家人來說可不少。她原本設想最糟糕的場面，就是現場跟里正家借個三兩銀子，轉頭還給他們。

可她怎麼解釋自己有能力賺錢還呢？怎麼解釋自己懂藥材？

倒是熊浩初……昨兒才看到他入帳七兩，現錢有，他也知道她能掙錢。

打定主意，林卉抬手，戳了戳熊浩初的背。熊浩初肩胛骨肉眼可見地繃緊，下一瞬放鬆下來。

林卉眨眨眼，就見他轉身看她。

怎麼了？他的神情如是道。

彼時，因為熊浩初突然冒出來，眾人還一愣一愣的，此刻見他動作，所有人陸續回過神來。

宋向文陰著臉問：「你是誰？」

熊浩初沒搭理他，繼續看著林卉。

林卉雙手合十，小聲道：「熊大哥，可不可以借我三兩銀子？我最晚兩個月一定還你。」

熊浩初掃視眾人一圈，似有所悟，索利解下腰間錢袋，取出三粒小碎銀遞給她。

「表妹妳——」宋向文不敢置信。

林卉當沒聽到，朝熊浩初揚起大大笑容。「謝謝熊大哥！」接過銀子，轉身兩步，把碎銀塞到江氏手裡。「舅娘，欠條可以拿出來了吧？」

這幾人是聽說她進城買了許多東西才回村的，她就不信江氏沒把欠條帶過來。

江氏一臉懵，看看兒子，又看看鄭里正。「這、這——」她壓根不是為了錢啊，她是想要兒媳婦啊，現在怎麼辦？

鄭里正這下鬆口氣了，輕捋短鬚，笑咪咪道：「既然卉丫頭還錢了，合該把借條還給人家。」

宋向文向前一步。「表妹，妳——」

熊浩初橫跨一步，居高臨下俯視他。

比他矮一個頭的宋向文下意識後退兩步，想說什麼也咽了回去。

林卉暗笑，裝作沒聽到的樣子，心安理得躲在後邊不出來。

宋向文看看熊浩初，再看只露出一角衣裙的表妹，還有什麼不明白的？他本就心高氣傲，這番下來，臉都丟盡了，臉色登時難看到極點。

見娘還等著他說話，他不耐煩地道：「沒聽到嗎？人都還錢了，還不趕緊把借條給銷了。」說完招呼也不打，甩袖出門去。

江氏吶吶，急忙把借條掏出來扔給林卉，拽住宋泰平急匆匆追上去。「向文、向文——」

事情了結，林卉和熊浩初兩人一前一後回到林家。

摸了摸蹲在院子裡焦急等待的林川腦袋，林卉先表揚他。「川川做得好。」熊浩初能到得這麼及時，肯定有他的功勞。

林川靦腆笑笑，往他們身後望了望，問：「表舅他們呢？」

「回去啦。」林卉拍拍他腦袋。「今天沒事了，你去玩會兒吧。」這麼點大的孩子天天幫著幹活，偶爾也該放鬆放鬆。

林川看看她，又看看她身後的熊浩初，不知想到什麼，咧開嘴直笑。「好，那我去找豆豆玩。」

豆豆是劉嬸家的大孫子，比林川小一歲。
林卉點頭。「別玩野了，記得回來吃午飯。」
「知道啦！」林川響亮地應了聲，撒腿往外跑。
林卉搖搖頭，轉回來，對上熊浩初的視線，她頓了頓，問道：「熊大哥，我要的模子做好了嗎？」
熊浩初移開視線。「還沒，現在做。」抬腳走向牆邊。
林卉這才發現牆下扔著一截水桶粗的樹幹，是新鮮砍回來的，已經去掉了樹冠枝枒，砍斷了根部，只取了前半段。
熊浩初撿起邊上的柴刀，「哆」、「哆」兩下，取下一寸來長的一段，回頭看她。「這麼厚夠嗎？」
林卉連連點頭。「夠的夠的，啊——等等。」
她跑到後院廚房，翻了塊炭條出來，在木塊上勾畫出一個板正的長方形。
「這樣，挖一個長方形就好。」還是別折騰什麼花稍造型了，從簡單的做起。
熊浩初看了她一眼，望望左右，直接坐到樹幹上，握著把不知道從哪冒出來的匕首，在離炭線還有一指距離的地方開始劃拉。
林卉還沒反應過來，就見那匕首跟切豆腐似的，直接把木頭劃拉開。
她看得一愣一愣的，忍不住蹲下來盯著看。
熊浩初沒管她，三兩下就把圓柱狀的木塊給切出一個長方形。

林卉下意識接過那塊方形木頭，捏了捏，喃喃道：「不軟啊，怎麼切得那麼——」視線轉到那缺了個長方形的木頭上，登時大叫。「啊，我是要壓模型，你這兩頭都是洞，還弄得這麼大，我怎麼壓?!」

熊浩初看了她一眼，將她手上的木頭取回去，匕首唰唰幾下，沿著炭線取下一面木板，四邊還是凹凸不平的。

林卉看看這木板，再看看默不作聲繼續切割木板的熊浩初，有點明白了。這是打算用榫卯結構來搭模？

熊浩初動作快，她索性不再出聲，蹲在邊上默默看他幹活。

很快，熊浩初就相繼切下四塊形狀大小相仿的薄木板，扔掉手上剩下的木頭，他撿起木板，這兒卡上，那兒卡上，手指動了幾下，就用四塊薄木板拼出一個方形。

林卉瞪大眼睛。

熊浩初將方形遞給她。「這樣行嗎？」

林卉接過手，上下左右打量了一遍，連連點頭。「可以、可以，你真的太厲害了。」她驚嘆道：「這是榫卯？我的天啊……你都不用描圖的嗎？」

熊浩初的眉眼柔和下來。「在軍營的時候，偶爾會幫著做些木活，做多就習慣了。」

林卉喜不自禁。「這手藝好啊，以後即便不打獵了，也能做木工活來掙錢養——咳咳。」發覺不妥，急忙剎車。

可惜晚了，熊浩初聽見了。他挑了挑眉。「看來，妳很擔心我將來的養家方式。」

林卉尷尬笑笑，急忙扯開話題。「反正你做得快，不如再多做幾個吧？這樣我今晚就能把肥皂壓出來，明天剛好拿去縣城試試。」

熊浩初沒有異議，再次撿起柴刀。

林卉鬆了口氣，想到他動作快，忙站起來。「那你先忙著，我去熬製肥皂。」

熊浩初頭也不回地「嗯」了一聲。

林卉拎著那個模子麻溜滾進後院。

晾在牆根下的草木灰水已經沈澱出一層茶色水層，燒起灶台，舀了一些茶色的草木灰水倒進鍋裡，開煮。

林卉不知道草木灰水跟油脂的比例，擔心一次不成功，打算多試幾次。一次少一點，可以多試幾次。

等鍋裡的草木灰水沸騰了，她忙撤掉灶台裡的柴，留下一根柴枝慢慢燒著。然後起身，挖了兩勺豬油下鍋，拿著勺子開始攪。

豬油很快融化，開始跟草木灰水產生反應，原本如水的茶色液體開始轉為黏稠起來，顏色也慢慢變得渾濁。

林卉大喜，連忙捏了一小撮鹽下去，攪動的手也絲毫不敢停。

很快，鍋裡就看不到水了，原本液狀的草木灰水已經變成了茶色稠糊糊的東西。

林卉也不確定這是成還是不成，咬了咬牙，她決定試一把。

快手將熊浩初做的模具拆掉一層，她小心翼翼從鍋裡舀起茶色稠糊，趁熱倒進木模具裡。

熊浩初托抱著幾個模子鑽進廚房的時候，她剛把稠糊全部刮進模子裡，也僅僅只是填了半滿，完全不需要蓋上木板子。

瞅見高大人影走進來，她登時樂了。「巧了，我正準備喊你呢。」

熊浩初腳步不停，走到灶邊，放下模具，順勢瞅了眼她手下那個裝滿茶色半透明糊狀物的盒子。

林卉注意到他的視線，聳了聳肩。「我這是試驗品，量比較少。」

熊浩初點點頭，表示懂了。

林卉低頭，撿起早就準備好的炭筆，在模子外面寫了兩個數字，表示草木灰水跟豬油的比例。

熊浩初看見了，微微一愣，眼底飛快閃過些什麼。

林卉沒發現，寫完字，將模子擱到邊上，開始毫不客氣地指揮他。「來，給我搭把手，回頭我掙錢了給你分成！」

熊浩初頓了頓，乖乖留下幫忙。

一上午時間，林卉接連做好四份樣品。

「好了，暫時這樣，等好了回頭看看哪份最合適。」

熊浩初自然無異議。

林川不在，林卉乾脆讓熊浩初留下來燒火，她則麻溜地開始燒飯做菜。

如今天熱，家裡也沒什麼菜，今天又得挪一個鍋子出來熬肥皂，所以她早就打算好了今天的午餐。

將早上蒸好晾涼的米飯盛出來壓碎，待熊浩初把灶燒熱，林卉挖了幾勺豬油下鍋。

「滋滋」油響中，將壓碎的冷飯倒進鍋，大火快炒片刻，倒幾勺醬，翻炒，噴香的豬油炒醬飯就出鍋了。

林卉讓熊浩初撤了火出去喊林川回來吃飯，自個兒則鑽到後院，摘上兩根嫩黃瓜，拍段，切塊，剁幾瓣蒜，直接涼拌了事。

等她這邊弄妥，那一大一小竟然還沒回來。她皺了皺眉，擦乾手走出去。

剛出堂屋，就看見熊浩初提溜著鼻青臉腫的林川走進門。

林卉愣了愣。

看到她，林川似乎有些心虛，只吶吶地喊了句「姐姐」，就不敢說話了。

熊浩初則毫無顧忌，坦白道：「林川跟人打架了。」

林卉眨眨眼，看向林川，問：「贏了還是輸了？」

林川傻眼，半晌，道：「……輸了。」

「嘖。」林卉拍拍他腦袋。「多吃點飯，下次揍回去，知道嗎？」

林川。「……」

熊浩初。「……」

究竟是誰跟他說這丫頭性子溫柔的？這是眼瞎了還是怎了？

說完，林卉不再追問別的情況，只是趕他們。「趕緊去洗手，該吃飯了。」然後轉身又進了廚房。

熊浩初低頭看了眼茫然無措的小豆丁，輕咳一聲，放下他。「走。」

林川摸摸青腫的臉頰，一咬牙，大步往前走。

熊浩初挑了挑眉。

待一大一小洗完手，林卉已經將炒飯、涼拌黃瓜盛了出來。

三人落座，開吃。

豬油炒飯噴香，佐著脆爽的涼拌黃瓜，熊浩初吃得很滿足，小林川更是吃得頭也不抬。

林卉瞅著吃得差不多了，裝作不經意地問道：「川川，你不是去找豆豆玩嗎？怎麼跟他打起架來了？」

「不是豆豆，」林川下意識反駁。「是二哥。」

他口中的二哥，是林偉光家的二兒子林武，今年十歲。

話一出口，他就知道不妥，立刻縮了縮脖子，緊張地盯著姐姐。

林卉確實皺眉了，卻不是因為對方身分。

「他十歲了還好意思跟你打架？」林卉氣憤，轉而教訓他。「你是不是傻呀，林武那傢伙比你高比你壯，你還去跟他打架，不是找揍嗎？」

林川嘟囔。「誰叫他說咱們壞話……」

「說兩句怎麼了？」林卉瞪他。「說你兩句你還掉塊肉不成？」

林川不服。「妳剛才不還讓我打回去嗎？」

「那是在勢均力敵、實力相差不多的情況下。你這種差太多了，現在去就是送菜。」

此情此景。「送菜」是何意，已經完全不需要她解釋。

林川猶自忿忿不平。

林卉敲敲桌子。「君子報仇十年不晚，你現在都還只是小豆丁，拿什麼跟人拚？」警告他。「不許去找他，知道嗎？」

林川撇嘴，不說話了，也不知道聽進去了沒有。

林卉也不管他了。人嘛，總要學著接受自己的不足，要是不聽，挨打說不定也是好事，林川原本的性子太軟了點。

旁觀的熊浩初安靜地扒飯，除了吃飯快了點，幾乎沒有任何存在感。

吃過午飯，熊浩初就離開了。林卉把臉青鼻子腫的林川趕去午覺，自個兒跑去後院查看那幾塊肥皂。

除了第一塊比較大，接下來幾塊她都做得很小，淺淺一層鋪在木模裡，經過中午太陽曬，已經乾硬了不少，她逐一摸了遍，心裡約莫有了點底，但再等兩天會更好。

肥皂的事暫時擱下，她回去接著縫衣服——剛又跟人借了三兩銀子，她這衣服縫得真是值得。

第五章

兩天後，肥皂成型了。

四份樣品，第二份的比例是最好的，其他三份，要嘛太軟，要嘛還未成型。

林卉把最好的一塊敲下來。軟硬適中，奶白色，看起來跟雪糕似的，很漂亮。因為木模沒有磨平，皂體三面被壓出明顯的木紋，竟也意外的好看。

林卉興奮地抓著這塊小皂去洗了把手，只覺得泡沫細膩，洗完也不會黏糊糊，感覺不錯，可惜沒啥香味，這回要是能賣出去，她就買點香粉撒進去！

既然比例已經出來了，事不宜遲，林卉當即開始幹活。

她直接將剩下的豬油和草木灰水一次下鍋，不同於之前分量少，皂化反應快，這一回，她足足攪拌了近兩個時辰，累得胳膊都快廢掉，才等到鍋裡的液體變成黏稠的奶油狀。

聽著是很多，最後出來的成果，也不過是把熊浩初做的六個模子，填了四個。這還是她特地勻開的結果，若是填滿，怕是兩個模子就差不多了。

勻成四個後，每個不過半寸厚，當肥皂足夠了。

林卉把這四塊肥皂放在陰涼處晾上幾天，確定肥皂徹底脫乾水分，立刻拽著熊浩初奔去縣城。

還是當初問澡豆的那家脂粉鋪。

她清楚記得當初問價的時候，那最便宜的、不如嬰兒拳頭大的澡豆要價一百文。肥皂不算是什麼稀罕物，但也不是誰都能做的，故而她這次來賣肥皂，開口就是一塊三百文——開玩笑，她一塊肥皂的分量，都快比得上三塊澡豆了。

掌櫃的也不含糊。將她帶來的肥皂又摸又聞，完了還讓人端盆水出來，親自試用了一把。結果自然是雙方滿意成交。

林卉喜孜孜地揣著一兩半碎銀走出鋪子——三百文一塊肥皂，她四塊全賣了，掌櫃還多給她三百文，預定她下一批肥皂。

她只花八十文買肥肉，轉手就賺了十倍不止，簡直暴利啊！

林卉興奮不已，招呼上門口候著的熊浩初，意氣風發離開鋪子。

接下來，她就帶著熊浩初在各處香料鋪子轉悠了遍，想找適合摻進肥皂裡的香料，卻沒找到合心意的，她仔細琢磨了番，乾脆繞了兩條街來到別家脂粉鋪，買了一罐姑娘家梳頭髮用的桂花油。

一般香粉她不敢摻進肥皂裡，畢竟不知道裡頭有啥，會不會有什麼東西破壞皂化反應。女人家用的頭油約莫適合一些，就是用植物煮開的水跟植物油混一起，植物油都能做肥皂，加進去應當是沒問題。填了桂花，這肥皂香味有了，之後肥皂價格應該能賣得更高。

除了頭油，她還買了盒次等的胭脂，想著如果能試著配進肥皂比例去，顏色肯定好看。兩樣東西下去，荷包裡頓時少了四百文，可把林卉心疼死了。

血本已經下了，豬油可不能忘。

這一回，她直接買了三十斤肥肉，差點沒把西市幾個豬肉販子的肥肉買光，然後她還不忘奢侈地買了一斤五花肉。

熊浩初也是淡定，一路跟著她買，只在最後默不作聲地將三十多斤肥肉全揹起來。

這前後不過幾天，林卉就進城兩次，還接連兩次都買了一大筐東西——可別說是人家熊浩初買的了，人家幫著把筐子揹進林家，回自家時連筐都沒帶出來，她賴也賴不掉。

要說是熊浩初買給她的吧！也不太可能，如今這梨山村裡，誰不知道熊浩初一天三頓都是在林家吃的，何況不說別的，就他那破屋子破衣服的窮模樣，哪裡買得起那麼多東西……

所以，林家是真發了？明明這一家子只剩下孤女幼弟的，他們哪來的錢？

一時間，村裡是議論紛紛，無數雙眼睛盯著林家。

要說林卉不低調吧，她其實也冤。

前一次採買的東西就算了，那些東西也沒必要遮遮掩掩的。但這一回她已經提前做了準備，知道要是肥皂賣出去了鐵定要補貨，便早早做了準備，將熊浩初揹的筐子先鋪上一層寬葉，若補了貨就往葉子下放。

所以，即便村裡人八卦她又買了東西，也看不到葉子下放了什麼，不知道裡頭全是肉——肥肉也是肉啊。

她自認已經夠低調，卻不知道——窮，可以讓人心滋生多少黑暗，尤其自家奶奶還一直在盯著他們家的動靜。

這不，她前腳剛進門，趙氏後腳就跟著進來了，眼睛還滴溜溜直往熊浩初背上瞄。

林卉哪裡還不明白？讓熊浩初先去廚房，她則攔住趙氏。「奶奶，有事嗎？」
趙氏也不客氣。「妳這是又買啥了？我瞅瞅。」
「順便拿回家瞅去？」林卉似笑非笑。「奶奶，妳是打量著我好欺負是嗎？」
趙氏氣結。「妳這丫頭越來越不討人喜歡了。」
林卉嗤笑。「奶奶，說得好像妳喜歡過我似的，妳不是一直嫌我喪門星嗎？」
趙氏惱羞成怒，抬手去打她。「妳個死丫頭——」
「好了。」林卉擋開她的手。「我直接說吧，我那一籮筐裡買的都是肉。」
趙氏剛準備大罵就聽到這句，登時眼睛一亮。「買這麼多？」她反應過來，直覺被騙，立馬吐了口唾沫，伸手去擰她耳朵。「死丫頭拿我尋開心呢！」
林卉一躲。「妳要不信我也沒法子。」
「我呸，別給我整這些亂七八糟的。妳年紀輕，萬一被人忽悠得亂花錢，以後可不好過日子。我是妳奶奶，我看妳買了什麼，給妳把把關。」
林卉才不信她的鬼話。
「奶奶，我這裡啥也沒有，妳啥也不用看了，回吧。」
趙氏踮著腳往裡頭瞅了兩眼，忿忿不平，瞪她一下，扭頭就走。
林卉詫異。這麼聽話？下一刻，剛走出兩步的趙氏身子一頓，快速轉身繞開她就往裡頭鑽，恰好被出來的熊浩初攔在堂屋前。
林卉氣笑了，追上去，拽住趙氏往院門口拉。「走，奶奶我送妳回家去。」

趙氏嚷嚷。「小賤蹄子，有好東西不孝敬長輩，倒留著養野男人去，果真跟妳那娘一樣賤——」

「奶奶！妳有完沒完！」聽不得趙氏再亂罵她這原身的娘親，林卉心下火起，氣極地一把放開趙氏，院子安靜了一瞬。

熊浩初眼底閃過異色，定定看向俏臉含霜的林卉。

趙氏炸了。「死丫頭敢打——」

林卉打斷她。「第一，熊大哥是不是野男人，大家心知肚明。第二，我娘賤不賤，輪不到妳來評價。妳一沒幫過我們，二沒養過我們，除了我爹，誰也不欠妳！現在他死了，妳就要來欺負他女兒嗎？」

這話說得誅心，趙氏張了張口。

林卉當機立斷，乘機把她拽出大門，「砰」地一聲關門落門。

「林卉妳這臭丫頭#￥@%￥&*&……」

林卉毫不理會，拍拍手，哼，小意思，現在看妳還怎麼折騰。

見她不答話，外頭的趙氏氣不過，繞開大門，走到比大門矮上幾寸的柵欄外，跳著腳朝院裡大罵。

林卉才不理她，挨幾句罵又不會掉塊肉，只要趙氏進不來，隨便罵！她高高興興回轉身，對上熊浩初面無表情的臉。

後者看看門上的院門，再看看她，問：「我怎麼出去？」

林卉一愣。「……」

最後熊浩初是翻後院的土牆離開的。

以前林家養雞，林父為防止雞跑了或被黃鼠狼之流叼走，自己砌了面土牆圍住院子，沒想到熊浩初只這麼輕鬆一跳，大塊頭就翻過去了。

林卉看傻了，而後搖搖頭，轉身進了廚房。

早上她去縣城沒帶弟弟，這會兒他也不知道跑哪兒玩去了，但眼下也不急著找人，她得趕緊做飯，完了趕緊熬油。買了三十斤肥肉呢，今天都得熬完。

急急地燒火蒸飯，去後院將新長出來的紅薯苗摘了一籃子。再看絲瓜，雖然有她的洗澡水養著，也吃得差不多了。林卉摘了根絲瓜，留下最後兩根，打算讓它們繼續長，留著以後做絲瓜絡。

將地瓜苗洗了洗，再把絲瓜削皮切片擺盤，中間還給燒飯的灶添了回柴——她現在用起土灶已經是駕輕就熟。將另一邊灶眼上的鍋刷了刷，今兒特地買回來的五花肉切塊、焯水、撈出瀝乾。

乾鍋燒熱油，薑片、蒜瓣下去爆香，五花肉下鍋翻炒幾下，加鹽、糖、醬，煸炒至肉塊邊微焦，加點水，半沒過肉塊，蓋上鍋蓋，再把灶裡的柴抽出一支，壓小火慢慢收汁。

這邊剛弄好，旁邊的灶眼裡，米飯已經好了。

林卉疊起帕子墊在手裡，把熱騰騰的米飯端出來擱到一邊，騰出這個鍋子。

她家灶台是傳統的農家灶，長方形，配一大一小兩眼灶。大灶眼朝南，小灶眼朝西，大灶眼上放著大炒鍋，不管是炒燉煮，火力都能hold住。小灶眼則放著深鍋，灶眼小，火力也小些，平日裡燒水熬粥蒸飯什麼的，都用這口。

現在大灶的炒鍋燜著肉，小鍋就得被徵用了。剝了些蒜，拍碎，剁成蓉，加入鹽、油攪拌，均勻鋪在絲瓜片上。鍋裡補上適量水，將絲瓜放到竹製的蒸架上，蓋上鍋蓋繼續加火。

收拾了下廚房灶台，翻出一個竹簸箕，將肥肉全部鋪出來，省得悶在一起悶臭了。

大灶裡的肉香味飄了出來，林卉轉回去，揭開蓋子，拿鏟子翻了幾下，瞅著湯汁沒多少了，趕緊拿碟子過來裝盤，鍋底剩下的些許湯汁也不浪費，紅薯苗下鍋，翻炒至斷生，略加點鹽，就可以起鍋了。

等旁邊的絲瓜也蒸好了，林卉趕緊將兩口灶給熄了火。

將鍋洗好，把菜都放進去，蓋上鍋蓋，林卉解開圍裙，出去喊人吃飯了——院子大門還被她閂著呢。

走到前院，聽了聽外頭的動靜，確定趙氏已經不在外頭呼天搶地的，她才放心打開門。

原本她還擔心出去尋人，家裡沒人看著不知該怎麼辦，幸好一開門，就看到熟悉的一大一小戴著草帽正往這邊走。

看到她，林川還開心地朝她揮手。

林卉輕舒了口氣，朝他們招招手。「趕緊回來，吃飯了。」

林川雙眼一亮，壓著草帽飛奔過來。「姐姐，今兒吃什麼啊？」一樣都是青菜白飯，姐姐是做得比別人好吃，連昨兒的炒飯，明明啥都沒有加，卻香得他差點連碗都吃了。

「反正是好吃的。」林卉拍拍他腦袋。「上午出去幹什麼了？怎麼不在家？」

「我去地裡幹活了。」林川挺起小胸膛。「一點兒都沒偷懶。」拍拍背後的水囊。「我還帶水了。」

林卉詫異。「這麼棒！」讚道：「川川真是長大了。」

林川被表揚，美得不行，下一瞬又垮下臉。「咱家的地也太能長野草了，熊大哥家的都不怎麼長。」

林卉心虛。「是嗎？大概是爹開春犁地的時候，沒犁乾淨草種吧。」見熊浩初到了跟前，她忙轉移話題。「好了，趕緊去洗手吃飯了。」

菜端出來的時候，熊浩初剛洗好手過來，林卉發誓自己聽到了咽口水的聲音，扭頭看去，只看到男人轉頭去幫忙盛飯了。

她暗笑兩聲，哄著蹦蹦跳跳的林川去幫忙端飯，自己麻溜地將剩下的兩盤菜端出來，剛放下，身後傳來詫異的聲音。「這是什麼菜？」

「你問絲瓜？」林卉掃了眼兩盤菜，下意識以為他問這個。「切了片你就不認識了？」

「我說這個。」熊浩初指著紅薯苗道。

「哦你說薯苗啊。」林卉笑了。「這是今年的新種，聽說是南邊傳來的，劉嬸她們前些日子去縣城買的，我拿白麵跟她換了些。」

熊浩初點頭，將碗放到她面前。

「這玩意好長，莖葉嫩的話能多盤菜，老點的還能餵豬餵雞，根還能當主食，好東西呢。」林卉碎碎唸道：「回頭多種點，咱們自家就有很多吃的了。」

熊浩初沒多說什麼，筷子直接伸向那盆紅燒肉。

林川早就巴巴等著了，見他動筷，看向姐姐。

林卉無奈，只得閉口，要弟弟快吃，然後抄起筷子給自己夾了塊絲瓜。唔，清甜香，不愧是純天然的食材。

當然，最受歡迎的，依然是那盆紅燒肉。一斤的五花肉全被吃光了不說，熊浩初還把湯汁拌飯吃光了。

吃完飯，熊浩初再次不見人影，林卉打發弟弟去午覺，自己則鑽到廚房裡開始煉油。切肉、煉油、裝盆，切肉、煉油、裝盆，一下午下來，林卉覺得不光廚房裡全是肥油味兒，連她身上、髮絲都是油膩膩的味道。

也許是大熱天在廚房悶了一天，也或許是油煙熏的，她整個人又黏又累又噁心，晚飯都沒心思弄，簡單下了鍋麵疙瘩，將熊浩初、林川兩人打發了，她自己也只隨便吃了點。

累了一整天，她燒了一大鍋水沐浴，用自己做的肥皂失敗品把自己從頭到尾清洗了一遍，整個人才覺得好一些。

爬到床上後，她倒頭就睡。

半夜，林卉生生給餓醒了。醒來時，外頭一片漆黑，窗外只有淡淡月影映進來，蟲鳴聲遠遠近近，四周安靜得能聽見她肚子裡的咕咕叫聲。

林卉捂了捂肚子，無聲地哀嚎一聲。大半夜的，她上哪兒找東西吃去啊……讓她黑燈瞎火地去廚房再搗鼓吃食，她寧願餓著——

突然，外頭響起「啪嚓」一聲斷枝聲，然後是短促的低呼。

雖然低呼聲戛然而止，但在如此安靜的環境下，林卉也是聽得分外清楚，不禁怔住。

這是……有賊？

林家的房子是傳統的農家院子，堂屋居中，將房子分為兩部分，東側牆隔出兩間房，一間現在是林川單獨歇著，一間原本是林氏夫婦的臥房，現在被林卉占了，林川都六歲了，既然有屋子，她當然樂意自己一個人單間。

西側是半堵牆，穿過去就是他們平日吃飯的地方，也就是飯廳。

飯廳的另一面分別是浴間跟廚房，中間一條短廊隔開。

浴間自不必提，廚房是兩端開門，一邊開了小門對著浴間，方便提熱水過去沐浴；另一邊則開大門，直對著後院，方便煙火散開。

這般格局下，林卉所在的屋子，開窗就是後院。她這會兒聽到的動靜，也是從後院傳來的。再者，他們家，只有後院有土牆能翻進來。

思及此，林卉的神經登時綳緊了。下意識伸手去摸枕頭底，卻摸了個空。

林卉怔住。

是了，這不是現代，她沒有手機，也沒法報警。

林卉開始緊張了。她只有一個人，也不知道外頭究竟有多少人、武力值如何，她這小身板，就算外頭只有一個大男人，她也搞不定啊！

聽著後院傳來窸窸窣窣的動靜，林卉咬牙，輕輕爬起來，藉著微弱的月光小心翼翼摸出床腳下的鐮刀——沒錯，她藏了一把鐮刀在房裡。

住在這樸實的鄉村，四周沒有保全也沒有警察局，她日常會把鐮刀塞在床底下，每天晚上臨睡前還會把桌子推到門後擋著。

要不是夏日暑熱，她怕是連窗子都會關緊緊的。為了以防萬一，那窗子即便開著一道縫，窗格上也搭著東西，只要一動窗子，動靜肯定不小。

那麼現在，問題來了——她該怎麼出去？

林卉貓著腰，從窗格下慢慢挪到房門處，放緩呼吸，側耳傾聽外頭的動靜。

外頭那人似乎頗為熟悉他們家的格局，除了剛開始發出的那聲低呼，接下來的路線似乎都很順溜，沒有擾著關小雞的籠子，沒有碰著菜畦邊的籬笆，更沒有剮蹭到廚房簷下的水缸。

若不是她喜歡在靠廚房的牆角洗刷鍋子，導致那兒的泥地濕答答，踩上去有輕微泥漬聲，林卉還不確定真的有人進來。

她聽著這人一步步進了廚房，忍不住瞇了瞇眼。

正常偷兒，會往別人家廚房鑽嗎？

廚房那邊似乎響起鍋蓋響動，緊接著是一聲驚罵，然後是櫥櫃被打開的吱呀聲。

安靜的夜裡，即便隔著堂屋飯廳，廚房裡頭的動靜卻彷彿近在跟前。

林卉想起自己擱在灶上的一鍋豬油——這會兒，怕是都凝成油霜了吧？大晚上看見這一鍋，怕是把那賊的眼兒都給晃花了……

她冷笑一聲，大概猜到這賊是哪來的了……

下午做飯那時，趙氏還在院外罵了半天，有可能聞到味兒了，再加上明知道她今天又帶回來一背簍的東西……是因為這樣才招了賊吧。

想清楚這一茬，林卉略微放鬆了些，將鐮刀換到左手，汗涔涔的右手隨意在衣服上擦了擦，繼續凝神傾聽。

廚房那邊，鍋碗的磕碰聲不時傳來。

半晌，那人似乎終於滿意了，窸窸窣窣地離開廚房，在後院繞了一圈，好像還在找有什麼值錢的東西，找不到又跺了跺腳，直接穿過大堂走到前院，輕手輕腳開了大門，鑽了出去。

林卉緩緩舒了口氣，然後才發現，大熱天的，她竟生生嚇出一身冷汗。

幸好這只是來偷東西的，若是……

不行，白天得想個法子加強安全措施。

院門沒閂上，「賊」又剛走，她後半宿壓根沒敢睡實，鐮刀擺在手邊，一瞇著就驚醒，一瞇著就驚醒，如此反覆，直到窗外泛起魚肚白，她才徹底放鬆下來，倒頭睡了過去。

這一睡，就睡到日上三竿，睡到林川跑來敲她房門。

「姐姐，起床啦！」

林卉瞬間驚醒，外頭林川還在「砰砰砰」地拍門。「姐姐妳聽到了嗎？姐姐，妳是不是不舒服啊？」

林卉揉了揉眼睛，迷迷糊糊爬下床，使勁地把桌子推開，頂著一頭亂髮打開門。

林川一下撲過來，擔心地抱著她的腿。「姐姐，妳沒事吧？」

林卉打了個哈欠，拍拍他腦袋。「沒事，昨夜沒睡好而已。」順手擦掉哈欠帶出來的眼淚，眼角一掃，對上房門外某男人打量她的眼神。

林卉一激靈，立馬低頭查看自己身上的衣著，確定還算整齊，這才稍鬆了口氣。

她在這世界沒有一絲安全感，睡覺從來不脫衣，熱極了最多解開衣領。昨夜裡聽到響動醒來那會兒，她就已經下意識把扣子扣上了。

確認身上沒有不妥，她放下心來，抬頭瞪回去。「你看什麼？」

熊浩初早在她低頭時就移開了視線，掠過她身後房門裡露出的一截桌角，眼底閃過些什麼。聽見她斥問，他也不惱，順勢收回目光，淡淡道：「沒事，已經午時了，能做午飯嗎？餓了。」

林卉無語了。天天就惦記著吃的，餓不死你！

不過，提起吃的，她立刻想起昨夜的賊，顧不上洗漱，她抬腳直奔廚房，揭開鍋蓋一看，油霜確實缺了一大塊。

林川亦步亦趨跟在後頭，不解地看著姐姐。

走在最後的熊浩初隨意往門框上一靠，雙手環胸，語氣淡淡提醒道：「今天我過來的時候，你們家院門沒閂，太不小心了。」

林卉瞪著那少了足有一大碗公的油霜，咬牙。「我不小心？我就是太小心了！」兩步過去拉開碗櫃，家裡最大、也是唯一一個大碗公果真也不翼而飛。

她深吸口氣，將鍋蓋蓋回去，朝一臉茫然的林川吩咐道：「川川，你還記得怎麼蒸飯嗎？」待他點頭，補了句。「那你留在家裡把飯蒸上，我有事出去一下，待會回來做菜。」

不等林川回答，林卉隨手扒拉兩下頭髮，捋起袖子，狠狠朝自己胳膊捏了一下，眼圈瞬間紅了。

「姐！」林川驚呼。

熊浩初立即放下手皺眉看著她。

林卉卻沒搭理他們，拉下袖子跑出去，瞬間跑沒了影兒。

林川猶自愣怔，熊浩初心知不好，朝他扔了句「待在家裡燒飯」，大步流星跟了出去。

熊浩初人高腿長，不過快走幾步，就看見那丫頭身影，正想喊住她，只聽她陡然扯開嗓子嚎——

「爹娘啊——嗚嗚——你們怎麼走得那麼早啊——」

這丫頭又在搞什麼鬼？熊浩初的臉有點僵，腳步卻下意識慢了下來，不阻擋前面那丫頭的發揮。

前頭的林卉這會兒情緒終於到位，眼淚嘩啦啦地往外淌，嘴裡的哭嚎更是賣力。

「嗚嗚嗚嗚——為什麼要丟下我們姐弟在這兒受人欺負啊——是個人都能欺負我們，這日子沒法過了啊嗚嗚嗚嗚——」

她這一嚎，先把離他們家最近的劉秀芳一家給引了出來。

劉嬸帶著兒媳聞聲出來，一瞅，可不得了，連圍裙都顧不上脫，急忙湊過來。「哎喲，卉丫頭，妳這是怎麼了？」

「劉嬸，我這日子沒法過了，我要去尋我爹娘——」

「啊呸呸呸！」劉嬸忙雙手合十朝四方各拜一拜。「小孩子說話口無遮攔，老天爺莫怪莫怪。」轉回來，責怪道：「有什麼話好好說，哪能這樣尋死覓活的。」

林卉放聲大哭。「我活不下去了啊劉嬸——爹娘走了，是個人都能欺負我們姐弟啊——」

「哎喲這是怎麼了？」又有一農婦被引出家門。「好好的怎麼就活不下去了呢？有什麼事說出來，咱能幫上的一定幫。」

林卉只是哭，哭得上氣不接下氣，話也說不出來。

她們好幾個人圍在一起，動靜也不小，引得越發多人走出家門查看。

「哎這是怎麼了？」去地裡幹活的男人們正好結伴聊著天往家走，瞧見這狀況忙不迭湊過來詢問。

林卉瞅著人差不多了，緩了緩情緒，帶著哭腔道：「各位叔叔嬸嬸，感謝你們關心，以後我家川川就煩勞你們照顧了。」說完，奮力掙開人群，一副要往河邊跑的模樣。

劉嬸嚇了一跳，連忙拽住她。「傻丫頭！妳可別做傻事！」

眾人跟著心驚肉跳，忙七嘴八舌安撫她。

「有什麼話好好說！」

「是不是誰欺負妳了？告訴叔，叔給妳做主！」

「還是受了什麼委屈？說出來，咱們解決不了，不還有里正嗎？」

……

林卉聽了這許多話，崩潰地捂臉大哭。「我沒用——我沒法——我好不容易掙了點錢——嗚嗚——家裡就被人盯上了——」

「什麼?!」劉嬸大驚。「妳家遭賊了？」

「天啊，遭賊了？那得趕緊報里正去啊，哭有什麼用！」有人恨鐵不成鋼。

「對對對，報里正去，咱村裡竟然出了賊，這可不能輕饒！」

七嘴八舌、七嘴八舌，無須林卉再多說，一群人擁著她浩浩蕩蕩往里正家去。

……

早在這許多村民圍上來的時候，熊浩初就悄無聲息退開距離，將場子留給林卉。

藉著路邊不知誰家院牆根下的梨樹遮擋，聽著這丫頭撕心裂肺般的哭嚎，他忍不住嘴角抽了抽。

再一聽，竟然是遭賊了！他皺了皺眉，想起早上那未閂的院門、她直奔灶下的舉措……

這丫頭是打定主意要鬧到里正家？區區里正，有何用？

不知道她在打什麼主意，熊浩初挑了挑眉，慢條斯理跟上去。

這個點正是各家做飯、地裡幹活的男人回家的時候，眼瞅著一群人神情凝重地往里正家走，路上遇到的都要多嘴問上幾句，待走到鄭里正家時，這隊伍已經足有四、五十人。

挑鋤頭的，擔水桶的，繫圍裙的，還有手裡握擀麵杖的，可把鄭里正嚇得不輕。

「怎麼了這是？」這人多的，他家都擠不下了。

眾人七嘴八舌一說，鄭里正登時皺眉。

「誰？誰家遭賊了？」

「呃……」

突然被這一問，帶頭的漢子婦人登時有點懵。

「林家，是林家！」劉嬸忙推著林卉鑽進來。「卉丫頭說她家遭賊了。」

鄭里正一見，不得了，這丫頭哭得眼睛都腫了，現在還抽泣不已，再看，衣服皺巴巴的，頭髮也亂得很。他心裡咯噔一下，忙細問：「卉丫頭，怎麼回事？」頓了頓，低聲地補了句。「既然是妳家的事，要不，讓其他人回家去歇著先？」

林卉聽明白了，里正這是擔心她昨夜裡被欺負了。她抽了抽鼻子，低聲道：「不用，里正伯伯，且讓大家聽著，回頭也好給我做個見證。」

鄭里正一聽就放心了。「行，這屋裡遭賊是大事，要是不揪出來，咱們大夥以後也睡不安生。」這才接著往下問細節。「是昨夜的事嗎？丟了什麼？知道是誰幹的嗎？」

林卉擦乾眼淚，略微揚高音量，道：「我丟了一大碗公的豬油。」

……豬油？所有人都愣住了。誰那麼缺心眼偷別人家的豬油啊？豬油是挺金貴的，可進屋偷這個……是不是太兒戲了點？

林卉沒管他們，繼續道：「想必各位叔叔嬸嬸都知道我昨天從縣城買了一背簍東西回來，不瞞大夥，我昨天買的，是三十斤肥肉。」

眾人譁然。三十斤肥肉?! 一斤就算十二文，三十斤少說也要三百多文吧？林家丫頭這是哪來的錢啊？

劉嬸心急地連忙扯了扯她的袖子，林卉拍拍她的手，解釋道：「因為我買得多，攤主直接算我十文一斤，算下來，這三十斤肥肉花了我三百文。」直接將錢給他們算清楚了。

這話一說出來，劉嬸急得冒汗。

鄭里正看看左右，皺眉。「林丫頭——」

「里正伯伯，您先聽我說完。」林卉打斷他。「這錢怎麼來的，我們回頭再說。您看，我要是不說，大夥誰也想不到我會花那麼多錢買肉吧？」

眾人自然是點頭。

鄭里正無奈。「這跟妳家遭賊有什麼關係？」

林卉也不著慌，慢條斯理把話說清楚。「昨兒我回家後，花了一下午時間把那些肥肉全煉成豬油放在廚房，也是巧，夜裡我沒睡好，大半夜醒來，然後就聽見家裡的後院進人了。」她冷笑。「這賊也奇怪，啥地方也不去，直接奔我家廚房去了。」

鄭里正登時擰眉，眾人裡有明白人的，這會兒也轉過彎來了。

「昨天我瞅著林家奶奶杵在卉丫頭家門口罵了大半天呢！」

「我也瞅見了，好傢伙，三里地外都能聽見那聲音了。」

「難道是……」

「噓，人家的家務事呢。」

林卉盯著鄭里正。「里正伯伯，我爹當年可是拿了銀子跟奶奶一家子斷親了的，您也覺得我這是家務事嗎？」

鄭里正不贊同。「卉丫頭，妳這意思我明白，但沒憑沒據的，話可不能亂說。」

「敢不敢查查？」林卉暗自用力掐了自己一把，眼眶含淚道：「這幾天誰家去過縣城，大家心裡都有數，只要看看誰家有豬油，事情就水落石出了。」

有人反駁了。「這豬油也不是什麼金貴玩意兒，又能放，誰家有豬油就懷疑誰，是不是太過了？」

林卉循聲望過去，輕聲道：「嬸子，有一點，跟有一大盆是兩碼事。誰家沒事會囤一大盆豬油嗎，妳說對吧？」

那位嬸子一想也是，訕笑兩下不再說話。

林卉轉回來，繼續看著鄭里正。「里正伯伯，您看？」

「這……」鄭里正依然遲疑。

林卉乾脆加了把柴。「今兒隨便來個人就能進我家拿東西，明兒是不是可以殺人放火了？再者，誰都知道我家裡就我一個姑娘家帶著弟弟，若是今兒不嚴懲，往後我們姐弟出事了，誰來擔責？」

鄭里正凜然。既然林卉直指關鍵是林老二家，鄭里正帶頭，一行人浩浩蕩蕩奔向林老二、也即是林偉光家。

彼時，林偉光一家子正在吃飯，突然看見這麼多人湧進家裡來，嚇了一跳。

林偉光的視線飛快略過眼睛紅腫的林卉，搓了搓手，問鄭里正。「怎麼啦這是？這麼大陣仗呢。」

鄭里正還沒說話，林卉已經飛也似的奔進裡屋。

林偉光的妻子許氏大驚失色，連忙追上去，趙氏也衝了進去。「幹麼呢幹麼呢？」

很快，屋裡響起爭執斥罵聲。

林偉光臉有點僵，鄭里正掩唇咳了咳。「偉光啊……」

話還沒出口，那頭的林卉已經抱著個大大碗公快步出來了，許氏、趙氏著急不已地去搶她臂彎裡的碗。

林卉用力撞開她們，大步一跨，喘著氣回到眾人跟前，將手裡的大碗往前一遞。「吶！瞧瞧、瞧瞧，這麼多豬油！」

那頭許氏見大勢已去，停下腳步，悄悄挪到自家兒子旁邊。

趙氏絲毫未覺，追上來狠狠給了林卉幾下。「死丫頭妳想幹什麼？」

林卉因為要端著大碗公，躲沒處躲，結結實實挨了幾下，劉嬸及幾位嬸子忙跑過來護住她。

趙氏還不樂意。「妳們想幹麼？人多欺負我老婆子是吧?!」

鄭里正臉一板。「不許鬧了！」瞪向林偉光。「還不趕緊把你娘拉走？」

待林偉光把嚷嚷的趙氏拽開，林卉把大碗公往劉嬸子懷裡一塞，轉回去，面對林家老小。「奶奶、二叔、二嬸，咱們明人不說暗話，你們這豬油怎麼來的，要我直說嗎？」

「什麼怎麼來的？」林偉光色厲內荏。「當然是我家自己熬的！」

一大碗公呢，少說也有十來斤的量，誰家這麼奢侈了？就是鄭里正家裡，也不見得一次能熬這麼多豬油出來啊。

眾人眼中分明的懷疑刺得林偉光心驚肉跳，只聽他道：「怎麼了？我家熬點豬油礙著誰了？」

林卉見他不承認，也不跟他多掰扯，轉回來揚聲道：「煩勞各位叔叔嬸嬸到我家裡走一趟，看看這豬油究竟是哪兒來的，省得大家覺得我誣陷自家親戚。」

鄭里正自然要去，其他人也不知道是想看熱鬧，還是想見見三十斤肥肉熬出來的豬油，自然連聲贊同。

林偉光兩母子推推搡搡，就是不想去，趙氏還一把將那碗豬油奪回去，一副誰搶就跟誰拚命的樣兒。

幾個漢子不好招惹她，但對上林偉光，卻是不懼的，立時一擁而上把他拽出門。

劉嬸幾個婦人卻不怕趙氏，齊齊圍上去，半推半搡地將她也帶出來。

一行人呼啦啦又到了林卉家。

林卉領著人直奔廚房。

搬了小板凳坐在小灶前燒火的林川驚喜抬頭。「姐姐——」話剛出口，就看到一大堆人衝進來，他登時嚇得把話咽了回去。

林卉拍拍他腦袋。「沒事，你繼續。」說完走到大灶邊，直接揭開鍋蓋。「大夥瞧瞧，這豬油可不會騙人。」

鄭里正凝神看去，那鍋裡凝結成霜的豬油確實缺了一塊，不大不小，正合了趙氏懷裡那碗豬油。

不，那碗豬油其實還是少了些，上頭明顯的幾個半月形，可見是被勺子挖過了，再想到林家適才正在用飯……眾人哪還有什麼不明白的？

對上眾人目光，林偉光訕訕。「這麼巧，卉丫頭妳也熬豬油啊……」

林卉嗤笑，看向林偉光。「二叔，你家這豬油怎麼來的，還想抵賴嗎？」

林偉光嘴硬。「還能怎麼來，當然是我去縣城買的！是，我家裡沒啥錢，可我再窮，也不至於連這點銅板都掏不出來！」

林卉敲敲鍋蓋。「那二叔你知不知道，我這油為何少了一大塊呢？」

「誰知道妳咋用的！」林偉光硬著脖子道。

「二叔你——」

「行了行了，一人少說兩句吧！」鄭里正打斷他們，先問林卉。「卉丫頭，妳先說說，妳這些油、這肉，是什麼時候、在哪兒買的，花了多少錢。」

林卉一五一十講了遍。

鄭里正又問林偉光。「偉光，你家的呢？」

林偉光怔了怔，下意識去尋趙氏。

抱著大碗公的趙氏連忙插嘴。「我買的！是我去買的，我昨兒才買的肥肉，就、就跟隔壁村的殺豬李買的，花了、花了二十多文呢！」

有人「咦」了一聲。「可是昨天殺豬李跟媳婦來咱村，沒做生意啊。」見大夥望過來，他忙解釋。「昨天殺豬李他老丈人過生。」

眾人恍悟，目光齊刷刷看向趙氏。

趙氏登時慌了。「不是不是，我記錯了，我是去縣城，對、對，我去縣城，就在西市那兒買的。」

林卉差點笑出聲。這前言不搭後語的，生怕別人看不出來是撒謊嗎？這下，她連別的證據都省了。

眾人自然也轉過彎來了，鄭里正立即黑著臉瞪向林偉光。「偉光，你老實交代，這豬油是怎麼來的。」

「唉你這是什麼意思？」趙氏插過來，擋在兒子面前。「我不過是年紀大了記不清事，怎麼到你這兒，那豬油就來路不明似的？我家再窮，這點肥肉還買得起的。」

「對對對。」林偉光這會兒倒是硬氣起來。「我們家多少還是有點積蓄，林卉這死丫頭，她還欠別人錢呢，哪來的銀子買那麼多肉？」

趙氏涼涼說道：「可別是那骯髒錢——」

「呸！」劉嬸一口唾沫差點沒吐她臉上。「妳這老不修的，卉丫頭再怎麼也叫妳一聲奶奶，妳倒好，天天盡想著編排她的不是。」

林卉心裡很感動。這些日子，真是虧了有劉嬸維護幫忙……以後定要多幫她一些。

趙氏看看眾人不贊同的眼神，約莫也是知道理虧，撇了撇嘴不說話了。

那頭，鄭里正板起臉。「你家裡既然不差這幾個錢，怎麼連豬油都要偷？」

「誰偷了誰偷了？」趙氏跳起來。「你有什麼證據說我們家豬油是偷的？你們有嗎？」

鄭里正不搭理她，直接看向林偉光，喝道：「偉光，你自己說。」

林偉光縮了縮脖子。「我、我真沒。」

鄭里正熟知他脾性，見他這心虛模樣，更是確定了幾分。他直接道：「既然如此，那我們現在就去縣城，找你們買肉的那個攤主當面問問。」

趙氏、林偉光登時不說話了，到這會兒，所有人都看清楚這是什麼情況了。

林卉再次偷偷掐了自己一把，掐的還是老地方。這塊皮肉掐了好幾回，現在都不需要她多用力，輕輕一擰，就能疼得她飆淚。

「也怪不得……誰叫我沒爹沒娘呢。」林卉擦了擦眼角，渾然忘了自己適才在林偉光家是有多聲色俱厲，只裝出一副悲戚萬分的樣子。「連沾親帶故的叔叔奶奶都要踩上一腳，活該被人欺負。」

眾人聽得好生不忍，林偉光撇嘴。「哪來的欺負？要不是妳藏著掖著的，我們至於這樣嗎？」

鄭里正來氣了。「誰家有點東西不是藏著掖著的，這藏著掖著都招賊呢，要是不藏著掖著，你怕不是得明搶了？」

林偉光梗著脖子。「她身為晚輩，給長輩孝敬些東西，不是合情合理的嗎？」

林卉哭得更大聲了。

「林偉光！」鄭里正怒了。「你要臉不？不說你們已經分家了，你一大男人，還向個小姑娘要孝敬？」

別說鄭里正了，其他人都看不過去，紛紛下場指責他。這農家人嘛，平日裡直爽是直爽，這罵起人來，也是挺難聽，直把他說得臊紅了臉，連趙氏蹦躂了兩下，都被摁了下去。

低頭裝哭的林卉滿意至極，不枉她費了這老鼻子勁表演。

有了眾多火力支援，林偉光母子很快敗下陣來，由鄭里正做主，那碗豬油還給了林卉不說，還罰林偉光家賠償林卉家二十個雞蛋、五斤稻米，可把趙氏心疼得夠嗆，但鄭里正鐵了心要辦，她也不敢多話。

一群人全站在林家後院，等著林偉光回家去把雞蛋、稻米取過來。

鄭里正其實是要殺雞儆猴，讓別人想要打林卉、林川這對孤女幼弟的主意之前，都得掂量再三。

很快，不甘不願的林偉光就將東西送過來了，鄭里正確認數量無誤後，才同意讓他們母子離開。

趙氏猶如被刮了塊肉般，滿臉的不情願不樂意，沒等走出大門，嘴裡就開始罵罵咧咧，聲音恨不得大得震聾眾人。

鄭里正搖搖頭，收回目光。「看這事鬧得，大夥都沒吃上飯吧？」擺擺手。「既然事情處理妥當了，都歸家去吧。」

大夥應和著笑鬧幾句，就準備散去。

「慢著。」林卉卻開口喊住他們。「各位叔叔嬸嬸暫留一下，我還有件事。」

鄭里正詫異回頭。「卉丫頭還有啥事？」他自認適才處理的方式非常妥當，林卉可是還有什麼不滿的？

當然，林卉不光沒有不滿，相反，她對這位鄭里正有些刮目相看了。有這樣的人當里正，沒什麼大事的話，村裡鐵定不會亂。但她也沒有就此放心——她辛辛苦苦把這麼多人拉過來，可不是為了那點雞蛋稻米而已。

「里正伯伯，各位叔叔，各位嬸嬸。」林卉掃視一圈。「大家難道不好奇，我這個沒爹沒娘的小丫頭，怎麼有錢天天去縣城買一大堆東西呢？再者，你們不好奇我為什麼要熬這麼多豬油嗎？」

大夥一聽，登時來勁了。

「哎，卉丫頭，難不成妳真賺了許多錢？」

「我早就好奇了，這三十斤肥肉可不便宜啊，哪來的錢啊？」

「哎呀，難不成是有什麼來錢的路子？」

「哎，聽著竟然是跟這豬油有關係？」

……

鄭里正看看左右，皺著眉頭看向林卉。「只要不是作奸犯科、傷風敗俗，妳怎麼掙錢，與旁人有何干係？」再看其他人。「小丫頭不懂事，你們也不懂事嗎？誰家有掙錢的法子不是收著掖著的，你們倒好奇上了。」

大夥一想也是，臉上登時有些失望。

「嘿嘿，里正不愧是里正，咱不過就是好奇好奇而已。」

「對對對，咱也沒說要知道啊，咱就是八卦八卦！」

「走走走，難得今天這麼熱鬧，哥兒幾個上我家去，讓我媳婦炒點花生米咱嘮嗑嘮嗑。」

……

林卉見他們這就打算走了，啼笑皆非，心裡也有點暖。但事情還是得辦。

「沒關係的。」林卉攔在他們前邊，笑道：「我本來就打算把這法子告訴大家，讓大家有錢一塊兒賺的。」

眾人面面相覷。

林卉不等他們說話，直接道：「其實，我賺錢的法子很簡單，就是熬豬油、製澡豆。」

大夥目不轉睛地看著她。

林卉停下來，回望他們。

你望望我，我望望你，場面一度有些尷尬。

林卉蹙眉，不解。「你們就沒什麼要問的嗎？」

眾人茫然。「問什麼？」

鄭里正看看左右，咳了咳，道：「卉丫頭，這誰家沒種幾棵豆子啊，雖然咱們用得少，可也不缺澡豆。」

劉嬸也開始勸她。「卉丫頭，妳可別亂來。就算妳想做澡豆賣澡豆，也得賣脂粉鋪裡那種加了許多珍貴香料的澡豆，妳這用豬油做……這……這……先不說這能不能用，這膩乎乎的，拿出去也賣不了幾個錢啊。再說，豬油這麼精貴，妳不得虧死了？」

豬油皂不能用是誤會！口說無憑，林卉索性拿出自己做的肥皂。

「這是我前幾天試做的澡豆，也叫肥皂。這個是失敗品，太軟了點，不過效果是差不多的，很好用。」她先遞給身邊的劉秀芳。「嬸子，妳們看看。」

劉嬸依言接過來，仔細端詳。

這肥皂有點軟，大體形狀還是在的，四四方方的，看起來挺規整。皂體茶褐色，又有幾分剔透，比起大夥日常用的澡豆好看了不只一星半點。

劉嬸半信半疑地瞅了她一眼，將肥皂傳給旁邊婦人，同時問：「這是澡豆？能洗得了東西嗎？」

「你們可以試試啊。」林卉微笑。

立馬有婦人躍躍欲試地去拿盆裝水。

澡豆這玩意，漢子們都看不明白也不關心，聽林卉說得玄乎，他們也就湊個熱鬧，再加上廚房小，他們都退到院子裡站著，把地方讓給婆娘們，連鄭里正也捋著短鬚站在門邊兒看。

林卉也不著急，只等著那幾位婦人試用。

肥皂這玩意，沾水搓一搓，就知道有沒有。

「搓出沫子了！哇還黏糊糊的。」

「用水沖沖看？」

「哎，果真沖乾淨了。」

「哎喲哎喲，我剛手上還沾了鍋灰，全洗掉了。」

「就是太軟了點。」

「嘿，沒聽卉丫頭說嗎？這是失敗品，好的已經賣掉了。」

劉嬸跟著試了，搓了搓帶著水意的手指，她想了想，湊過來，帶著幾分不好意思地舔了舔嘴唇，問：「卉丫頭，這玩意真能賣錢嗎？」

林卉點頭。「能。」她翻開手，做了個半握的動作。「一塊這麼大的肥皂，賣三百文。」

三百文！

所有人都嚇了一跳，連鄭里正也驚住了。「卉丫頭，這可不能開玩笑，這麼一塊皂，能賣三百文？」

林卉點頭。「真的，我剛賣出去。」她手指往自家爐灶一指。「不然我哪來的錢買這麼多肉？」財不露白，她知道什麼話能說、什麼話不能說。

「這肥皂真是用豬油做的？」鄭里正又問：「多少豬油能做一塊？」

林卉算了算，道：「熟練的話，一、兩斤肥肉應當能做一塊。」

一、兩斤肥肉再貴也不過幾十來文，一塊肥皂賣三百文……所有人倒吸了口涼氣。這算下來，跟無本買賣也差不離了！

劉嬸立即想到其中關鍵，看看大夥發光的雙眼，她著急了。拽住林卉胳膊，把她帶到廚房另一邊，壓低音量快速道：「這麼賺錢的行當，妳怎麼就說出來了，妳是不是傻呀？」

林卉盯著她仔細看。

劉嬸情急，朝她胳膊就是一巴掌，道：「妳還看啥？待會妳啥也別說了，我幫妳圓回去，知道嗎？」

林卉收回心神，笑道：「沒事，我心裡有數。」拉著她再次回到眾人面前。

鄭里正的視線在她跟劉嬸身上打了個轉，捋了捋短鬚，想了想，微微笑，道：「卉丫頭，妳家裡不容易，好不容易有個掙錢的營生，自己留著吧。這裡都是看著妳長大的叔伯嬸子，沒人會計較這個。」

眾人的喜意剛上臉，就被鄭里正的話打醒，一個個露出失望的神色。

林卉看在眼裡。

「里正伯伯，我既然拿出來說了，就是已經考慮清楚了利弊。做肥皂說難不難、說易不易，我就算能保密一時，也保不了一輩子。

「再說，肥皂這玩意又能放又抗摔，只要品質不差，做再多也有鋪子收，咱縣城賣不完，還能運到別的地兒賣。一個縣城有多少人啊，我一個人可掙不完這麼多……既然如此，我何不把方子拿出來，讓大夥一起掙錢呢？」

鄭里正欲言又止，林卉知他想說什麼。「在場都是看著我長大的叔伯嬸子，不說過去，光我爹娘去世這段日子，大家就幫襯我不少，做人得知恩圖報……」

廚房外頭，靠近院牆那邊，有一條不足兩尺的小巷，靠近前院那頭堆了半人多高的柴薪，上頭還搭了個簡陋的草棚遮風擋雨。

熊浩初正躲在這草棚後。

彼時，他雙手環胸靠在廚房後牆上，閉著眼睛聽廚房裡頭的人說話。

前頭林卉逼著林偉光母子過來的時候，他就不甚贊同。緊接著，就是那肥皂方子，聽到林卉主動提起方子，他更是皺眉。

這丫頭是不是玩過頭了？被欺壓得什麼都得說？

放下胳膊，他站直身體，正打算出去，就聽那丫頭侃侃而談，大意內容——竟然是勸其他人跟著她學做肥皂？

熊浩初愣了愣，臉上神情有些奇怪。

看樣子，裡頭沒什麼事……

他再次環胸靠到牆上。

廚房裡頭，林卉正經八百地煽情了一把，把幾名婦人說得眼眶都紅了才停下來，看向鄭里正。

鄭里正嘆了口氣。「話都被妳說完了。」

他其實明白林卉的意思。她若是要做肥皂，勢必要經常買肉，一次兩次便罷，天長日久，總會被惦記上。她一個小丫頭片子的，如何壓得住？

即便能依靠熊浩初，這一年也難過——熊浩初總不能十二個時辰護著她吧？

既然如此，倒不如把方子大大方方分出來，有錢大家一起掙，誰也別眼紅誰。

想明白這點，鄭里正看看左右，語重心長道：「卉丫頭這是惦記著你們，以後你們可要多幫襯著。」

話裡意思，是點頭了。

眾人登時欣喜若狂，連連點頭應諾。

林卉輕舒了口氣，笑道：「我這方子簡單……」她掃視一圈，朝鄭里正道：「鄭伯伯，您挑五、六個人出來，我一塊兒教，回頭再讓她們去教別人，您看如何？」

鄭里正掃了眼廚房裡站著的幾名婦人，笑了。「成，我知道了，回頭我給妳安排妥當。」

「至於這時間……」

鄭里正掃了眼那鍋缺了角的豬油，摸了摸短鬚，轉向大夥，道：「卉丫頭自個兒也才賣了一塊肥皂，她把方子拿出來給大夥，是恩義，咱們這些得了恩惠的，不好做得難看。要學方子可以，等卉丫頭這批豬油肥皂做好，賣了，咱們再來學，如何？」
眾人一想也對，紛紛表示不著急，讓林卉先緊著自己，啥時候方便了再來教。
林卉心裡更舒服了些。「多謝各位叔伯嬸子體諒。」
今兒這事算是解決了，一行人帶著滿懷的欣喜和期盼離開了林家，走在最後的劉嬸被林卉留了下來。
「狗？」劉嬸不解。「妳問這幹麼？」
「昨夜把我嚇壞了，妳也知道我家情況，我想養兩條狗看家。」
劉嬸皺眉，有些為難。「咱們這裡也就安穩了幾年，日子都過得苦巴巴的，哪來的餘糧養狗啊……」
林卉失望。「是嗎？」
劉嬸不忍，拍拍她手背。「別擔心，回頭我讓妳張叔去別的村打聽打聽。」
「好，謝謝嬸子。」
「謝啥？當年要不是妳娘幫我一把，我現在早就沒命了。」提起林卉親娘，劉嬸又開始抹眼淚。「這麼好的人，怎麼就……」
這些話，林卉早聽她念叨了不下八百遍，一聽，立馬轉移話題。「嬸子，妳來之前是不是正在燒飯呢？」
「哎對！」劉嬸一拍大腿。「我的飯！」顧不上再跟她多說兩句，抬腳就衝了出去。
林卉暗笑一下，掩上院門，回身——

嚇！

她下意識退後兩步，抵在院門上。

瞪著眼前這不知道從哪兒冒出來的大塊頭，林卉拍了拍胸口，怒斥道：「你屬貓的啊，走路怎麼沒點動靜？」

熊浩初當做沒聽到，問她：「妳想養狗？」

林卉立馬不生氣了，站直身體，眼巴巴看著他。「你知道誰家有狗嗎？」

熊浩初「嗯」了聲。「有朋友養了幾隻獵犬，我去問問，大概要等上幾天。」

獵犬！林卉驚喜。「沒關係沒關係，等等無妨。」這要是獵犬，她家裡的安全指數就更高了。不過……她又有點擔心。「獵犬會不會太凶了點？養得熟嗎？」

「幼犬可以。」

林卉彎起眉眼。「好，那就麻煩你了。要是需要錢，儘管說。」這點便宜她不會占。

「嗯。」熊浩初的視線從她眉眼上滑過，往裡屋瞟了眼。「那現在可以做飯了吧？」

林卉。「……」

她突然覺得，這人應下親事，只是為了給自己找個煮飯工吧！

臭男人！林卉白了他一眼，憤憤進了屋子。

熊浩初。「……」他哪兒得罪她了？

第六章

林卉轉進後院的時候，已經蒸好飯的林川正提著菜籃，探身去摘菜畦裡的絲瓜。瘦小的身子提著足有他半人高的菜籃子，還踮著腳，看著就夠嗆。

林卉忙大步過去，先扶著他。「我來。」把他胳膊上的菜籃子接過來。「你想吃絲瓜？」這菜地天天澆她的洗澡水，長得賊盛。

這裡可不比現代，想吃什麼去市場都能買到，林卉為了滿足自己的口腹之欲，又仗著自己有金手指，這段時間可著勁加種，把這時節能種的菜苗瓜種都種了下去，菜畦都擴大了一圈兒。

咳咳，也是仗著有熊浩初天天給她挑水。

聽了她問，林川搖頭。「絲瓜長得好快，得趕緊吃了，不然要老了。」

林卉有點心虛，瞅了眼菜畦，快手摘下兩根絲瓜。「沒事，咱吃得完。」又掰了兩顆高麗菜。「走，川川幫姐姐燒火。」

「好！」林川蹦蹦跳跳地跟著她進廚房。

鍋裡還有豬油，太多了，他們家的碗全騰出來也裝不下。反正不是進肚子的東西，林卉想了想，乾脆拿了個盆裝。

把凝凍的豬油全轉到盆裡，剩下些許鍋底熱一熱，下蒜瓣爆香，把掰好過了遍水的高麗菜放進去翻炒。

高麗菜熟得快，加上農村柴火灶火力大，不過翻炒了幾下，菜葉子就全軟了。

林卉瞧著差不多，捏了撮鹽撒進去，又翻了幾下，鏟起來裝盤。

鍋子也不用刷，她直接舀了勺水下去，讓林川看著火，轉身去給絲瓜削皮，切成滾刀片。待鍋裡的水開了，絲瓜倒下去，焯水，撈起備用，把鍋裡的水倒掉，讓林川壓小火。

林卉轉身去拿雞蛋，叔叔今兒賠的雞蛋，剛好拿來炒絲瓜。想到熊浩初那飯量，她一口氣打了四個雞蛋下去，加鹽打散。

鍋已經燒熱，林卉倒上素油，略等了等，端起雞蛋液，繞著油圈邊緣慢慢倒進去，小火滑炒幾下，雞蛋一熟立馬鏟起來。

再次熱鍋下油，放薑片爆香，倒入絲瓜，加鹽翻炒，差不多了，再把嫩生生的雞蛋加進去一起炒，炒得絲瓜變軟就差不多了。

林卉邊裝盤邊吩咐林川。「川川，可以撤火了。還有，趕緊去找你熊大哥——」

「篤」、「篤」，前院傳來幾聲輕響，林卉愣了愣。

這會兒爐子撤了，菜也炒完了，廚房安靜了下來，她才聽到這聲音。

熊浩初又在幫她劈柴？光她做菜的工夫，這傢伙已經來回幫她挑了兩擔水了，現在還去劈柴……這男人真是……

林卉無奈，繼續道：「去喊你熊大哥歇著，該洗手吃飯了。」

「哎！」林川麻溜地將柴火撤掉，敲熄，拔腿就往外跑，嘴裡咋咋呼呼喊著。「熊大哥，熊大哥——開飯啦！」

林卉搖搖頭，拿布墊著把手，端起鍋子到外頭刷洗，邊刷鍋子邊往堂屋那頭張望，很快，就看到林川拽著高大身影進來。

她忙指揮他們。「趕緊洗手。」

一大一小乖乖走到水缸邊舀水洗手。

待林卉洗好鍋，放回去，那一大一小已經洗完手，合力將菜飯端到屋裡了。

林卉解下圍裙，跟著坐下來。

「都餓著了吧？趕緊吃吧。」中午折騰了那麼久，就算算不準時辰，她也知道這個點不早了。

她率先伸筷給林川夾了塊雞蛋。「來，咱們家很久沒吃雞蛋了，嚐嚐。」

林川道了謝，迫不及待將雞蛋塞嘴裡，邊嚼邊讚。「姐姐現在做菜真好吃。」

開玩笑，她可是下了油的，能不好吃嗎？而且，什麼以前現在的，萬一讓人聯想到什麼……

林卉瞪他，佯怒道：「這麼多飯菜都塞不住你的嘴巴？把東西咽下去再說話。」

林川縮了縮脖子，低頭扒飯。小小的胳膊勉強趴在桌面上，低頭扒飯的樣兒特別可憐。

林卉登時心軟了，放下筷子，拿勺子給他舀了勺絲瓜炒蛋的湯汁。「別光吃飯，菜多著呢。來，試試這個湯汁，甜絲絲的特別下飯。」

林川立刻又高興了。「嗯，謝謝姐姐。」

林卉摸摸他腦袋，再次執起筷子吃飯。

旁邊的熊浩初一如既往，眼觀鼻鼻觀心，毫無存在感地低著頭扒飯夾菜。

林卉掃了他一眼，暗嘆了口氣。

幸虧她不是那種尋求刺激、追求轟轟烈烈愛情的小女生，不然，攤上這樣一聲不吭的對象，可不得憋屈死。

對她而言，安安穩穩過日子，比什麼都強。

慣例的，林卉姐弟吃飽後，熊浩初便將絲瓜炒蛋連湯帶水全倒進自己碗裡，拌了拌，配著所剩不多的高麗菜，全掃光了。

若只看他那木頭臉，林卉是完全不知道他飽了還是沒飽，不過，一起吃飯這麼久，她也琢磨出來幾分。倘若這傢伙吃完後會摸摸肚子，那鐵定是沒飽；若是放下碗一抹嘴就走，那就是飽了。

熊浩初扒乾淨飯，放下碗，朝林卉說了句「我去劈柴」，起身出門去。

林卉的「好」字還沒出口，人已經跑了。

她翻了個白眼，起身收拾碗筷。木頭性子就木頭性子吧，勝在任勞任怨。

收拾了碗筷，趕小林川去午覺，她再次鑽進廚房，開始熬肥皂。

她沒法檢測草木灰水裡鹼的濃度，全靠經驗風險太大，為防萬一，她把草木灰水分成幾份，一份一份的跟豬油混合熬製，一大鍋豬油，整整熬了一下午。

為了省事，她提前讓熊浩初做了幾個淺口的木框子，熬好的皂液分別倒進去，等晾乾後切成小塊，比用小木模省事。

這次的肥皂，她分了幾份，一份加了桂花油，一份加了胭脂，還挪了一份兩樣都加了，要是不出意外，賺個幾兩銀子是沒問題的。

肥皂還要晾幾天，接下來，就該準備教村裡人做肥皂了。

既然是教村裡人做肥皂，林卉也就不煩勞熊浩初陪著，喊上鄭里正挑出來的幾名嬸子，一行人浩浩蕩蕩往縣城去。

依著林卉的建議，一家買上兩、三斤肥肉練練手就夠了。

買完肉，時辰還早，嬸子們又逛了圈她們常去的鋪子，林卉看到有醬菜，忍不住也跟著買了罐。

她原還想多買幾罐，被劉嬸幾個按住了，說這玩意吃個新鮮得了，醬菜什麼的，自家都能醃，要是不會，她們教。

能多學點，給家裡添道菜，林卉自然忙不迭答應。

大家手裡都不寬裕，又得趕回去學做肥皂，她們略逛了逛就打道回村。

嬸子們聊著八卦跟瑣碎，混在裡頭的林卉仔細聽著。她對這個世界瞭解太少，原主整日不出門，記憶也是寥寥，能跟這些生活經驗豐富的嬸子們汲取經驗，她聽得可認真了。

因此，她沒有發現，有幾人一直遠遠跟在她們後頭，其中一位穿著直裰的青年，正是與她有過一面之緣的裘泰寧。

「怎樣？」裘泰寧緊張不已。「這回人多，總有個認識的吧？」

盯了好幾回，回回都是小丫頭跟那礙眼男人來縣城，看了就讓人不喜，最關鍵的是，還沒人知道他們是打哪兒來的。

跟在他邊上的一位漢子搖頭。「都是生面孔，不是富佑村的。」

「也不是桃溪村的。」

眼看裘泰寧臉沈下來，一名瘦小男人小心翼翼道：「我瞅著，像是梨山村的，有位嬸子似乎是我們那兒出去的，要是沒記錯，她應當是嫁去了梨山村。」

「當真？」裘泰寧登時驚喜。若是真的，就不枉他找人盯這麼長時間了。

瘦小男人又看了幾眼，確認道：「那位嬸子眉角有顆痣，應當錯不了。」

「那就行！知道是哪個村的，這事兒就好辦了！」裘泰寧樂得拍掌。「事不宜遲，走，找我舅舅去！」

林卉對此渾然不知，她跟著嬸子們回到村裡，當即開始開班授徒。開課之前，她得先扒灰——咳，是真的在扒灰，大夥均是一臉茫然。

劉嬸湊過來，問：「是不是爐子堵了？我幫妳。」

「不用。」林卉停下手，下巴朝另一側的牆面點了點。「劉嬸，幫我取那個竹篩子過來。」

另一位嬸子忙從牆上取下篩子送過來。

「謝嫂子。」林卉道了聲謝。

那位嬸子大概比較靦腆，笑了笑不說話。

林卉將竹篩擱在灶上，低頭又繼續扒灰。

眾人面面相覷。

林卉之前做肥皂用掉了許多草木灰，這回扒拉半天才掏出一點，就這些，還是她昨兒熬肥皂積攢下來的。

若是要長期做肥皂，她家的草木灰壓根不夠用，若是特意去收草木灰，這方子早晚洩漏出去……正是想到這些，她才大大方方把方子送出去，別的不說，好歹能賺一波人情——這可是千金難換的好東西。

言歸正傳，接下來，林卉在眾人驚詫的目光下開始教導熬製草木灰水，具體原理也不好解釋，只需要她們記住大致的配比就行了。

完了就要等草木灰水靜置分層，林卉便讓她們各回各家，明天下午再過來。

第二天，吃過早飯，熊浩初還沒出門就被林卉叫住，他疑惑地停下腳步。

林卉沒說話，走到窗邊，拿起條桌上疊得整整齊齊的布料抖開，轉回來，遞給他。「試試，看看合不合身。」

鴉青色的布料被遞到他面前，雖然鬆鬆垂在半空，也能看出是套男裝衫子。

熊浩初怔住。他早就知道丫頭買了鴉青色布料，也經常見她坐在窗邊縫縫補補，可這不是還有個林川嘛……再說，都過了這麼久了……

「愣著幹麼？」林卉見他不動，直接把衣衫往他懷裡一扔。「去換上，我看看有沒有地方要改的。」

熊浩初按著衣衫，有些遲疑。「我還要下地——」

「下地怎麼了？」林卉白了他一眼，戳了戳他胳膊肘上磨得開洞的料子。「瞅瞅你這衣服，穿著好看嗎？還是圖涼快透風？」

熊浩初彷彿被針扎一般，唰唰唰退後幾步，初定了定神，道：「也不差這一時半會，晚點我回家再試。」

林卉惱了，一插腰，另一手往浴間方向一指，斥道：「現在、馬上、立刻，去換上。」

磨磨唧唧的，她事兒多著呢。

旁觀的林川縮了縮脖子，大氣也不敢出一聲。

面對林卉的強權鎮壓，熊浩初沒法，只得乖乖去換衣服。

鴉青色短褐並同色長褲，都是按他尺寸做的，套在身上合身得不得了。他忍不住摸了又摸，一摸，就發現了點問題：手肘部、膝蓋處，連帶肩膀兩側，都要比別處厚上幾分，翻開一看，裡頭多墊了層布。

想到林卉剛戳他舊衣服上的破洞，熊浩初有些愣怔。這就是有媳婦的感覺嗎？

「咚咚咚！」

熊浩初瞬間回神。

林卉的聲音響起。「好了沒有？好了趕緊出來，別窩在裡頭生蛋。」

熊浩初。「……」這丫頭……

把衣衫扯平順，綁好腰帶，將褲腳綁好，他才拉開木門走出去。

外頭的林卉正打算再催呢，看到木門打開，立即眼睛一亮。

男人這塊頭少說有一百九，肩寬腿長，莊稼人常穿的粗布裋褐，竟被他穿出幾分時尚感。

林卉走過去，拍拍他肩膀。「不錯啊！」扯了扯袖子。「大小也合適。」接著魔爪伸向他的腰——

熊浩初這回淡定許多，咻地一下退到飯桌旁，林卉的手登時被晾在半空。

她輕咳一聲，收回手。「行了，既然合身，穿著出門吧。」原身的手藝還是可靠的，慢是慢了點，等她多做幾套，熟練起來就好了。

熊浩初有些猶豫。

「啊對了，」林卉想起什麼。「你換下來的那身舊衣服別帶走，我給補補。」

熊浩初下意識摸了摸新衣裳的袖邊，遲疑地點了點頭。

林卉轉而看向滿臉羨慕的林川，道：「川川別急，回頭我也給你做兩身。」

林川立刻笑開了。「謝謝姐姐！」

林卉失笑。果然啊，小孩子都無法抵擋新衣服的誘惑。眼角一掃，就看到熊浩初走向他早上挑來的木桶和擔子。

她眼角一跳，看了眼後廚方向，隨意地道：「哎，我昨天將洗碗洗鍋的水倒在桶裡了，你就挑我家的桶過去唄，省得浪費了。」

熊浩初頓了頓，挑眉看了她一眼。

林卉有點心虛，乾笑。「你不是說你力氣大嘛，挑過去也不遠，應該不費什麼工夫吧？」

熊浩初不知道她在打什麼鬼主意，不過挑點水對他而言確實只是小事，遂不再多言，聽話照做了。

林卉自然是故意的。現在地裡都是熊浩初澆水，若是她自己提水去，總有點突兀。她拿洗碗水當藉口，倘若有人問起，她可以說是為了節約，將來稻苗若是長得好了，她還能把功勞歸於涮鍋水營養好——咳咳，管它是不是真的營養好，左右現在這時代的人不會化驗。

熊浩初和林川兩人出門去了，她也沒閒著，在家洗碗刷鍋、菜地澆水，餵雞、打掃清潔、擦窗擦櫃……這個時代可沒有鋼筋房水泥路，外頭全是土路，風一揚，屋子裡全是灰，隔三差五總得將家具全擦一遍，否則都髒得不成樣子。

等她忙完這些，日頭都升得老高了。

她忙對著院裡的影子估算了下時間，確定離午飯還早，還有時間忙別的，才鬆了口氣。唉，這沒有時鐘的日子就是麻煩……

把院子裡晾曬的肥皂移到陰涼角落，省得曬過頭乾裂了，林卉走進房，翻出鴉青色布料，比劃了下，發現果然不太夠再做一身，只得放下，準備回頭做一身給林川。

再撿起另一疋玄色布料，拿出屋子，鋪在桌子上，開始劃線裁剪。

另一頭，熊浩初挑著水桶，領著林川走出林家。

林川眼帶羨慕，看了他身上的衫子好幾眼，嘀咕道：「姐姐對你太好了，她好久沒給我做新衣裳了。」

熊浩初瞅了他一眼。「她說了回頭給你做。」

「我知道。」林川嘟嘴。「我還知道她還會再給你做一身才輪到我！」

熊浩初的唇角忍不住微微勾起。「是嗎？」

林川沒注意，依然不太高興，嘴裡嘟嘟囔囔的。

熊浩初沒管他，一前一後扶著水桶，晃晃悠悠地往地裡走去。

田地裡已經有不少漢子在幹活。瞅見他倆，遠遠就有人開始打招呼。

「嘿，熊小哥，今兒似乎晚了點啊？」

熊浩初掃過去。是劉嬸家男人，遂朝他點點頭。

林川跟著打招呼。「張叔。」

「哎。」張叔似乎對熊浩初的冷臉習以為常，待他們走近了，一看。「喲，怎麼穿了身新衣服過來幹活啊？」

「嗯。」熊浩初不知怎的，又補了句。「卉丫頭剛做的，頭回上身。」雖然依舊沒啥表情，卻能聽出滿滿的驕傲和歡喜。

林川撇了撇嘴。

張叔怔了怔，啞然失笑。「瞧你小子，是來顯擺的吧？」怪道林川那副委屈樣子，怕不是酸上了。

熊浩初面不改色。「怎麼會，張叔你想多了。」

張叔笑咪咪擺擺手。「行了行了，天兒不早了，趕緊幹活吧，待會日頭起來，可不得熱死。」

熊浩初也不再多說，繼續往前走。

大家的地兒都是挨著的，他們的話自然被別人聽了去。難得見熊浩初跟人搭話，臉色也不再冷冰冰的，旁邊的叔伯大哥們也跟著湊了幾句熱鬧。

心情愉悅，加上吃飽喝足，熊浩初覺得渾身都有使不完的勁兒，提著水桶健步如飛直奔水源。

忙活起來，時間就過得飛快，還差半畝地就澆完了。熊浩初將桶倒過來晃了晃，直到徹底沒水了，放下桶，輕吁了口氣，抓起衣襬準備往腦門上擦，鴉青色映入眼簾，他立馬停住，放下衣襬，撫平，改用手背胡亂抹了抹脖子額頭。

然後他想起什麼，低頭看了看自己褲腳，上頭不知何時已經沾了不少泥濘。

他登時皺眉。

「不好了！不好了！」遠處突然傳來大呼。

熊浩初渾然未覺，俯下身去撣褲腳上的泥。

「不好了——快來人啊！」

「哎？」戴著大草帽蹲在田裡的林川探出腦袋，循著聲音望去。「是不是劉嬸的聲音？」

喊話的人已經跑進他們視野。

「咋啦這是？」有人揚聲問了。「出什麼事了？」

「出事了！出大事了！熊小哥──熊小哥在哪兒？」

熊浩初心裡一咯噔，立馬站起來，沈聲問道：「劉嬸，我在這……哪兒出事了？」

劉嬸大喜。「快、快回去！」她急喘了兩口，上氣不接下氣道：「卉丫頭──卉丫頭有麻──」話還沒說完，眼前已經沒了熊浩初的身影了。

劉嬸張了張口。

再然後，一道小身影也按著腦袋上的大草帽飛也似的往村裡跑。

「咋啦咋啦，卉丫頭出什麼事了？」旁邊地裡的漢子湊過來打聽。

「去去去，關你什麼事啊！」劉嬸甩了他一個白眼，扭頭跑到自家地裡，把自家男人兒子給拽走了，沿途還叫上幾家跟林家交好的人家。

「切，裝什麼神秘。」那漢子吐了口唾沫。「一姑娘家家的，天天跟男人混在一起，不出事才怪咧！」

究竟發生什麼事呢？

林卉自己也是懵的。

她是人在家中坐，禍從天上來啊。

她好好地在堂屋裁衣服，突然有人敲門，她自然得去應門吧。這門一開，呼啦啦就進來一大堆人。

有穿著身眼熟衣服的中年人，有書生打扮的年輕人，有一身短打的下人。這還不算，裡頭竟還有兩名婦人，一名衣著端莊，看著頗為嚴肅。另一位則簪著珠花，身邊還跟著個丫頭，瞧著就跟鄉下這地方格格不入。這是什麼組合？

林卉順勢往外掃了眼，還能看到外頭停著幾輛牛車。

她詫異地轉回來，問道：「你們是……？」

書生打扮的年輕人一見到她，眼睛一亮，走前兩步，拱手做了個揖手禮。「林姑娘有禮，咱們又見面了。」

林卉眨眨眼，仔細打量他。

松花色如意紋半臂配竹青直裰，腰間還配著玉珮，瞧著就是城裡人的打扮，確實有幾分眼熟……

可她怎麼會認識這樣的人家？

林卉擔心是原主不知道哪認識的人，遂有些小心翼翼，問：「我有些記不清了，敢問您是？」

年輕人有些失望。「林姑娘竟已不記得在下了……」繼而振奮，笑道：「不過無妨，咱們以後的日子長著——」

「咳咳。」簪著珠花的婦人右手虛握成拳，在唇畔咳了咳。

年輕人急忙打住話頭。

林卉藉機打量了帶頭的中年人及簪花婦人。沒看錯的話，這兩人應當是這行人裡說得上話的。

而且，別以為她沒注意，打年輕人跟她說話開始，這兩人的視線就一直在她身上打轉，那股子品評商品價值的味兒，擋都擋不住。

她的視線剛在兩人身上打了個轉，就聽那年輕人開始說話，她順勢收回目光。

「林姑娘，在下裘泰寧。」那年輕人自我介紹道，然後提醒她。「前些日子咱們在縣城見過一面的，當時還鬧了點小誤會。」

林卉想起來了。她去縣城，也就只遇到過一回意外，不過沒鬧起來，加上她有點臉盲，就把對方的樣子給忘了。

不曾想，這人竟然找上門——

找上門?!他怎麼知道她姓林，還能找上門來？

她可沒忘記當時這人一副登徒子的模樣，心裡頓時升起戒備。「裘公子，那你們今兒過來所為何事？」

「嘿嘿。」裘泰寧搓搓手，想說什麼，看了眼林卉，又把話咽下去了，他看看左右，指著右邊那位衣著打扮讓林卉覺得眼熟的中年人。「這是縣裡的主簿，也是我舅舅，姓路。」

主簿？哦對，他那身衣服可不就跟前些日子來村裡的陳主簿一個樣兒。

話說，一個縣城有這麼多主簿嗎？不過，縣府這麼大，人口這麼多，有幾個主簿似乎也很正常。

林卉心裡嘀咕著，面上不動聲色，行了個禮。「路大人好。」

路主簿長得福相，笑起來也慈眉善目的。只聽他道：「林姑娘是吧？不必多禮。」看看左右，率先往裡走，邊道：「妳家裡說得上話的長輩在嗎？把他們都喊出來吧，我們有事談。」

林卉不著痕跡地皺了皺眉，追上去，擋在他面前，語氣淡淡道：「路主簿，我家不方便招待外人，有什麼事，您直接說便是了。」

那名簪著珠花的婦人蹙眉，插嘴斥道：「妳一小姑娘家的，能做什麼主。去把家裡大人叫出來。」

路主簿臉上笑呵呵，態度也很堅決。「這事妳確實做不了主。」

裘泰寧也跟著勸。「林姑娘，還是讓妳家長輩出面吧。」頓了頓，他安撫般補了句。「別擔心，是好事。」

看起來可不像。林卉依然攔住他們。「我家的事情，我能做主，倘若你們不方便說，那便請回吧。」

這話說得硬了。簪花婦人立刻變了臉，瞪向裘泰寧，後者似乎也有點反應不過來，愣在當場。

路主簿收起笑容，語氣尚是溫和。「林姑娘，這婚姻大事，妳一個姑娘家，確實不適合摻和。」

婚姻大事？林卉不明白了。「你們是不是搞錯了？我們家沒有人需要商量婚姻大事。」

「沒搞錯沒搞錯。」裘泰寧連忙擺手。「我舅我娘就是來商議妳我婚事的。」一指那位端莊婦人，道：「瞧，我連媒人都請來了。」

端莊婦人走前兩步，朝林卉行了個禮。「林姑娘好，奴家也是姓林，五百年前咱們或許還是一家——」

「等等。」林卉這會兒終於反應過來了。「你們怕是搞錯人家了，我早在上月就已經訂親了。」

裘泰寧似乎有點緊張，看了眼路主簿。

路主簿笑咪咪。「沒的事，縣裡丁冊，妳還是待字閨中。」他笑得和藹。「妳明年也要十六了，這親事早打算早好。我身為主簿，既然管著咱們縣城的戶籍，這事兒，我就替妳做主了。」

這個林卉知道。陳主簿說過，她跟熊浩初未成親之前，兩人的婚配之約只會登記在他個人的冊子裡，待他們成親後，他才會記入縣府的人丁冊。

所以，裘泰寧這傢伙，是借著舅舅當主簿的便利，乘機給自己挑對象？

林卉想明白這點，登時怒了。「我的親事，托了陳主簿的福，已經訂下來了。總歸，我們家沒有什麼可談婚論嫁的人，你們回吧。」說完也不管他們什麼反應，逕自走到門邊，伸手示意他們離開。

一行人登時有些下不來台。

「這就是你看上的姑娘?!」簪花婦人立即看向裘泰寧，質問道：「你不是說人溫和體貼、大方得體嗎？這就是你說的大方得體？」

裘泰寧摸了摸鼻子，眼睛忍不住又往林卉那嬌俏的臉龐上瞄。

簪花婦人懂了。「我看你是被丫頭的臉給迷住了，這牙尖嘴利的，哪有一分大方得體的模樣？」

林卉翻了個白眼。不好意思啊，她一點都不大方得體。

「你看看、你看看，還翻白眼。」簪花婦人登時嫌棄不已。「鄉野村姑就是鄉野村姑——」

裘泰寧忙打斷她。「娘，妳少說兩句吧！回頭我媳婦兒沒了妳上哪賠我去？」

簪花婦人不屑。「你要喜歡這模樣的，回頭我給你找百八十個去。」

裘泰寧也不高興了。「妳這都給我挑了好幾年了，哪個合我心意的！我就看上這麼一個，妳答應還是不答應！」

簪花婦人登時軟了下來。「兒子啊……」

「我說，」林卉插嘴。「你們有什麼話可以回家好好說，別站別人家院子裡啊。」

簪花婦人登時惱了。「妳這丫頭真是——」

「娘！」裘泰寧連忙制止她，轉回來給林卉連作了兩次揖。「我娘是心直口快，她說的話妳千萬別放在心上。」

林卉笑笑。「也確實與我無關。」再次伸手。「諸位，既然無事，那就請吧。」

簪花婦人大怒，這回是路主簿攔住她。

只聽他道：「林姑娘，妳不如請妳家長輩出來，咱們面對面談談？我外甥這條件，妳就算滿縣城找，也是找不出第二個來的。這要是有明事理的長輩出來，咱就不用站院子裡掰扯了。妳看？」

林卉被這幫人煩得不行，乾脆直接挑明了。「行，我爹娘現在地底下，要不，你們自己去找他們聊聊，我想他們是隨時歡迎的。」

地底下？眾人登時色變。

「妳這丫頭竟敢咒我們！」簪花婦人氣死了，抬手，照著她的臉搧過去。

林卉哪裡會傻站著不動，立馬後退幾步，直退到院子門外。

裘泰寧也嚇了一跳，忙上前兩步。「娘，好好說話。」

「是我不好好說話嗎？你看看她，說的什麼話?!」

裘泰寧心裡其實也不大舒坦，他沒好氣。「人家爹娘都死了，要找他們，確實是要到地底下嘛，也沒說錯。」

簪花婦人登時被氣了個倒仰，她旁邊的丫頭連忙攙住她。

裘泰寧似乎習以為常，轉回來又接著勸林卉。「林姑娘，我們並不知妳雙親皆已逝世，妳若早點告訴我們，我們也不用一直等著見妳父母了。」

呵，還怪上她了。林卉冷冷看著他。「怎麼，都查到我姓氏、住址了，不知道查一下我家裡什麼情況？就這樣還敢直接上門商議親事，不怕我家裡吃過人命官司什麼的？」

裘泰寧啞然，繼而有些尷尬。「我並不是有心要查妳——」

「那就是故意了。」

裘泰寧訕訕。

路主簿旁觀了許久，這會兒終於再次開口。「林姑娘，既然妳父母不在，祖輩呢？旁系親人呢？」

路主簿詫異。「兄弟姐妹？」

「與你何干？」

林卉大大方方。「都沒了。」

路主簿搖頭。「既然妳無長輩可依靠，更得找個靠譜的夫家——」

林卉朝那拍胸口的簪花婦人努了努嘴。「我看你們這家不太靠譜啊。」

路主簿。「……」咳了咳。「慈母多敗兒，嚴母才是真的好。」

「那也與我無關。」

裘泰寧似乎不高興了。「林姑娘，我們親自過來，帶著十二萬分的誠意求娶，妳一而再再而三的拒絕，可是看不上我們？」

林卉訝異。「你總算看出來了啊。」

裘泰寧。「……」

「都走吧，我家廟小，裝不下你們這幫大佛。」林卉再次送客。

裘泰寧火氣上來了，臉一拉。「我要娶妳，是看得起妳，妳別敬酒不吃吃罰酒。」

林卉冷冷看著他。「這會兒不裝了？」這男人套著身書生衣服，內裡可不是什麼謙謙君子。當初他們在縣城相撞，這人吐出的第一句話，就把人品內在暴露得透透的。

裘泰寧放完狠話，看她俏臉含霜的，忍不住又軟下來，繼續懷柔手段。「妳看，我家不說大富大貴，在這縣城也是排得上名號，妳只要嫁進來，不說錦衣玉食，住的青磚瓦房，出入有車子丫頭，總比妳在這鄉下地方天天勞作來得舒服。」

林卉似笑非笑。「我若是不答應呢？」

裘泰寧哼了聲。「我舅舅是主簿，只要他在縣裡人丁冊上寫上幾筆，妳就算不想嫁也得嫁，哪裡輪得到妳一個小丫頭片子說話的分兒。」

既然已經說到這份上，他索性破罐子破摔。「再者，我娶妳是妳的榮幸，我若是不高興了，把妳擄走，讓妳當個有分無名的小妾侍，妳也無從哭訴。」

緩過氣來的簪花婦人見兒子終於硬氣起來，登時連連點頭。「就是，左右不過是個鄉下姑娘，當個妾侍還是抬舉她了。」

站在他邊上的路主簿笑咪咪，對自家外甥、妹妹的話恍若未聞，不，確切的說，更像是……肆無忌憚的助紂為虐。

林卉一凜，視線掃過眼前一堆面孔，再不著痕跡地看了眼繫在前邊樹下的牛車，腦子飛速轉起來——

見她默不作聲，裘泰寧以為把她嚇住了，再次露出笑容。「當然，如果妳乖乖——」

話還沒說完，就見林卉驀地轉過身，飛快往外頭跑去，邊跑還邊扯開喉嚨喊——

「救命啊——劉嬸、花嬸、清嫂子——救命啊——」

裘泰寧。「……」

路主簿。「……」

簪花婦人。「……」

其餘眾人。「……」

熊浩初飛奔回來的時候，只見村裡幾名嬸子、嫂子還有些半大小夥聚在一起，他們中間彷彿圍著林卉。把人堆裡的林卉略微打量了幾眼，確認她沒受傷，熊浩初才鬆了口氣，放慢腳步踱過去。

還沒等他靠近，從另一邊匆匆而來的鄭里正就先到了。

「怎麼回事？」

遠遠的，他就聽見鄭里正這般問道。

一眾嬸子嫂子七嘴八舌，他聽了幾句，彷彿是什麼訂親、主簿、城裡啥的，完全沒搞明白。

「停！停！」被圍在人堆裡的鄭里正更是腦子都漲了，他連忙喊停。「挨個挨個說，這樣我怎麼聽得清？」

眾人這才閉上嘴巴，你看看我、我看看你，不知道誰比較清楚這事兒。

「你是這兒的里正？」對面穿著官服的微胖中年人站出來問。

鄭里正忙轉過來，略微打量了眼前人，拱了拱手。「正是，鄙人姓鄭，敢問大人如何稱呼？」剛才他遠遠就見著這邊停了幾輛車駕，再加上這群人的衣著打扮，心裡便有了幾分估量，故，他這會兒的態度是恭敬有加。

那中年人似乎頗為受用，微笑點頭。「我是本縣主簿，姓路。」

「路大人。」鄭里正再次行禮，然後環視一圈，小心翼翼問道：「敢問路大人此行前來，所為何事？」

「沒什麼大事。」路主簿笑呵呵。「我這次前來，不過是履行主簿職責，為適齡男女尋找合適的婚配對象罷了。」

鄭里正下意識看了眼身後年紀不一的婦人媳婦子們，最後視線定在林卉身上，正想說話，眼角一掃，看到慢慢走來的高大身影。

他登時鬆了口氣，轉回來，他謹慎地道：「路大人身繫百姓，實在令人敬佩。只是不知你這次是為哪家說親，說的又是哪家姑娘呢？」

「是我家！」一名穿著直裰、與村裡格格不入的年輕人站出來。「我家住縣城錦民街，主簿與我配了你們村的林家姑娘，我今兒就按照規矩前來下定，怎麼著？有問題嗎？」

眾人譁然。

縣城人家啊，還有車駕有僕從丫頭的，林卉這是要飛上枝頭了啊——

「啊？」有人驀然想起什麼，驚叫了句。「卉丫頭不是訂親了嗎？」

眾人驚愕。對啊。林卉不是訂親了嗎？怎麼還有主簿給她拉媒？

那年輕人輕哼。「那親事不作數。」他嗤笑道：「聽說陳主簿給林姑娘說的是位二十多的窮漢，也不知道這廝往裡頭塞了多少錢，依我看，他這般歲數的老傢伙，隨便配個寡婦什麼的就不錯了，哪裡配跟林姑娘說親？」

「哦？是嗎？」

低沈的聲音從人群後頭傳來。

眾人一聽正主兒來了，連忙退開，騰出條路。

高大的身影慢條斯理走上前——正是姍姍來遲的熊浩初。

林卉作為正主，忙跟著他上前。

熊浩初沒管她，走到那名大放厥詞的年輕人面前，停下。

年輕人，也即是裘泰寧第一時間便認出他是林卉的未婚夫，見他站定，立即不服輸般挺了挺胸。

熊浩初居高臨下望著他，問：「那你說說，什麼樣的人才配得上林姑娘？」

裘泰寧下意識看了眼林卉，見她正盯著自己，立馬熱血上頭，一揚腦袋，朗聲道：「當然是我這種文通古今的謙謙君子才配得上林姑娘。」

「噗——」

眾人望過來。

林卉忙擺手。「抱歉抱歉，一時岔氣了。」說完，她又忍不住樂了，乾脆伸手戳了戳熊浩初的胳膊，調侃道：「老傢伙，聽到沒有，人家文通古今，你會什麼？」

老傢伙？熊浩初。「……」

林卉那話聽著像嫌棄，可有腦子有眼睛的，都能聽出裡頭的調侃，再加上那小動作……

裘泰寧看得牙癢癢的，不等熊浩初開口，他立馬怒瞪過去。「這種粗鄙之人——林姑娘，妳若是跟了這種人，日後就得天天下地幹活，面朝黃土背朝天的，累死累活有什麼好？」

「那可不，」有那嘴巴厲害的嬸子直接反駁了。「打林姑娘跟熊小哥訂親，地裡的活可都是熊小哥包了，人嫁過去是享福咧。」

「就是。」

「連去城裡買東西，熊小哥都不捨得讓她揹點重的。」

「人家熊小哥還每天幫著挑水劈柴，你行嗎？」

「就是，你行嗎？」

「熊小哥那一看就是疼媳婦兒的。」

……

林卉被說得有些臉熱。

怎麼說得光是她佔便宜似的？她還給這傢伙做飯裁衣呢，這傢伙有多能吃他們知道嗎？這傢伙多費布料他們知道嗎？

她在這裡嘀咕，裘泰寧那邊卻似乎被逗樂了。

「一幫沒見識的村婦。」裘泰寧嗤笑。「你們當我們是什麼人家？我家裡可不需要下地幹活、更不用挑水做飯，林姑娘若是嫁給我，那才是真的享福好嗎？」

嚇！不用下地幹活？也不用挑水做飯？婦人們都驚住了。

裘泰寧的母親，也即是那名簪花婦人扶著丫頭的手往前兩步，不屑地睨了眼熊浩初，笑道：「我們這樣的人家，哪裡用得著幹活，那都是下人幹的。」

這就是傳說中的富貴人家吧?! 大夥吶吶，忍不住仔細打量面前這些人，看看人家與自己有什麼不同。

裘泰寧則看向熊浩初身後的林卉。「妳看，只要妳點點頭，好日子就在後頭。」

林卉皺眉。「我說過，我已經訂親了。」推了把身前的大塊頭，她把問題扔過去。「你跟他說。」

熊浩初回頭，仔細看了她兩眼。

林卉瞪他，低聲斥道：「愣著幹麼，還不趕緊搞定這事兒？」

熊浩初眼底飛快閃過抹異色，她還沒來得及看清，那廝就轉回去。

然後就聽他開口了。

「既然你文通古今，聖賢書應該讀了不少。」低沈的嗓音微冷。「那聖人有教你如何強奪人妻嗎？」

裘泰寧臉黑了。

簪花婦人可聽不得別人罵自己兒子，立即斥罵。「你怎麼說話的——」

話沒說完，路主簿便伸手攔住她。他眼睛直直盯著熊浩初。「這位小哥，話不是這麼說。男未婚女未嫁，既有我這主簿在此，又有官媒相陪，泰寧來求娶，是堂堂正正、名正言順，怎麼算奪取人妻了？」

熊浩初點了點頭。「嗯，現在林家不答應，你們可以回去了。」

路主簿。「……」

林卉暗樂。

裘泰寧這下更是來氣。「林家答不答應，輪不到你來說話。」

「那我說呢？」林卉從熊浩初身後探出腦袋，聲音嬌嬌脆脆，語氣斬釘截鐵。「我不答應，你們可以走了。」

裘泰寧。「……」

簪花婦人及路主簿的臉色都不太好看。

熊浩初猶覺不足，又補了句。「現在可以走了嗎？」

約莫是第一次被當眾落臉，簪花婦人臉色難看至極。她直接指著熊浩初，厲聲道：「你們這幫不知好歹的傢伙，我裘家想要娶誰，輪得到你們說話嗎？不管你們是想還是不想，只要我——」

「娘！」裘泰寧臉色陰沈。「如此愚昧女子，我裘泰寧也看不上。我們走吧。」

「兒子，」簪花婦人心疼不已地抓著他的手。「別怕，左右不過是個村丫頭而已，你要是喜歡，咱有的是辦法把人弄回去。」

路主簿也臉色不愉。「泰寧，你若是想——」

「算了。」裘泰寧搖頭。

見事情有轉機，鄭里正忙站出來打圓場。「咱村這丫頭不識好歹，又沒見過世面，哪裡配得上公子您呢。公子您長得一表人才，又有滿腹詩書，那滿大街的好姑娘可不都由得您挑選，沒得讓咱們這村裡丫頭壞了幾位貴人的心情……」

巴拉巴拉，林卉聽著不喜，往前一步——

熊浩初一胳膊把她擋回去，完了還面無表情地掃她一眼。

這是不讓她出來說話的意思？林卉撇了撇嘴。算了，有人把事情扛過去，她還省心呢。

裘泰寧本就打退堂鼓了，有了鄭里正鋪台階，他的臉色好看許多。

他既然打定主意，簪花婦人跟路主簿就不再多話了——總歸他們看林卉也不順眼。

如是，這一行人終於要走了。

簪花婦人及路主簿各自上了車駕，裘泰寧臨上車前，猶覺不忿，停下來，看向熊浩初身後的林卉，揚聲道：「林姑娘，他日妳若是改了主意，歡迎到縣城來找我。」

沒等林卉接話，熊浩初就冷聲道：「不會有這樣的機會。」

裘泰寧一窒，甩袖上了車駕。

熊浩初卻突然動了，走上前，敲了敲他車窗。林卉詫異，好奇跟前兩步，打算聽聽他要說啥。

那頭車簾子掀開，裘泰寧望過來，見是熊浩初，登時黑了臉。「敲什麼敲，本公子與你無話可說。」

熊浩初對他的臭臉視而不見。「你不是問我會什麼嗎？」

裘泰寧愕然，想起適才他問的問題，登時不屑。「所以呢，你會什麼？」

「看清楚了。」熊浩初伸出手。

裘泰寧嗤笑。「怎麼，還想——」

「唏嚓。」

裘泰寧的話登時堵在嗓子眼，瞪大眼睛看著熊浩初的手。

在熊浩初後邊的林卉忙探頭去看，再遠些的村民們也跟著伸長脖子。

只見熊浩初手裡赫然抓著塊細長木板，再看那車窗，原本四四方方的窗格已然缺了一塊。

林卉咋舌。這傢伙是直接徒手把窗格板子掰下來了？真是粗魯！

再說，掰塊窗格有啥用啊……

那頭，裘泰寧果真是差點沒被氣死了。「你、你這無知村夫，你知不知道我這車駕多少錢？你賠得起——」

「看清楚了。」熊浩初打斷他，往右邊指了指，示意他往那方向看。

裘泰寧的視線下意識跟過去。那方向有棵比屋子還高的大樹，他們剛剛正是把車駕拴在那兒。這鄉野村夫也沒說看哪兒，他不知怎的，下意識看的就是那棵樹。

熊浩初勾唇，抓板子的手微微後舉，然後，用力一擲——

「篤！」一聲悶響。

裘泰寧盯著那棵大樹，其樹幹上正插著一塊足有兩指厚的板子，板子周圍是肉眼可見的下陷和裂紋。

熊浩初這是……把剛才那塊窗格板子當箭給扔出去？還生生給插進樹幹？

裘泰寧倒吸了口涼氣，鄭里正等人也都被嚇傻眼了，更別說林卉。

她自詡比這些古人多了許多見識……可這還是人嗎?!

那板子又不是什麼鋒利的東西，怎麼能插進——哦好吧，看那樹幹上的裂痕，熊浩初其實算是把樹幹砸出個坑洞吧？

不管怎樣，熊浩初這力氣……都很嚇人，難怪他說自己天生神力，這——簡直是怪物啊！

她這邊胡思亂想，另一頭，收回手的熊浩初見裘泰寧依然傻傻盯著那頭，眼底閃過滿意，繼而神色一肅，抬手敲了一下車。

裘泰寧一驚，瞬間回頭。

熊浩初看著他。「我會的不多，力氣大，幹活索利，」低沈的嗓音帶著股說不出來的冷意。「打人……也索利，足夠了。」隱下去的字眼是啥，他相信對方能聽懂。

果不其然，他話音剛落，裘泰寧立刻渾身一哆嗦，瞪大眼睛驚恐地看著他。

熊浩初沒再管他，轉身，對上林卉亮晶晶的雙眸。他頓了頓，動了動手指，壓下拍她腦袋的衝動，沈聲道：「回去。」

林卉「啪」地一下立定站好，雙指併攏，做了個敬禮的動作。「是，老大！」

熊浩初。「……」

第七章

熊浩初露了那一手，袭家人立刻不再停留，跑得飛快。

村裡人連帶鄭里正都忍不住靠近那棵樹仔細打量，林卉也想湊過去看熱鬧，熊浩初的視線這麼輕飄飄掃過來，她立即心虛，乖乖回家不再八卦——她可沒忘記今兒這事是怎麼來的呢。

這事暫且就這麼過去了，就是，留下了些許後遺症。

此乃後話，暫且不提。袭家走了，日子還得照舊。

吃過午飯，劉嬸等人照約定時間過來了。

煉豬油、熬皂液，到晾曬，步驟簡單明瞭，差的就是經驗。

劉嬸等人面面相覷，皆有些不敢相信。

「就這麼簡單？」

「就這麼簡單。」林卉笑了。「但我不說，誰會把草木灰水跟豬油混在一起？」

好像……確實是這個理。

「那我們回去就能試了？做出來真能掙錢？」劉嬸依然不敢置信。

「沒問題的。」

劉嬸一咬牙。「我昨兒已經熬好了草木灰水，待會我就回去試試。」卉丫頭曬在院子裡的肥皂大夥都看見了，不賺錢，人家費這工夫幹麼？

其他人也跟著點頭。

既然都要試，趕早不趕晚。眨眼工夫，這些人便走得乾乾淨淨的。

林卉鬆了口氣。幸好沒人來問她怎麼會這肥皂的方子……她關上門，將自己掩在柴垛上的肥皂掀開，繼續晾製——別的倒好，她還有兩份加了胭脂的肥皂咧。

教做肥皂就不錯了，能不能變通她可不管，趁這些人還沒摸透之前，她能多賺幾回是幾回。

教會了劉嬸她們，接下來，林卉就不再操心這事，安心在家裡料理家事。

又過了幾天，林卉的肥皂全部成型。

這次她煉的三十斤肥肉留了一些自家吃用，剩餘的全弄去做肥皂，共出了二十七塊成品，九塊原色帶桂花香味，九塊無香胭脂紅，還有九塊又香又紅。

這批肥皂，共賣得十兩零九百文。銀子到手的第一刻，林卉立馬抓出三兩碎銀交給熊浩初。「吶，兩清了啊！」

熊浩初也不客氣，接過碎銀，轉手就塞進錢袋裡。

債務還清，手裡還有些許存款，林卉終於沒那麼慌了，可以安心考慮她日後的出路了。

彼時，她正跟熊浩初走在回村的路上，想清楚後面要怎麼做後，林卉偷眼看了看身邊的熊浩初，想了想，抬手戳了戳他胳膊，喚道：「熊大哥。」

熊浩初腳步不停，掃了她一眼。「何事？」

林卉笑得一臉討好。「大哥，可以拜託你幫個忙嗎？」

「說。」

「帶我去山裡晃晃唄？」

山裡？熊浩初停下腳步，皺眉看她。「妳去山裡幹麼？」

林卉跟著停下來，聞言眨眨眼，順口道：「秋遊？」

「……」

熊浩初扭頭就走。

……等等！大哥，她只是開個玩笑！

「大哥！」林卉連忙追上去。「我開玩笑的。」

熊浩初看了她一眼，轉回去，繼續前進。

「真不是為了玩。」林卉忙小跑到他前邊，面對著他往後退，雙手合十。「你陪我走一趟嘛。」

熊浩初皺了皺眉，下意識停下腳步。

林卉忙跟著停下來，又強調了一遍。「真的，我是有正事，不是為了玩。」拍拍胸口。「再說，你看我像貪玩的人嗎？」

熊浩初點了點頭。

「……」林卉扯了扯嘴角，假笑道：「我哪裡像貪玩的人？」

熊浩初眼底閃過抹笑意，終於鬆了點口風，又一次問道：「妳去山裡幹麼？」

這回林卉不敢皮了。她斟酌了下語句，小心翼翼道：「我想去找點東西，看看有沒有果樹或者藥材什麼的。」

熊浩初挑眉。「弄回來賣？」

林卉皺皺鼻子。「庸俗！我是那麼庸俗的人嗎？」收到熊浩初不輕不重的一瞥，她立馬改口，乖乖解釋。「我要做的是長久買賣，我是想找一些回來自己種。」

熊浩初皺眉。「妳怎麼確定能找到？」

「萬一能呢？」

熊浩初想了想，搖頭。「就算找著了，也不一定能種活。」繞過她繼續前進，以行動表示——這個話題到此為止。

林卉自然不會放過他，忙小跑著追上去。「熊大哥，你信我，我能種好，你看我種的菜長得多好啊。」

「那不一樣。」

「都是地裡活的，有什麼不一樣？」

熊浩初不說話了。

「熊大哥！熊哥！」林卉繞著他打轉。「咱就走一趟唄？不管找沒找到，以後我都不去了好不好？」

「熊哥，陪我走一趟好不好？」

「熊哥，我一定乖乖跟著你，不會亂跑。」

「實在不行，只去半天行嗎？」

……

林卉繞著熊浩初打轉，一會兒左邊，一會兒右邊，偶爾又堵在他前邊倒退著行走，同時，她嘴裡一直叭叭叭個不停。先是放軟姿態，又點頭哈腰，又是雙手合十，「熊哥」長、「熊哥」短的低聲求情。

好話說盡，熊浩初依然毫不動搖，林卉立馬翻臉，橫眉豎目，氣勢洶洶地指責他身為未婚夫卻袖手旁觀、冷血無情。

熊浩初瞅了她一眼，繼續淡定往前走。

這塊臭木頭！林卉氣得牙癢癢。

左思右想，她乾脆破罐子破摔，捂著臉開始裝哭賣慘。

「嚶嚶嚶」的哭聲一出來，熊浩初頭皮一麻，立即停住腳步。「妳別——」話剛出口，就對上一雙滴溜溜亂轉的靈動水眸。

雖然那丫頭察覺不對，飛快合攏手指，熊浩初也知道自己被耍了。

他第一次遇到這樣的姑娘家，頭疼不已。「妳真是……」

林卉見裝哭失敗，悻悻然放下手。「我就想去一趟嘛。」不自覺撒嬌起來。

「山裡危險，妳沒有自保能力。」言外之意，依然是不給去。

林卉盯著他看了兩眼，頹然。「我又不是去打獵，我只是想看看植物，只在安全的週邊轉轉也不行嗎？」她的事業難道要扼殺在萌芽狀態？

唉……人生艱難啊……

林卉仰天長嘆。

熊浩初看了她兩眼，想了想，道：「妳若是想要找果子的話，也不是不行——」

「真的嗎？」林卉立即抓住他胳膊。「你是不是知道哪裡有果子？帶我去帶我去！」蹦蹦跳跳，跟兔子似的。熊浩初胳膊一轉，輕輕巧巧掙開她的手，提醒道：「我們村叫梨山村。」

林卉一愣。

「我家後面那山，叫梨山。」

林卉懵了一瞬，很快轉過彎來，不確定道：「你是說？」

「嗯，梨山東頭，靠近富佑村那邊有野梨，不過這會兒果子都沒——」

「好好好，梨樹也行梨樹也行！」林卉生怕他反悔，忙不迭點頭。

她知道這邊的野梨。酸澀，果小，還乾癟，鄉親們都不愛吃，加上前些年戰亂的時候，大夥不夠糧食，拿這些野梨填了不少，早就吃傷了。現在除了小孩子會去摘著當零嘴，剩下都是便宜了附近山頭的鳥兒。

能去晃晃就好，說不定她能在哪個旮旯角翻到什麼藥材呢！林卉樂觀得很。現在最重要的是，不能讓熊浩初反悔啊。

熊浩初確實有點後悔了。「要不——」

「男子漢大丈夫，食言是小狗！」林卉警覺，立馬堵住他的話。

熊浩初。「……」

生怕他改主意，林卉急忙轉移話題，開始叨叨別的事，還說得賊快，完全不給他插嘴的機會。

熊浩初察覺她的小心思，無奈又好笑。轉念一想，以他的能耐，帶著她逛一會兒確實不礙事，又是去那村民常去的地兒，他也不必如此不放心，便乾脆作罷，不再糾結。

炎熱的土路上，眉眼冷峻嚴肅的高大男人神色柔和，腳步不疾不徐，跟在他邊上的姑娘嘰嘰喳喳，嬌俏可人，看起來竟是格外和諧。

縣城離他們村不遠，彷彿不過是說說閒話的功夫，屬於他們村的田地就進入兩人眼簾。

遠遠的，林卉看到有人在田裡幹活。

靠近縣城這邊的地兒是屬於村南邊的幾戶人家的，這些人家與她家不太熟，她記得劉嬸子說過這幾家人嘴巴都碎，沒事遠著點。

故沒等走近，她就閉上嘴不再說話，也自動自覺跟熊浩初拉開些許距離，省得這些人說閒話。

待走近了，林卉忙揚聲打招呼。「鄭二叔、二嬸子，大中午怎麼還在忙活呢？」

彎腰在田裡除草的中年男女聞聲齊齊抬頭，看到她，那位二嬸子笑起來。「哎是卉——」眼角一掃，看到她邊上的熊浩初，一口氣登時噎在嗓子眼。「呵呵，卉丫頭啊，我們這就走，這就回家去。」說完，扔下手裡連泥帶土的野草，就去拽身邊男人。

那男人也是滿臉忌憚，謹慎地帶著她退後兩步，然後……齊齊轉身，跑了。

「二嬸——」林卉還在揮手，眼前已經沒了人影。「子……」

這兩人幹麼跟見了鬼似的？

瞅了眼身邊面無表情的男人，林卉撓撓頭，繼續往前走。「呵呵，也不知道這兩人發什麼瘋——」

再過去的田地裡，原本還有零星幾個莊稼人，也似乎都聽見了這邊的動靜，在她說話的工夫，呼啦啦全跑了。

林卉。「……」

不可能是怕她吧？

那就是……熊浩初？

她清楚記得，她剛穿越過來的時候，村裡人對熊浩初確實是一副敬而遠之的忌憚模樣。

但這段時日，熊浩初經常在村裡活動，不是下田幹活，就是挑水砍柴，偶爾還陪自己出省城。也不知道是不是見多了，漸漸就有人開始跟他打招呼，比較熟悉的幾家人還會跟他搭上幾句閒話。

她不過是在家裡宅了幾天，怎麼突然間，大夥對這傢伙又變得這般畏懼？而且，似乎比原來還更怕他？

難道是那天……為了恐嚇裘泰寧而露的一手？

不至於啊，不就是力氣大了點嗎？

想不明白，她乾脆斜眼看向熊浩初，直接問：「你做了什麼？」

熊浩初面無表情回視她。

林卉心裡一跳，佯怒般抬手，朝他胳膊就是一下。「別裝傻，快說。」

熊浩初回來那段時間，林母正是病重之時，原主每日都忙著照顧家裡跟母親，壓根沒時間八卦村裡的事，導致她對熊浩初的事情是毫無記憶，因此她現在不得不問當事人。

挨了揍的熊浩初沒有生氣，只拿那雙黝黑雙眸定定地看著林卉。

林卉齜牙。「別想裝傻啊，快說！」

熊浩初移開視線，看著前方，低沈的嗓音一如既往的平穩。「我刑剋六親，手染鮮血，身上背著人命……怕我是應當的。」

語氣極為輕描淡寫，林卉卻聽得心臟一抽。

「你參過軍嘛！打過仗，哪有不沾血的。」她皺了皺鼻子，試圖以輕鬆語氣打破這莫名沈重的氣氛。「我殺雞還沾血呢！」

熊浩初沒接話，繼續道：「未參軍之前，我便殺過人了。」他轉回來，直直看著震驚的林卉。「我十五歲，便把欺負我娘的幾名盜匪給殺了，只用一塊石頭。」

十、十五歲?!林卉瞠目結舌。

熊浩初緊緊盯著她，舉起右手，虛握成拳，語氣森冷道：「就這樣拿著一塊石頭，我生生把那幾名盜匪給砸死，砸得血肉橫飛、骨頭碎裂、腦漿四迸——」

「打住打住！」林卉尖叫。「大哥你不用跟我詳細描述死人狀態——嘔——」

熊浩初。「……」

林卉乾嘔一下便緩過來，拍拍胸口，瞪他。「你還有沒有人性，在我這樣柔弱的姑娘家面前說這些話，嚇著我了怎麼辦？」

熊浩初舉著右手，有些呆滯地看著她，半晌，他遲疑地問：「妳不怕？」

「別別別，我怕死了，大哥你別說了。」林卉連忙擺手。

「……妳知道我想說什麼。」熊浩初放下手。

好吧。林卉聳了聳肩。「實話說，我怕啊。你力氣那麼大，隨便揍我一下我肯定不死也半殘。」

熊浩初嘴角抽了抽。「我不打女人。」

林卉毫無誠意地哦了聲，斜睨他。「那不就得了？」

「……妳不覺得我十五歲殺人很可怕嗎？」熊浩初乾脆挑明了說。

林卉不解。「那些盜匪不是……欺負了你娘嗎？」誰都知道是哪種欺負，她哼了聲。「殺得好，欺負女人的男人，全都死有餘辜。」

熊浩初還沒說話，她想了想，補充道：「還是殺慢點好，應該……」她做了個剪的動作。「先喀嚓，再殺。」

熊浩初。「……」

林卉嘆了口氣，拍拍他的胳膊。「行了，你也別再惦記著那些事了，都過去這麼多年——」哎，等等。「話說，過去多少年了？怎麼大夥兒還記得這麼清楚？」

熊浩初有些不適應她話題如此跳躍，頓了頓，才接話。「……八年了。」

「哦哦哦，八年了啊——八年?!」林卉不敢置信。「八年前十五歲，那你現在不是才二十三歲？」

那聲兒高得熊浩初都忍不住皺眉。

「咱們不是合過八字了嗎？妳不知道？」

放屁，那八字寫的都是什麼癸亥年啥的，她一個現代人，哪裡看得懂。

林卉乾笑兩聲。「呵呵，沒注意。」完了還瞪他。「再說，你長得這麼老相，誰知道你才二十三。」

被嫌棄老相的熊浩初。「……」

林卉猶覺不足，嘖嘖兩聲。「我今年才十五，你竟然都二十三歲了，難怪那裘泰寧說你是老傢伙……咱倆差了足足八歲啊！真是，」仰天長嘆。「暴殄天物啊～～一朵鮮花插在牛糞上啊～～」

熊浩初。「……」

林卉偷覷熊浩初——雖滿臉無語，好歹是不再冷冽得嚇人。

她暗舒了口氣，面上依舊笑咪咪，甚至還戳了戳他胳膊。「我只是開個玩笑，你別生氣呀。」

熊浩初看著她，輕輕嗯了聲。

許是他眼神太專注了，林卉有些臉熱。她忙轉回去，笑道：「這樣也挺好，有你鎮著，我奶奶那一家子大概短時間內都不敢來招惹我了。」

她一邊叨叨一邊輕快地往前走，兩束髮尾隨之一甩一甩，跟隻兔子似的。熊浩初的眉眼都柔和了下來。

「愣著幹麼？還得趕回去幹活呢。」沒聽見腳步聲，林卉回頭瞪他。

這丫頭還真是……一點也不怕自己。熊浩初壓下心裡紛亂的思緒，長腿一跨，幾步就追了上去。

林卉待他到了近前，才繼續前進。

沒走幾步，她似乎想到了什麼，扼腕道：「早知道你這麼能耐，我就不用急匆匆把方子送出去了……虧大了我！」

現在不捨得了？熊浩初莞爾，隨口道：「送了也無事，有我。」

林卉瞪了他一眼。「得了吧你，我還你銀子的時候，你收得可爽快了。」

熊浩初似乎遲疑了下，才道：「……這是兩碼事。」

「是嗎？」林卉輕哼。什麼兩碼事，分明是不信任她吧？

熊浩初沈默。

林卉覷了他一眼，見他眉頭又皺了起來，登時樂了。「我沒有怪你的意思。親兄弟明算帳呢，什麼東西沾上錢，味道都容易變，咱們還沒成親，分清楚得好。」

理是這個理，只是……熊浩初眼底閃過抹深思。這番話由一位縣城都沒出過幾回的村裡丫頭說出來，總有股說不出的違和感。

「對了，」林卉陡然想起什麼，歪頭看他。「你幫忙做了肥皂模子，我說了要給你分成……唔，給你兩成如何？」

熊浩初回神，搖頭。「不用。」

「說好的——」

「不用。」熊浩初皺起眉。「我幫自家媳婦做點木工，收錢作甚。」

林卉。「……」

天氣太熱了，肯定是天氣太熱了，曬得人都發燙了。

哼，既然他不要，她就不客氣了。

今日一行，似乎與往日無甚差別，又似乎有哪兒不一樣。林卉懵懵懂懂，轉頭看熊浩初一如既往的木頭臉，撓了撓頭，轉瞬便將那一絲異樣拋諸腦後。

第二天一早，熊浩初忙完地裡的活兒，村裡人才剛剛出門。

林卉早就將家裡內外收拾了遍，熊浩初一回來，她便急忙收拾東西。早上蒸好的饅頭、提前晾涼的白開水、防身開路都能用的柴刀……

熊浩初嘴角抽了抽，把沈重的水囊、柴刀拿出來，扔自己背簍裡。

林卉驚叫。「哎，你幹麼？」

熊浩初俯身，從綁腿處抽出一把匕首，遞給她。「妳拿這個。」

林卉眨眨眼，看看他褲腳，再看看他手裡平平無奇的匕首，下意識問了句。「插那兒不硌腳嗎？」

熊浩初。「……」

不知為何，林卉就喜歡看他這無語的模樣。唔，肯定是因為他平日太木頭了。

順手抓過他遞來的匕首，林卉仔細打量。

只上了層淺漆的木質匕鞘似乎用了許久，顏色略顯陳舊，而且上面乾乾淨淨的，沒有絲毫花紋。

再拔出匕首，鐵灰色匕刃也是普普通通。

林卉有些失望。還以為會鑲嵌有珠寶玉石，結果啥也沒有。電視劇果然都是騙人的。

不過，確實比柴刀輕便。她看了眼邊上眼巴巴瞅著的林川，唰地扔進背簍。

「好了，這匕首先借我用，回來再還給你。」

熊浩初自然沒意見。

林卉收好東西，再把剩下的饅頭裝進籃子裡，一手拎著提籃，一手牽著林川朝附近的劉嬸家走去。

她跟熊浩初要進山，不知道要待多久，小林川一個人在家她不放心，索性提前跟劉嬸打好招呼，今天讓林川在他們家待著，這一小籃子的饅頭就當謝禮。

安置好林川，林卉、熊浩初兩人便匆匆往村東頭的山溝行去。

山溝在梨山主峰東面的山腳下，野獸較少，較為安全。即便如此，熊浩初依然把他的弓箭揹了出來，還帶了半背簍的竹箭。

林卉有些心虛，感覺給他添了大麻煩似的，一路快走，約莫半個時辰，兩人便抵達地點。

雖說是山溝，其實坡度並不顯，加上離富佑村近，高大樹木早被砍伐得差不多，稀稀疏疏的。

野物確實不多，除了被一隻突然竄出來的田鼠嚇了一跳，他們再沒見到別的更大的動物。

好藥材自然也看不到，繞了一大圈，林卉只挖了些苦地丁。

「……沒想到這個時節還能找到苦地丁，看來這地兒背陰，比別處要陰涼啊。」林卉甩掉苦地丁根上的泥，扔進背簍裡。

熊浩初眼底閃過抹異色。

「這麼幾株賣不出價錢啊，咱們再找找。」

熊浩初無語。「……不是說弄幾株回去栽種嗎？」

林卉毫不心虛。「這時節種不了啦，不賣掉留著幹麼？」

熊浩初嘴角抽了抽，想說什麼，又默默閉上。

林卉忍不住抿嘴偷樂。熊浩初自然將她抓著匕首傻樂的模樣收入眼底。

眉眼彎彎，笑靨如花。今天的日頭大概太曬了，晃得他有點眼花。

兩人把這塊地方翻了個底朝天，也沒找到什麼有經濟價值、值得培植的植物。

折騰半天，難道只是來挖幾株苦地丁？林卉不甘心，仗著熊浩初力氣大，能扛東西，她惡向膽邊生，直接挖了株野梨——當然，挑小株的。

然後她開始發愁了。

是她想得太簡單了。

這時代沒有導航、沒有網路地圖，要在漫山遍野裡找到適合培植的植株，簡直就是不可能的任務，看來她得重新想個掙錢的法子了。

熊浩初見她悶悶不樂，問她。「妳想種什麼？我托人給妳找去。」

林卉瞥了他一眼。「找啥找，別費那功夫了，乖乖回家種地瓜吧！」

地瓜？熊浩初不懂話題怎麼突然拐到這兒，不妨礙他知道地瓜是啥。他想了想，點頭。「成，回頭我多開兩畝地。」

林卉。「……」

大哥你是力氣大不是超人，六畝地還不夠你折騰的嗎？再說，她若是真要種紅薯、發展紅薯產業，那要的量可不是一星半點，區區兩畝——

林卉眼睛一亮！她想到法子了。

今年春，朝廷有令下來，勸導百姓加種紅薯，說其產量高。「一畝數十石，勝種穀二十倍」。聽說這玩意好種，村裡人半信半疑地弄了些種苗回去，她自己也從劉嬸那兒換了些。開春種下去的話，過兩個月就能收成了。

這種新鮮玩意，大夥鐵定是不敢多種，可架不住朝廷在推行。

……

將可能會遇到的種種問題在心裡過了一遍，林卉發現這條路，還真的能走。

既然如此……

她猛地轉過頭，雙眼亮晶晶地盯著熊浩初。「熊大哥，幫我個忙唄？」

熊浩初掃了她一眼，腳步不停。「說。」

「再借我點銀子。」林卉雙手合十。「我將來吃糠還是喝粥，就看你借不借銀子給我了。」

「……借多少？」

林卉在心裡合計了下，小心翼翼道：「十兩？」

熊浩初停步，皺眉看她。「妳要這麼多錢做什麼？」

林卉大手一揮。「反正能還你，你管我做啥。」要做的事多著呢，一時半會的，哪裡解釋得過來。

「那不借。」熊浩初扭頭，繼續往前走。

林卉忙追上去。「哥，你信我，我肯定能賺回來的。」

「不借。」熊浩初斬釘截鐵。

「我知道你手裡有錢，反正你也是攢著不花，倒不如先借我一段時間吧。」林卉不依不撓。

熊浩初頭也不回。「我這銀子要留著娶媳婦的，不借。」

未婚妻林卉。「……」

大哥你找理由也找個好點的吧？他倆的親事至少得等到明年呢……

彷彿聽到她嘀咕，熊浩初解釋。「我現在手上錢不多，得留著蓋房子。」

林卉怔住。是了，熊浩初現在還住著木屋呢，這個確實也很重要。

她嘆了口氣。「那我再想想辦法吧。」

熊浩初瞅了她一眼，再問：「妳要拿錢做什麼？」

林卉實話實說。「買地瓜啊。」

「買十兩的地瓜？」熊浩初驚著了。

「當然不是。」林卉白了他一眼，把想法大概說了一遍。

熊浩初眼底閃過異色，問她。「妳怎麼知道地瓜能做成粉條？」

林卉一驚。

朝廷去年才開始推行地瓜，他們縣城更是今年才種上，旁人連地瓜味道如何都不得而知，熊浩初這句問話，非常合情合理。

她心虛極了，乾笑兩聲。「稻米都能磨成麵，沒道理地瓜不行吧？」

「……」

林卉猶覺不足，瞪他。「你這個連粥都能熬糊的傢伙懂啥，這些吃的，我比你清楚多了。」

無端被鄙視一番的熊浩初。「……」

把這木頭對得無話可說，林卉暗暗鬆口氣，立馬將話題帶入正事。「我手上還有點銀子，要不我少買一點試試？」

熊浩初想了想，道：「妳先少做些，做好了，拿去縣城賣。若是可行，再往大了做。」

這是擔心她做出來賣不出去賠本嗎？林卉悻悻然。「好吧，那我少做點。」

她退了一步，熊浩初反倒起了調侃之心，問：「這回不擔心方子被旁人知道了？」

林卉嘿嘿笑，厚顏無恥地拍拍他胳膊。「這不是有你嗎？」

「……」

見他無言以對，林卉登時樂不可支。

話是半真半假，人是真不怕自己。熊浩初眸色轉深，側頭看她笑靨如花。

笑笑鬧鬧，兩人很快便出了山溝。

林卉摸了摸背簍，問：「附近有沒有水源？我們先把東西放這兒，去補點水吧。」

她跟熊浩初都帶了水囊，天兒太熱，早早就喝完了，別說汗濕重衫的熊浩初，她也渴得慌了。

熊浩初略想了想，道：「來。」扛著梨樹率先往前走。

林卉忙跟上。「不把樹放下嗎？」

「沒事，就在附近。」

林卉不再多話，跟著他穿過淺草地，爬上一矮坡，坡下潺潺溪流映入眼簾，清爽之意撲面而來，她眼睛一亮。「有水！」

熊浩初扔下梨樹，順手從她身後的背簍掏出水囊。「我下去打水，妳在這兒等著。」林卉想跟上，他不贊同。「我走得快，一會兒就回來。」

「……」顯擺腿長還是咋滴？

林卉不再搭理他，開始左右張望。

這處矮坡光禿禿，綠植少，只有貼著地皮生長的藤蔓——

哎？這不是地錢嗎？林卉揪起一片葉子觀察了幾眼。還真是。

地錢治燒燙傷、骨折、毒蛇咬傷、瘡癰腫毒，不值錢，倒是可以挖點回去，放家裡備用，反正她的背簍空著。

想到做到，林卉隨手放下匕首，再把背簍卸下，開始採收這爬滿坡地的地錢。一不小心，就走下坡地。

「喲，小姑娘，怎麼一個人呢？」驚詫的男聲陡然從不遠處傳來。

林卉抬頭望去，幾名著粗布短打，或揹著長木槍、或揹著弓箭的黝黑男人正站在不遠處詫異地打量著她。

一看到她抬起頭，幾人眼睛一亮，各自交換了個眼神，抬腳就往這邊走來，眼睛也不停地在她臉上、身上打轉。

林卉皺了皺眉。瞧著像是獵戶，約莫是剛從山裡出來？她不搭理，轉頭原路折返，打算去找熊浩初。

沒等她抬腳，那幾人便加快腳步追上來，打頭的藍衫漢子更是直接堵在她面前。

「咳。」藍衫漢子的老鼠眼直勾勾盯著她，笑著問道：「小姑娘，面生得很哪，妳哪個村的？」

林卉低下頭，沒搭理他，試圖繞過去。

「哎小姑娘，」另有一褐衫漢子伸手攔住她。「問妳話呢，這塊地危險，妳一小姑娘家的，可別到處亂跑。妳是哪村過來的，我們送妳回去。」

幾句話工夫，林卉就被他們圍了起來。

林卉心驚肉跳。

她裝出驚慌不已的模樣，小聲道：「我、我是跟我未婚夫出來的，他下去取水了，馬上就回來。」不管如何，先把熊浩初擺出來再說。

褐衫漢子登時失望。「跟未婚夫來的啊……」

接著藍衫漢子湊過來，笑嘻嘻道：「沒成親就跟未婚夫往荒郊野外跑啊？」

其他人登時反應過來，一個個又是吹口哨又是擠眉弄眼的。

「哈哈哈大白天的你朝人家小姑娘開什麼黃腔？」

「去去去，我這話哪兒黃了？你這滿腦子齷齪的。」

「那你怎麼說荒郊野外的？人可不是你李鐵子，見著妞那褲子就拴不住！」

「去去去，這話說得，可別嚇著人家小姑娘了。」

林卉臉都紅了——氣的。

「讓開。」她忍怒喝斥道。

「哎喲生氣了更好看了。」

一漢子伸手。「這麼水靈的姑娘，可真少見——」

林卉一咬牙，彎下腰，滋溜一下躥出包圍圈，快速往坡上跑。

下一瞬，手腕就被藍衫漢子抓住。「跑什麼呢？」

「放開我！」林卉忙不迭掙扎，色厲內荏地叱道：「我未婚夫馬上就回來了。」

「回來便回來唄。」褐衫漢子抓住她另一隻手，完了還摸了摸，驚嘆道：「這丫頭水嫩得跟豆腐似的。」

可不是。

林卉剛過來的時候，原主的手粗糙又帶繭子，身上還好些，年紀在那兒擺著，再差也差不到哪兒去。

等她過來後，天天也沒少幹活，皮膚卻一天比一天白嫩，天天曬太陽，也不見黑上半分。她猜測跟自己那金手指有些關係，也不甚在意，還慶幸省了護膚。

只是，她這身體本就長得不差，這皮膚一好，顏值上漲了不只一星半點。平日裡多在村裡活動，旁人頂多多看幾眼，倒沒想到，今兒竟然會遇到這種狀況。

林卉渾身雞皮疙瘩都冒出來了，她邊掙扎邊尖聲高呼。「救命——熊大——唔——」

「嘿，別吵別吵。」大掌捂過來。「哥幾個跟妳玩玩啊。」

林卉嚇得渾身發抖。熊浩初這死傢伙怎麼還沒回來——

「毛子、鐵子，去下邊看看，省得她那未婚夫搗亂的。」

「怎麼每次都是我？」

「好了好了，哪回沒讓你盡——啊——」藍衫漢子鬆開林卉，捂著胳膊痛叫出聲。

「嗖」、「嗖」幾聲利器破風聲，幾名漢子接連痛呼出聲，或捂著胳膊，或坐倒在地，再顧不上林卉。

是熊浩初的箭！

再看，高大的身影已經朝著這邊飛奔而來。

林卉心裡一鬆，顫抖著撲過去。「熊大哥——」

「呼」地一下，男人越過她跑走了。

林卉。「……」

「碰」、「碰」幾聲悶響，不過眨眼功夫，剛才調戲她的幾名漢子慘叫著躺倒在地，林卉目瞪口呆。

搞定那幾人，熊浩初快步折返回來，扶著她肩膀，將她上上下下打量了一遍，見她衣衫完好，沒有受傷，才微微鬆了口氣，問道：「嚇著了嗎？抱歉——」

「哇——」林卉一把撲進他懷裡，放聲大哭。「你、嗚嗚嗚、你怎麼這麼久——嗚嗚——嚇死我了——」

往日伶牙俐齒的丫頭不光哭得激動，渾身更是止不住的顫抖。熊浩初遲疑了下，抬手，安撫般在她背上輕拍，輕喃般道：「抱歉，不會有下回了。」

還沒等林卉冷靜下來，那幾名漢子便回過神爬起來，口吐污言穢語、張牙舞爪地撲過來。

熊浩初將林卉往身後一推，呼地迎上去，「碰」、「碰」幾下肉搏聲，再次把那幾名漢子打趴在地。

眼淚嘩嘩的林卉全程只聽到那幾人的痛呼慘嚎，還沒反應過來，便被熊浩初擁著離開。

直到出了山溝，聽不見動靜了，面色凝重的熊浩初才放開她肩膀，兩人並肩前行。一路靜默。

林卉心裡又慌又亂。她這麼多年從來沒遇到過這樣的事，本來就嚇著了，再看熊浩初滿臉嚴肅的樣子，不知怎地，她突然就委屈上了。

咬了咬牙，她忍不住伸出手，試探般捏上他尾指。

熊浩初觸電般掙開。

林卉嚇著了，愣愣地喊了句。「熊大哥……」

熊浩初動了動手指，似乎想說什麼，又忍住了。

林卉以為他這是氣狠了不想說話，登時沮喪不已。「對不起，都是我亂跑惹事了……」話沒說完就忍不住開始掉豆子。「你別生氣，我、我下次不會了……」

她沒想到光天化日之下都能遇到這種破事。

看到她眼淚掉下來，熊浩初臉都變了，一大老爺們手足無措地站在她面前。「妳、妳別哭……」

林卉自覺丟人不已，背過身去拚命擦眼淚，邊擦邊投訴。「你生氣了，你都、嗚、你都不理我了……」

「沒有沒有！」熊浩初忙跟著轉過來，想伸手，又立馬縮回去，只氣弱道：「我沒有生氣，真的沒有。」

林卉哭得眼淚鼻涕都出來了，擦了幾遍都止不住，想都知道肯定難看，見他看過來，忙不迭轉過身去，背對著他，抽噎道：「嗚嗚，那你就是、嗚、就是怪我惹事，嗚嗚，怪我給你惹麻煩了……」

「我沒有怪妳！」熊浩初有點急，慌忙跟著繞過來。「又不是妳的錯，我怎麼會怪妳。」

林卉胡亂拿袖子抹了抹眼淚鼻涕。「那我到處亂跑，還跑去摘草藥，你不怪我嗎？」

熊浩初哭笑不得。「妳不是還在山坡上等著我嗎？就那麼幾步遠，算什麼亂跑。」

林卉瞪大眼睛，試圖透過朦朧淚花看清楚他的表情。「你真的沒有怪我？」

熊浩初肯定。「真的。」

「那你為什麼不說話？」林卉抽了抽鼻子。「為什麼不理我？是不是怪我剛才埋怨你來得晚？」

熊浩初張了張口，林卉的眼淚立馬啪嗒啪嗒掉下來。

熊浩初慌了。「我是怪我自己。」他神情陰鬱。「我不該因為周圍沒有人，就放妳一個人在那兒的。」荒郊野外，危機四伏，是他太過大意了。

林卉愣住，氤氳著淚水的眸子紅通通，秀氣的鼻尖也紅通通，還抽抽噎噎的，哪還有半分往日的神采飛揚和囂張氣焰……看起來又嬌又軟又可憐。
熊浩初捏了捏拳頭，終於忍不住，伸出手輕輕摸了摸她腦袋，沈聲道：「是我不好，讓妳遇到這樣的事——」
面前身影一晃，嬌小柔軟的姑娘已然撞入他懷裡，把他餘下的話撞回嗓子裡。
「嗚嗚，你沒生氣就好……」撲進他懷裡的林卉用力抱著他，腦袋埋在他胸膛上，哭得聲音都悶悶的。「嗚嗚，我剛才真的嚇死了……」
熊浩初渾身僵硬。
夏日衫薄，滾燙的淚水很快濡濕胸前衣服，燙得他胸口悶悶的。
支在半空的雙手慢慢地、慢慢地放了下來，輕輕搭在那瘦弱顫動的肩膀上，小心翼翼地環著她。
溫熱的氣息籠罩下來，林卉哭得更激動了。似乎要把穿越以來的徬徨、無助和焦慮哭出來，她這一哭，直哭得天昏地暗、日月無光，哭得直接昏睡過去。
睡夢中，她彷彿回到了小時候，被媽媽抱著哄睡。
那時候，她的媽媽還沒死，她的爸爸還是她的爸爸。
那時候的她，會撒嬌地讓媽媽抱著她晃悠，哄她入睡，還有爸爸會給她拍背……
就跟現在一樣。
迷迷糊糊的林卉依戀地蹭了蹭媽媽的脖子，哭啞了的嗓音嘟囔般說了句。「……不要丟下我……」

林卉是被清涼濕潤的觸感弄醒的。
她的眼睛上蓋著東西。
她摸索著拿開眼皮上的布料，奮力睜開疲澀的眼睛。
「醒了？」
低沈的嗓音似乎比往日來得柔和，她手上涼涼的布料也被取走了。
是熊浩初。
林卉看看四周。她躺在一株茂盛的綠樹蔭下，壓在身下的野草有些刺，幾步外是泛著波光的潺潺溪流。
她有些茫然。
熊浩初伸手過來，攙扶著她坐起來。
「起來，喝點水。」
林卉舔了舔嘴唇，確實乾渴得不行。
她接過水囊，咕嘟咕嘟灌了好幾口，然後才問：「這是哪兒？」話剛出口，沙啞的嗓音先讓她愣住了，之前發生的事情瞬間湧進腦子。
「這是咱村那條溪流的上游。」熊浩初把她手裡的水囊拿過去，擰上塞子。「妳的眼睛腫了，咱們在這兒待一會。」
林卉下意識摸了摸眼皮。他是擔心自己這樣回村，會被人說閒話嗎？
她還在發怔，熊浩初已經放下水囊，起身，幾步到溪流邊，將手裡的布料摁進水裡搓了搓，擰乾，再走回來，疊了疊，輕輕貼到她眼睛上。

林卉下意識要避開，熊浩初低聲道：「別動，涼水敷一會兒就好了。」大掌扶著她後腦勺，另一手輕輕捂著濕布。

林卉頓了頓，不再掙扎，問他。「你把我揹過來的？」

「……沒有。」熊浩初遲疑了下，老實道：「帶著背簍，揹不了，是抱著過來的。」然後道歉。「抱歉，是我逾矩了。」

林卉搖搖頭，伸手撫上他輕捂濕布的粗糲手指，沙啞的嗓音輕輕道：「你是我未婚夫，你抱我，我願意。」

話說出來，周圍陡然安靜了下來。

林卉疑惑，將熊浩初的手指帶濕布一起拉下來，不解地看過去。

熊浩初倏地回神，飛快抽回手，輕咳一聲，道：「這附近很安全，妳先在這歇著，我去找點吃的。」一邊說邊起身，看也不看她一眼，扭頭就大步離開。

可惜，扭頭的一瞬間，林卉已經看到他那發紅的耳尖。

她愣了愣，忍不住抿嘴偷樂。

林卉低頭看向手裡的濕布，黑色，洗得發白，邊沿還帶著絲線，很眼熟——熊浩初是撕了自己的衣服給她敷眼？

林卉心裡漾起幾絲甜意。

心情好，看荒山野嶺都覺得是在秋遊。此處溪流如練，綠草如茵，倒映著藍天白雲，悠然又寧靜。

野草雖豐，卻不過膝，這塊地應當是溪流河床。春日冬雪融化，春水上漲，草地便會被淹沒，夏末水位下退，這片草地便露了出來。

越過堤壩，有片挨著山峰的密林，熊浩初方才便是往那兒去了。

林卉張望片刻，沒看到他的身影，想了想，爬起來，走到溪邊，打算看看自己眼皮究竟有多腫，讓熊浩初寧願繞路帶她來這兒。

這段溪流平緩，水面如鏡，林卉不過往溪邊一蹲，就把自己的狼狽看得一清二楚。眼睛紅腫、鼻子通紅不說，頭髮也是亂糟糟的，整個人看起來糟透了。

虧得熊浩初看了不嫌棄……

林卉趕緊順了順劉海，把頭髮解下來重新束好，確定自己看起來不那麼狼狽了，才把濕布搓了遍，就近找了塊石頭坐下，把濕布貼到乾澀的眼皮上。

敷上去沒多會兒，輕得幾近於無的沙沙草葉聲由遠而近傳來。

林卉初時以為是風聲，待聲音近了才反應過來，急忙取下濕布——

「是我。」低沈的嗓音響起，大步走過來的熊浩初朝她揚了揚手裡東西。「要不要殺了？」手裡赫然揪著隻蔫噠噠的灰毛兔。

林卉起身，看看兔子再看看他，詫異道：「這麼快就打到兔子？」

「不是。」熊浩初隨手拍了下兔子腦袋，往地上一扔，再下去揹上籮筐。「我在林子裡布了幾個陷阱。」

「哦哦。」林卉了然，捏著濕布好奇湊過來，發現那隻兔子已經被拍暈了，登時咋舌。這力氣真是沒誰了……

抬頭看他。「你經常來這邊嗎？」

「嗯，這邊上山輕省些。」熊浩初盯著她的眼睛看了看，伸手。

林卉不解。

他乾脆彎下腰，取下她手裡的濕布，兩步過去水邊，彎腰洗了洗，隨手一擰，再回來遞給她，低聲道：「再敷一會兒。」

林卉頓時彎了眉眼。「嗯。」接過濕布，再次坐下來，展開，將其貼到眼皮上。

身邊響起窸窸窣窣的動靜，然後是水聲。

林卉掀起濕布一角。「怎麼——額，你怎麼殺了牠？」

熊浩初正拿著匕首在水邊給那隻兔子開膛破肚，聞言頭也不抬。「死了，留著也沒用。」

林卉一想也是，再次放下濕布。「那待會帶回去燒了。」

熊浩初頓了頓，問她。「要不要待久些？」

「不了，再晚些回去就天黑了，川川還在等著呢。」

熊浩初只是「嗯」了聲，繼續搗鼓。

林卉閉著眼睛聽他殺兔子，半晌，她忍不住開口。「熊大哥，你知道咱村為啥跟富陽村不和嗎？」

「……不知道。」

也是，他才剛回村幾個月。林卉嘆了口氣，輕聲道：「今天遇到的那些人……你過來之前，我聽他們說了些話……他們應當不是第一次做這樣的事。」

熊浩初眉峰一皺，抬眸看了她一眼。

林卉毫無所覺，咬了咬唇，繼續道：「如果不是第一次，以他們這般囂張的樣子，富陽村的人會不知道嗎？」她並不是真要熊浩初回答，不過是在碎碎念而已。「是不是因為這樣，咱們村才跟富陽村交惡？以鄭伯伯的性子，還真有可能啊……」

熊浩初手上動作不停，面上卻一派沈靜。

待他處理完那隻兔子，連帶兔皮上的血肉都刮乾淨，林卉的碎碎念才停了下來，彼時她的話題已經拐到今晚吃什麼上。

「……家裡還有好些豬油渣，要不今晚用豬油渣爆炒兔肉吧？要是有辣椒就好了，加點辣椒下去，味道你肯定喜歡。」

「辣椒是什麼？」

「就是一種可當調料的植物果實，比茱萸要辣一些。」林卉取下濕布，摸了摸眼睛，問他。「看起來好些了嗎？」

熊浩初看了她幾眼，「嗯」了聲。

林卉登時舒了口氣。「那就好。」見他已經在洗手了，遂站起來，伸了個大大的懶腰。

「那咱們趕緊回去，川川怕是等急了！」

熊浩初沒意見。

林卉靠過去，好奇問道：「熊大哥，你在這邊裝的陷阱，要是有獵物的話，不怕別人取走？」

「這邊經常有大型野獸出沒，少有人敢過來。」

「啊？」林卉瞪大眼。「那你還帶我過來?!」

「沒事。那是以前。」熊浩初面不改色。

「……意思是你把大型野獸都殺了?!」

「嗯。」

林卉瞪他，半晌，吐槽道：「你只是姓熊，不是熊大。」

熊浩初皺眉。「熊大是誰？」

林卉樂了。「是一隻很厲害的……」斜眼看他。「狗熊。」

「？」熊浩初一頭霧水。

林卉被他表情逗笑了，眉眼彎彎地看著他。「乾脆以後就叫你熊大——不不不，還是大熊吧。」

莫名多了個外號的熊浩初。「……」

林卉卻愉悅萬分，甚至開始哼起小曲。「冬眠假期剛剛結束，我還有點糊塗。鳥兒在頭頂把森林叫醒……」

熊浩初眉眼柔和下來，安靜地聽她哼唱奇異的曲調。一路快走，太陽西斜前兩人便回到梨山村。

接回林川，熊浩初放下東西就主動去挑水，林卉則鑽進廚房搗鼓晚飯，林川嘰嘰喳喳地跟在她旁邊給她打下手。

晚餐是豬油渣爆炒兔肉和清炒空心菜，雖然林卉說沒有辣椒不好吃，兩大一小依然是把那盤兔肉吃得乾乾淨淨。

林卉成就感滿滿，把打哈欠的林川趕去洗澡，開始收拾碗筷。

熊浩初遲疑了片刻，道：「家裡有什麼缺的嗎？」

「啊？」

熊浩初解釋。「上回託朋友找兩隻幼犬，估計這幾天會到，我明兒去縣城看看。」頓了頓，又補充。「不用做我的午飯，我會晚些回來。」

「哦哦，那買點米和鹽，家裡的快吃完了。鹽多買點，我想泡點鹹菜。」

「好。」熊浩初轉身就走。

「哎，」林卉忙追出去。「我還沒給你錢呢。」

熊浩初頭也不回地擺擺手，走了。

意思是他買？林卉眨眨眼。算了，回頭再問問他。

第八章

第二天下晌，熊浩初果真揹了一大籮筐的米鹽回來，懷裡還抱著兩隻小奶狗。

看到小奶狗，林卉高興得快瘋了。「真的弄到了？好可愛啊！」小心翼翼抱過來，有點愁。「這麼小，能養活嗎？」

「可以，養不活再去要便是了。」

林卉白了他一眼，吩咐同樣興奮不已的林川去倒碗水來餵狗。

熊浩初則進了廚房，把米和鹽卸下來，按著林卉的習慣放好。

林卉把小狗交給林川，跟著進了廚房。「花了多少錢？我補回給你。」

熊浩初看到她進來，迅速把籮筐揹上身，隨口道：「不用給，我養家。」

林卉怔住，下一刻雙手環胸，斜睨他。「之前怎麼不說你養家？」

熊浩初沈默片刻，吐出一句。「原來不熟。」

這理由……林卉翻了個白眼，吐槽他。「再不熟咱們也訂親了——哦，我知道了，你原來是怕我敗家還是怎麼的，防著我對不對？」

熊浩初不說話了。

林卉來勁了，湊過去撞他一下。「喂，我當時要是開口向你求助，你會幫忙的吧？」

「嗯。」

「那有啥差別？你這人真是……」林卉嫌棄不已。「怪不得這麼大年紀還打光棍。」木頭成這樣，要不是朝廷政策，怕是得打一輩子光棍了。」

熊浩初沒在意她的吐槽，揹著籮筐往外走。

「哎，等會兒，你是不是要回去？」見他點頭，林卉忙道：「昨兒換下來的那身衣服呢？拿過來我給你補補。」

熊浩初扶了扶籮筐，隨口道：「太破了，我扔了。」

「扔了?!」林卉驚叫，繼而怒了。「好端端你扔它幹麼？再破它也是布啊！」剪下來還能用來修補別的地方呢。

熊浩初面不改色。「嗯，下回我不扔。」低頭看了看身上衣服，毫不客氣道：「等這身換下來，我就拿給妳補。」

林卉。「……」

熊浩初想了想，又道：「妳再給我做兩身吧，我明兒再去城裡買點布。」

這毫不客氣的態度……手好癢。林卉瞪他。「那你今兒怎麼不一起買回來？」

「忘了。」

還是揍一頓算了。

氣憤地把人轟走，林卉轉頭還是乖乖地給他縫製衣衫。

又過了幾天，林卉想吃雞蛋了，特地裝了些麵粉跑去劉嬸家，打算跟她換一些，進門就聽見她的驚呼——

「天啊，都死了嗎？」

林卉詫異，看看屋裡，都是熟人，遂好奇問了句。「誰死了？」

劉嬸回頭看她。「哎是卉丫頭啊。」她搖搖頭，解釋道：「隔壁的強子去富陽村走親，回來說，那邊死了好幾個混混。」

富陽村？混混？

林卉不知怎的，立馬聯想到見過的那幾人，忙追問：「怎麼死的？」

強子他娘一臉懼色。「不知道啊，就死在山裡頭呢，聽說是六個人，那屍體都被野獸給啃完了，身上連塊好肉都沒有……」

抱著半籃子雞蛋的林卉心事重重回到家，兩隻小狗歡快地跑過來迎接，在她腳下打轉。林卉彎下腰，挨隻摸摸腦袋，摸著摸著，思緒就飄遠了。

那天她跟熊浩初遇到的混混一共六個人，恰好跟強子嬸說的合上了……

而且，這幾人打那天起就沒回過村。旁人不知道他們受了傷，她可是知道得一清二楚，箭傷和骨折是最輕的，熊浩初最後還倒回去揍了一頓——他力氣多大啊，那些人哪裡還能進山？

那他們怎麼會……死在山裡？

她想得太過入神，兩隻小奶狗已經鬧在一起，滾到她的腳上。

林卉回過神，忍不住拍拍小狗圓滾滾的屁股。「停停停！要是抓爛我褲子，我就打——」

對了，衣服！

熊浩初事發那天穿的衣服……被他扔了。

而且，沒記錯的話，事發那天，打晚飯過後，她就再沒見過熊浩初，一直到第二天下晌，這傢伙才帶著米鹽和小狗回來。

也是那會兒，他說衣服扔了。

林卉怔怔地看著小奶狗嬉戲。

半晌，她拍拍臉頰，站起來。

算了算了，幹活幹活。

為防止自己胡思亂想，她忙叨叨開始準備晚餐。

這邊剛弄好，頭髮濕漉漉的一大一小走進來。

「姐姐。」看到她，林川眼睛一亮，噠噠噠地跑過來。「好餓，能吃飯了嗎？」

林卉的視線快速掠過熊浩初，低頭看林川。「去溪裡洗澡了？」

「嗯。」林川撓頭。「不然太臭了。」

他們今兒弄糞肥，故而去溪邊洗了才回來。

林卉了然，拍拍他腦袋。「趕緊去擦乾，著涼了可不是小事。」

「沒事的，我身體好著呢！」林川拍拍胸脯，繼而眼巴巴看她。「姐……」

「知道了。」林卉莞爾。「飯已經好了，幫忙擦桌子！」

「好咧！」小豆丁歡呼一聲，飛也似奔去幹活。

林卉沒再開口，轉回去忙活最後一點收尾。熊浩初皺了皺眉，眼底閃過抹疑惑。

吃過晚飯，林卉收拾好碗盤打算拿去清洗，熊浩初叫住她。

「卉丫頭。」

端著餐盤碗具的林卉停下腳步，頭也不回地問了句：「怎麼了？」

熊浩初語調沈穩依舊。「明兒我有事出門一趟，煩勞妳幫我準備點乾糧。」

又出門？

林卉一驚，立馬轉身，問道：「又出門？去哪？」

不同尋常的激動，讓熊浩初眯了眯眼。

林卉見他不答，急了。「問你話呢，去哪兒？」

熊浩初仔細打量她，道：「只是出趟門辦點事，妳為何如此激動？」

林卉張了張口，下意識反駁。「我怎麼不能激動了？你明天就要出門，大晚上的，你讓我去哪兒給你準備乾糧了？」

熊浩初不信，盯著她。「蒸饅頭、烙燒餅，妳往常不都是順手便做好嗎？」

「……呵呵，是嗎？」林卉反應過來，乾笑兩聲。「我還以為你要出門幾天，原來你要這些就夠了啊。」

「只是離開一天，明晚回來。」

一天？林卉心裡不得勁，盯著手裡碗筷發呆。

熊浩初盯著她的丱髮，眉峰再次皺起。「妳是不是有什麼事？」

林卉舔了舔嘴唇，視線移到他衣襬，問道：「你明兒要去哪？去幹什麼？」

「去縣城見見朋友，晚上便回來。」

「……哦。」林卉停頓片刻，接道：「那我明早給你做。」轉身，端著碗鑽進廚房裡。

熊浩初盯著通往廚房的小門看了半晌，悄無聲息地跟了過去。

廚房裡，林卉把碗盤放到盆裡，站在灶前發起呆來。

「是不是發生了什麼事？」

低沈的嗓音驀然從背後響起。

林卉一抖，呼地一下整個人貼到灶台上，驚恐地瞪著他。「你、你怎麼進來了！」這傢伙屬貓的嗎？怎麼走路一點聲息都沒有？嚇死她了！

熊浩初卻誤會了。他瞬間沈下臉，幽深的眸子緊緊攫住她，冷聲道：「妳怕我？」

林卉氣憤。「怕你什麼？你嚇人還有理了？」她心裡本就惴惴，突然來這一遭，是要嚇死她嗎？

熊浩初。「……」看來不是怕他。

林卉沒好氣。「你進來幹麼？」

熊浩初盯著她看了半晌，再一次問：「今天是不是發生了什麼事？」

林卉有幾分心虛。「沒有啊，為什麼突然這樣問？」同時避開他目光，假裝伸手去洗碗。

熊浩初一把抓住她手腕。

林卉低呼。「你幹麼？」

熊浩初沈聲。「下晌回來後，妳就不對勁了，是不是有人欺負妳？」

啊？林卉忙搖頭。「沒有，你想多了——」眼角掃到灶台上泡著水的黃豆，靈機一動，立即改口。「我是想著明天的豆腐。我以前沒做過，擔心做不好。」然後小心翼翼看他。「要不你晚些日子再去縣城吧？我怕自己一個人做不好。」

熊浩初眉峰微微放鬆了些。「那就不做。想吃豆腐，我回來的時候給妳帶。」

「……那不得多花錢。」林卉嘟囔。「我自己做的話，還能給劉嬸她們分點。」

熊浩初沒轍，鬆開她。「那我早點回——」

林卉卻反手抓住他衣袖。「大熊，明天別出門吧？」她可憐兮兮道：「我明兒要去村裡磨豆子，奶奶她們肯定不到半天就知道，她要是又來撒潑，我怎麼辦？」

熊浩初眼底閃過抹笑意。「妳還會搞不——」眸光一閃，他反應過來。「妳不想我去縣城？為什麼？」

林卉咬了咬唇。

「說。」

雖然這人一副木頭臉……擔心終歸還是佔上風。林卉看看一簾之隔的浴間，想到林川還在裡頭沖澡，乾脆拽著他往外走。「咱去外頭說。」

肯說就行，熊浩初沒意見。

林卉把人帶到後院中間，確認周圍除了兩狗和幾隻雞，再無別的活物，拽了拽他袖子，另一手示意他。「低頭。」

「……沒旁人，妳直說便是了。」

林卉乾脆自己湊過去，壓低聲音，帶著幾分驚懼和惶恐。「那天咱們遇見的幾個人渣，全死了。」

「嗯？」熊浩初似乎挺詫異。「死了？」

林卉仔細盯著他，聲音又低了幾分。「突然死了這麼多人，官府查得緊，你那天又把他們打傷了，傷得還不輕——這段時間你別往外跑了。」不管他有沒有在裡頭插上一腳，絕對不能被牽扯進去。

熊浩初眼底閃過抹異色。「妳覺得是我弄死——」

林卉一把撲過去捂住他嘴巴，慌裡慌張四處張望，確認沒人，林川也沒出來，才鬆了口氣。

熊浩初突然被撲了個滿懷，有些愣住，下意識扶上她的腰。

「要死了你這麼大聲！」林卉狠狠朝他胸膛拍了兩下，聲音幾乎是從牙縫裡擠出來。「生怕別人查不到你身上是吧？」她一下午都擔心死了，生怕他們去富陽村的經歷會被有心人聯結上。

若不是怕這頭大熊藏不住事兒，她何至於遮遮掩掩。結果倒好，這傢伙怎麼像是完全不放在心上似的？倒顯得她過於緊張了。

反觀熊浩初，只目不轉睛地看著她。

「你是傻了嗎？」林卉瞪他。

熊浩初拉下她的手，放輕聲音，問：「妳覺得這事跟我有關係？」

林卉恨鐵不成鋼。「我管你有沒有，那些人渣死有餘辜。」她掙開他的手，警告般戳了戳他胸膛。「反正你別沾這事！咱安安分分的，誰也拿不到咱的把柄。還有，這段日子沒事也別往縣城去，聽到沒有──」

溫熱柔軟的觸感在她額上一沾即走。

林卉愣住。

「沒關係。」男人低聲道：「不會有問題的。」

因為音量小，低沈的嗓音竟帶出幾分溫柔。

林卉摸著腦門，抬眼看他。

「我當過兵，不會在這種事上出問題。」

言外之意，是承認這事兒跟他有關了？林卉反倒更擔心了，她咬了咬唇。「萬一……」

「啊！」

是林川。

兩人望過去，只見剛洗完澡出來、只穿著褂子短褲的林川捂著眼睛叫道：「我什麼也沒看見。」說完，也不等他倆回話，捂著眼睛噠噠噠地跑走了。

林卉。「……」

熊浩初。「……」

第二天熊浩初果真不去縣城。

林卉問他，他只說人不會跑，改天也行。可把林卉氣得，早先叫他別去還不肯改期，非要她說得清楚明白了……面上氣憤難當，心裡卻忍不住泛甜。

送走下地幹活的一大一小，林卉端上泡好的黃豆跑出去，托村裡有石磨的人家幫著磨了點豆子，打算煮點豆漿給家裡倆男人甜甜口，還能弄點豆腐加菜。

豆漿煮好晾涼，林卉便連鍋帶蓋一起放進背簍，再碼進去三個碗，戴上草帽，揹起出門。

一路打招呼過去，很快便到了自家田地。

看到她過來，林川歡呼著奔過來——林卉早上就跟他說了今兒會有豆漿喝。

熊浩初還在忙活，林卉喊他。「先過來喝點豆漿解解渴。」

熊浩初抹了抹汗，扔下瓢子，兩步鑽出稻田，朝這邊過來。

林川已經急巴巴地繞著林卉轉了兩圈。「姐、姐……」

林卉失笑，舀了滿滿一碗豆漿遞給他。「別急，姐姐煮了很多。」

林川「嗯嗯」兩聲，眼睛黏在豆漿上，接過碗立馬吸溜一大口。

「哇，好甜啊……」

林卉莞爾。

恰好熊浩初走過來了，她忙又裝了一碗，遞過去。「來，已經放涼了，喝著正解渴。」

熊浩初「嗯」了聲，接過來，略抿了口，發現還不錯，一仰頭「咕嘟、咕嘟」幾口灌下去了。

得，這個喝得更粗魯了。

林川人小，喝了第二碗就開始打嗝，完了還想再來一碗，林卉忙制止他，不讓他再往下喝。「可別撐壞了，這豆漿就放這兒，你什麼時候想喝了再過來裝便是了。」

也灌了兩碗的熊浩初頓了頓，順勢放下碗，林卉正想說什麼，遠處陡然傳來驚恐尖叫。

「救、救命啊——」

聲音有些遠，卻能聽出其中驚恐。

彼時，零零散散的農人皆在各自地裡埋頭幹活，呼救聲傳來的時候，大夥齊齊朝那邊望去，林卉自然也不例外。

呼叫的是村裡張老三家的，大夥望過去的工夫，她已經踉踉蹌蹌地跑到田埂上，緊接著，她似乎發現不對，放慢腳步回頭望去，立馬驚恐大叫。「老張別管了！快跑！」

再看田裡的張老三，他正雙手握著鋤頭，彎腰前傾，一聲不吭，只緊緊盯著田裡某處。

綠油油的稻苗足有成人大腿高，大夥除了看到老張盯著水稻，旁的啥也看不見。

說時遲那時快，林卉不過剛剛看清楚那邊都是誰，身邊的熊浩初便說了句。「有野獸下山了。」

林卉訝異，睜大眼睛在張老三周圍四處找。「野獸？」沒看到有野獸的影子啊，除了張老三盯著水稻田——啊，她知道了，是被水稻擋住了！

果然，熊浩初也是這般作答。「在田裡。」

他們這片田確實是在山腳下，跟大山只隔著座疏林，偶爾確實會有野獸闖出來。

林卉有點緊張。「要不我們——」

「是野豬。」瞇著眼注意那邊的熊浩初突然道：「你們先回去。」

林卉倒吸口涼氣。她就算再無知，也聽過野豬傷人的傳聞，要真是野豬，肯定出事。

果不其然，下一刻，那頭張老三家的傳來哭喊。

「——野豬下山啦！快來人啊——根哥、強子哥——快快，快來幫忙——老張快跑——」

眾人登時驚呼。與此同時，水稻田裡閃出一道黑影直撲張老三，後者架著鋤頭狼狽躲開。

雖然瞧不真切，卻能看出那玩意體型不小，立馬有漢子抓著鋤頭鐮刀衝過去，林卉緊張地抹了把汗，轉回頭——

「你幹麼！」

她一把拽住熊浩初。

熊浩初掙開她，道：「你們在這待著，別亂跑，我去看看——」

「你看什麼？」林卉再次拽住他，壓低聲音罵他。「那是野豬，撞上了不死也得半殘，你是傻了嗎？還敢往前衝？」

熊浩初神色輕鬆。「放心，我能應付。」說完抬腳欲走。

「不行不行！」林卉死死拽住他。「太危險了，不許去。」

熊浩初看了眼險象環生的那一頭，無奈道：「妳忘了我的力氣嗎？」

林卉瞪他。「那又如何，你又不是銅牆鐵壁，你也會受傷的。」

熊浩初的眉眼柔和下來。「嗯，不受傷。」

「你說不會——」

「啊——」

慘叫聲傳來。林卉凜然，林川也被這場景嚇著，緊張地抓住她的衣襬。

林卉忙鬆開右手去拉他，再拽著熊浩初往後退。「咱們離遠——」

熊浩初掰開她的手。「我不去的話，肯定會有更多人受傷。」

這回，不等林卉再伸手，他已經如離弦的箭般衝了出去。

林卉氣得跺腳。「這傻蛋！」村裡人怕他怕得要命，平日看到他都恨不得躲開八丈遠，這傢伙還湊上去拚命。

「姐姐……」林川仰頭看她。「怎麼辦？」

林卉沒好氣。「還能怎麼辦？看著唄，看你那大熊哥怎麼逞強的。」嘴上說得嫌棄，眼睛卻依然緊張地盯著那邊。

那一頭，經過幾回衝撞，田裡稻苗有不少已經被踐踏得倒伏在地，野豬的身影也徹底顯露出來，竟然足有四頭野豬。

頭豬不必說，軀體健壯，頭大身略小，突出的嘴部哼哧哼哧地噴著粗氣，四肢粗短，確實慣於在叢林奔跑。牠在人群裡橫衝直撞，竟然無一人敢近前與之抗衡，其餘三頭豬體型小上許多，瞧著像是跟著母豬出來覓食的幼崽，不過衝撞能力也不能小覷。

有漢子試圖攻擊其中一隻，被撞得差點沒背過氣，若不是旁邊漢子們及時拿鋤頭敲趕走小豬，他怕是要被咬住。

即便如此，那漢子也捂著肚子跪倒在地，半天爬不起來，估計傷著內臟了。這還不算，大豬見小豬仔被幾人攆，似乎更憤怒了，低咆著衝過來，眾人大驚失色，揮舞鋤頭奔過去。

「強子快跑——」

「強子——」

可惜，為了防止被野豬撞上，大夥都散開了，站在他邊上的幾人見他被小豬一撞都站不起來，更不敢直面大野豬，只敢拿鋤頭在邊上高呼掠陣。

眼見那名跪伏在地的漢子要糟，所有人皆面露驚懼，有幾個甚至不忍地別過臉去。

「碰——」

一道黑影飛了出去。

有那與強子感情好的漢子哽咽出聲：「強——額——」話未說完就哽在嗓子眼裡，半晌說不出話來。

那飛出去的黑影哪是強子，分明是那頭氣勢洶洶的大野豬。

眾人驚愕，眼睜睜看著高大的男人幾步過去，朝試圖掙扎起身的大野豬腦門又是狠狠兩拳。「碰、碰」兩聲悶響，大野豬徹底躺倒在地，抽搐兩下，不動了。

另外三頭小野豬憤怒地衝過來，男人站在原地不動，來一隻揮一拳，再來一隻再揮一拳，三下就把小豬們幹倒在地。

鴉雀無聲。

男人——即是熊浩初也不說話，撿起一隻小野豬扔給被撞的漢子，再撿起一隻扔給地裡被糟蹋了些的張老三，然後抓住大野豬往肩上一扔，再撿起另一隻小豬，輕輕鬆鬆轉身就走。

大夥愣愣然看著他，一時間竟不知道該說什麼、該做什麼，倒是緊張地盯著這邊的林卉大大鬆了口氣，拉著林川趕緊奔過來。

人還沒到跟前呢，就急急問了句。「有沒有受傷？」

熊浩初語氣輕鬆。「沒事。」朝她舉了舉右手上的小豬仔。「今晚加菜。」

林卉。「……」

林川驚奇地看看他肩膀上的野豬，再看看被他輕鬆提溜在手裡的半大豬崽，孺慕地看向熊浩初。「熊大哥，你好厲害啊！」

熊浩初「嗯」了聲，轉而看向林卉，吩咐道：「我去河邊，妳回家把那大籮筐帶來。」

帶籮筐？這是要把豬殺了？林卉下意識看向旁邊的叔叔伯伯嬸嬸們，對上大夥那複雜的神情，想起什麼，忙乾笑兩聲，問道：「大夥都沒事吧？」又問張老三家的。「三嬸、三叔沒事吧？」

張老三家的驀然回神，看看那頭被扔在她家男人腳下的小野豬，再小心翼翼瞅了眼熊浩初，吶吶道：「沒、沒事，就嚇了一跳。」頓了頓。「那個……謝謝啊卉丫頭。」

林卉不著痕跡地皺了皺眉，打趣道：「三嬸，雖然我跟大熊訂親了，還沒過門呢，妳謝我，我可不幫妳轉告啊。」她陡然有了個想法。

張老三家的張了張口，有些畏懼地看了眼熊浩初。

熊浩初神色淡淡，只看著林卉，等著她一塊離開。

倒是張老三知事，他清了清喉嚨，正兒八經地朝熊浩初拱手。「謝謝了大兄弟，今兒要不是你，咱們指不定有幾個人斷手斷腳的。」就剛才那情況，喪命也不無可能。他彎下腰，用力抓起半大豬崽。「都是你打死的，你都帶回去吧，我張老三不是那貪心的人。」

熊浩初搖頭。「不用。」他下巴一點，示意般看向那幾畝被踐踏得亂糟糟的稻田。「毀了些糧，補一點。」

張老三愣住。

張老三家的看看自家田，心疼得不能自已，趕忙拽了拽張老三，然後朝熊浩初笑道：「哎，謝謝熊小哥啊！你可真是好人！」

林卉心裡一動。

那邊，捂著腹部的強子被攙扶著站起來。「老三的收著，我這可不能收。」命都是人家救下的，他哪好意思收小豬——雖然叫小豬，少說也有三十斤了。

他感激萬分，又有些不好意思。「你救了我，我也沒什麼可以給你，哪裡還能收這個。」

熊浩初搖頭，沒接他的話，只道：「你受了傷，得找大夫看看，這小豬拿去換些銀錢吧。」

強子怔了怔，下意識摸了摸作痛的腹部。這位置……若真是受傷，吃藥治病可不是小錢。聞言，他也不矯情。「謝了，熊小哥，那我就不客氣收下了。」頓了頓，他拍拍胸脯。「以後有什麼事，儘管找我！我強子要是敢說一個『不』字，天打雷劈不得好死。」

熊浩初沒說什麼，點點頭，朝林卉道：「走了。」

林卉笑咪咪。「哎。」視線掃過不知所措的其他人，愉悅地拉著林川跟上去。

哎呀，她家大熊真厲害！

有了今天這事兒，她以後再也不用擔心這傢伙會被排斥了，總會慢慢好起來的。

待得走遠了，林卉姐弟繞著熊浩初轉圈圈，一會兒看看那隻半大野豬，一會看看他肩膀上扛著的大野豬，不時發出驚嘆。

「真的要全殺了嗎？」好奇心過了，林卉開始發愁了。「這麼大，殺了也吃不完啊。而且，聽說野豬肉很膻的。」

熊浩初「嗯」了聲。「也不好賣，比尋常豬肉要便宜些。」他看了她一眼。「妳上回不是把鹿肉熏製了嗎？這個也可以熏製。」

合著是打這個主意呢！林卉白了他一眼。「就算熏了也膻。」她想到什麼，突然笑了，歪著腦袋看他。「要不，咱們就留下一頭小的，大的全分出去吧？」頓了頓。「唔，豬板油還是得留著用來做肥皂。」

熊浩初挑眉。「為何？」

林卉笑咪咪。「給你打點關係啊。」她拍拍他胳膊。「還有半年咱們就要成親了，不趕緊打點好，照村裡那幫膽小鬼的模樣，到咱們成親的時候，可別連一桌子席位都湊不齊，那多寒酸啊！我可不依。」

熊浩初。「……」

「哦對了，」林卉想起什麼，斜睨他。「這個你得自己去送。」

熊浩初。「……」

村裡這麼多人家，自然不可能全送。

林卉掰著手指給熊浩初列舉，包括鄭里正家、林氏幾位族老、劉嬸、熊家鄰居等，完了又不甚甘願地把她奶奶家給加上，最後問他。「你看還有沒有遺漏的。」

她把自己的左鄰右舍和今天衝出來打野豬的幾戶人家全加上，哪還有什麼缺漏的，熊浩初的視線定在她靈動的杏眼上，唇角微微勾起。「不用，妳決定就好。」

林卉斜了他一眼。

熊浩初沈吟片刻，問：「豬頭跟下水怎麼處理？」

林卉皺了皺鼻子。「下水我可以做，豬頭太麻煩了，我搞不定啊！」普通豬頭都難弄，何況毛髮粗硬、皮肉更膻的野豬頭。

「那我拿去城裡賣掉。」

林卉皺眉。「要不扔掉算了，城裡……」她欲言又止。

熊浩初知道她擔心什麼，安撫道：「放心，不會有事。」下巴一點。「去取筐子過來。」

好吧。林卉壓下擔心，牽著林川回家去了。

熊浩初自去溪流下游，就著溪水把大豬小豬都殺好。林卉過來後就開始幫著清洗肉塊，這頭野豬死得快，血水還沒來得及放，洗一洗多少還是會好點。

倒騰好豬肉，時間已經有些晚了，林卉得趕回去做飯。可這傢伙跟個悶葫蘆似的，她哪裡放心讓他一個人去送肉。

「要不，咱們先回去弄點吃的，晚點我再陪你去送吧？」

熊浩初挑眉。「不是讓我自己送嗎？」

林卉擔心不已。「你自己去行嗎？」她清了清喉嚨，抬手，朝半空中做了個敲門動作，然後臉一板，壓著嗓子沈聲道：「剛打的野豬，拿去。」

這是在模擬熊浩初去送肉的場景。

熊浩初。「……還需要說什麼？」這不就夠了嗎？

她就知道！林卉又想嘆氣了。「我是想去打好關係，不是讓你去嚇人的。」

熊浩初也很無奈。「哪裡嚇人？」

「你得先叫叫人，打個招呼啊，不先說一說為什麼送肉嗎？什麼感謝往日的照顧啊……」

小丫頭皺著臉絮絮叨叨、絮絮叨叨，既嫌棄又擔心，操心不已的樣子，讓熊浩初眉眼都柔和了下來。

他打斷她的絮叨。「妳在家做飯，我去便可。」見她瞪眼欲斥，又補了句。「我會儘量多說幾句。」

林卉懷疑地看著他。「真的可以嗎？」

熊浩初摸了摸她腦袋。「嗯，放心。」

他都這樣了，林卉也不好再多說什麼，只得憂心忡忡地目送他離開。

等人走遠了，她嘆了口氣，準備回去做晌飯。

「卉丫頭！」

林卉回身，循聲望去。是劉嬸跟她的大兒媳，一個挎著籃子，一個提著一隻母雞，兩人滿臉喜色地快步過來。

林卉下意識看了眼熊浩初離開的方向。這傢伙先去里正家，應該還沒送去劉嬸家，那就不是為了豬肉的事過來了。

「卉丫頭啊。」挎著籃子的劉嬸走過來，二話不說把籃子往她懷裡一塞。「給，我家裡就這些了，先收著，回頭多攢些，我再給妳。」

「啊？」林卉還沒反應過來，劉嬸家的媳婦兒跟著笑咪咪把母雞塞給她，她忙推拒。

「怎麼了這是？」

劉嬸喜笑顏開。「我們幾個今兒把肥皂拿去城裡賣掉了，就跟妳說的一樣，賣了好多錢。」她嘿嘿笑。「不過，那掌櫃的說我們這批的成色不如妳的好，一塊只給了二百六十文。」

林卉了然，笑道：「那也不錯啊，多做幾次，品相好了，價格自然上來了。」

「嘿，我可沒嫌少。」劉嬸樂得合不攏嘴。「就這樣，我已經賺了一兩多了，夠了夠了。」她拍拍林卉的手。「多虧妳了，這些東西不值幾個錢，妳就收著吧。」

林卉搖頭。「說好了教妳們的，哪裡還能再要妳們的東西。」

劉嬸板起臉。「讓妳收著就收著。」下一瞬又繃不住先笑了。「托妳的福，今冬啊，我們幾家都可以過個好年了。別人家怎樣我管不著，我家可沒有這樣的，收著收著，不然這錢我們也用得不安心。」

林卉看看這喜笑顏開的婆媳倆，想了想，道：「那這雞蛋我就收了，母雞養大不容易，還會下蛋，妳們還是帶回去吧。」

「妳這是嫌我這禮輕了？」劉嬸佯怒。「我家裡也沒個貴重的東西，妳這要是不收，我就得回去拿銀子了。」

林卉哭笑不得。「那怎麼至於……」

「就這樣！把雞收了。」劉嬸諄諄善誘。「這雞正是時候，每天都能下蛋，正好給川川補補身子。」

一提下蛋，林卉就猶豫了。她養上一群小雞崽子，不就是圖下蛋和吃肉嗎？這有現成的……

「行了行了，就這樣了。」劉嬸拉過她右手，把安分的母雞往她手裡一塞。「拿好了，我這剛回來還沒做午飯呢，我得回去了。」

把東西扔給她，兩人跟來時一般，風風火火地又走了，林卉喊都喊不住。

罷了，總歸是心意，這般知恩圖報的人家，倒真是沒交錯。

剛回到屋裡，把母雞、雞蛋分別安置好，外頭就有人喊門。

又來？是劉嬸忘了什麼事嗎？林卉再次轉出去。

「卉丫頭啊……」

是跟她學做肥皂的陳大娘，也是跟劉嬸她們一樣的來意。

……

做個午飯的工夫，林卉接連收了三籃雞蛋、四隻母雞、半缸酸菜、一籃黃豆、一隻風乾鴨。

林卉哭笑不得，卻又忍不住美滋滋。

這落後的時代有諸多不便，還有各種人心險惡，好人卻依然占大多數。比之現代利益先行的社交關係，她更喜歡這種人情社會。

在她接二連三接待客人的時候，林川已經從外頭回來了，自動自發淘米蒸飯，還去菜畦裡摘了菜洗好，就等她下鍋了。

有蛋有肉有酸菜，能做的太多了。估摸著熊浩初還需要點時間，林卉捋起袖子，開始幹活。

酸菜燉肉、酸菜炒雞蛋，再燙一盤青菜，午飯就做好了。

結果，她還沒收拾完，熊浩初就揹著個空籮筐回來了。

林卉死魚眼盯著他。這傢伙，還真是把肉往人家裡一扔就跑嗎？

熊浩初咳了咳，解釋道：「該說的我都說了。」當然，別人說不說話、說幾句話，他可管不了。

林卉。「……」

廚房裡還縈繞著食物的香氣，熊浩初嗅了嗅，眼睛一亮，道：「我餓了。」

林卉冷盯著他。「……」餓不死你！

臉上忿忿，她還是乖乖把飯菜端出來。

豐盛的晚餐讓三人都吃了個肚圓。

吃完飯，熊浩初一抹嘴，站起來。「那兩個豬頭呢？我趕早拿去縣城賣了。」

林卉略遲疑了片刻，便爽快地把東西拿出來給他，還幫他裝好一囊袋的白開水，完了開始給他列單子。

「……花椒、八角、丁香、茴香、陳皮，每樣三兩。知道在哪兒買嗎？」

熊浩初皺眉。「妳要這些作甚？」這些不是藥材嗎？

林卉理所當然。「滷肉啊。咱家這麼多豬下水，還有豬蹄，不滷起來怎麼放得住？」頓了頓，連忙又道：「對了，還得買個陶罐，這滷味泡在滷汁裡能放很久。」

熊浩初眼底閃過抹疑慮。她如何知道滷味配方？

「哎呀！我差點忘了。」林卉一拍腦袋，鑽進房裡，片刻後又出來，塞給他三兩銀子。「家裡的油也不多了，再打點回來。哦對了，再買幾疋布，我得開始給你們做厚衣服了。等變天再做可就來不及了。再說，壯勞力出門，不帶白不帶，多帶點她就省得跑一趟了。

說完一堆東西，林卉有些心虛地看了他一眼，道：「先拿著這些銀子，不夠你貼上，回頭我多掙點再給你。」

熊浩初。「……」

「別的都好說，香料可別給我漏了啊！」林卉威脅道：「要是漏了哪味香料，導致我的豬下水壞掉了或者味道不好，我把你煮了！」

熊浩初。「……」

說好的擔心他呢？

合著他還不如那些豬下水重要？

千叮囑萬叮囑，擔心不已的林卉長吁短嘆地回到後院，開始給那些肉抹鹽脫水。天氣還有些熱，臘肉估計有點難，還是得熏製。

熏肉要用的柴枝得現砍，她帶著林川到村子邊上的松林砍柴枝。

許是看她動作慢，同在砍柴的叔伯幫了不少忙，兩姐弟只是拉柴回家費了點功夫。

然後是搭架子、切豬肉、燒火熏製。待林川上手後，林卉便將看火的工作交給他，自己接著忙別的。滷豬下水要用許多薑蒜蔥，家裡那點肯定不夠，想到今天熊浩初給送了肉，她乾脆厚著臉皮去別人家要。

結果一個空籃子出去，滿籃子回來，手裡還拖了不少別的東西，全是各家送的，這個說「以前誤會熊小哥了」、那個說「熊小哥是實在人」等等，可見熊浩初送的豬肉起效果了。

回到家，林川還坐在上風處燒火熏肉，看到她立馬叫喚：「姐，快來看看熏肉夠不夠乾。」他熏好久了。

林卉放下東西過去，捏了捏看了看，道：「中間這幾塊可以了。」拿起刀將其取下。

林川抹了把汗，小大人般長嘆了口氣。「終於啊……」

林卉登時失笑。「累了？」

林川搖頭，又抹了把汗。「只是好熱。」

大熱天燒火確實不容易。林卉安撫他。「辛苦你了，回頭給你做好吃的。」

林川立馬挺直腰杆，道：「不用，我是咱家以後的頂梁柱，這點累算什麼！」

林卉失笑。「是是是，川川最棒了。」

說笑間，她已經把熏好的豬肉取下，重新換了幾塊。

再然後，她便搬了張小馬紮坐在廚房門口，邊處理薑蔥蒜，邊跟弟弟聊天，也好看著他燒火。

肉香、濃煙、四處啄食的小雞，還有籠在煙火後閒聊幹活的姐弟，是尋常百姓家的煙火氣……踏進院子的熊浩初忍不住愣怔。

林川添了根柴，一扭頭，驚喜道：「熊大哥你回來啦！」

林卉聞聲抬頭，對上男人的視線，綻出笑容。「回來啦！」

熊浩初依然有些恍神。

林卉惦記著滷水配料，擦了擦手邊迎上去。「東西買齊了嗎？」

熊浩初回神，先朝林川點點頭，再轉回來，取下背上的籮筐。「妳點點看。」

林卉湊過去。「布、油，不錯，你還記得買點鹽——哎我要的香料呢？」

熊浩初拿開布疋，露出最底下的布包。

林卉忙接過來打開。「八角、丁香……齊活了！」她鬆了口氣，讚賞般看向熊浩初。「記性不錯。」

熊浩初沒接話，只掏出一錠銀子遞給她。「我把妳這滷味方子賣給朋友了，這是定金，要是滷出來的成品味兒不錯，他會再給妳補一筆。」

林卉目瞪口呆。「定、定金？」這足有十兩了吧？怎麼回事？

熊浩初點頭。「嗯，因為他沒嚐過味兒，不肯給高價。」想了想，又道：「抱歉，我未經——」

林卉一把搶過銀錠。「哈哈哈哈哈，發了發了！」十兩啊！還有尾款啊！

這滷味方子經過那麼多代的流傳和改良，味道肯定不差，尾款妥妥不會少啊！

林卉眉飛色舞地拍拍熊浩初。「賣得好，賣得好啊！」

她腦子裡多的是方子，這豈不是說，她靠方子就能發一大筆橫財了？發了發了！她越想越開心，忍不住摸著銀錠發出「嘿嘿」笑聲。

熊浩初。「……」

林卉可不管他怎麼想，笑完還抓住懵然的林川狠狠親了幾口，然後衝進房間藏銀子，隔著房門，都能聽見屋裡傳來的興奮笑聲，不知道的，還以為是哪裡來的瘋子。

熊浩初跟林川對視一眼，齊齊嘆了口氣。

心情極好的林卉使出渾身解數，做了好幾道菜。

薑蔥拌豬肚、花生豬肺湯、爆炒豬腰豬心、酸菜豬大腸、肉末豆腐，再加一份燙青菜。

只用了小豬的一部分內臟和一點點肉，就裝了幾大盤，擺得桌子滿滿當當的。

豆腐是跟村裡磨豆腐的人家買的，除了做肉末豆腐，剩下的被林卉分成三碗，撒上白糖，權當解暑甜品。

豐盛的晚餐不光讓熊浩初、林川兩人吃得頭也不抬，林卉也吃得很滿足。

飯罷，熊浩初欲言又止地看著林卉。

林卉收拾碗筷呢，見狀隨口問道：「有事？」

「嗯。」熊浩初問她。「我朋友想請妳吃頓飯，妳看方便嗎？」

林卉眨眨眼。「什麼朋友？為啥請我吃飯？」

「多年知交。」熊浩初看著她。「他剛好過來這邊，想見見嫂子。」

嫂子？

林卉的臉唰地一下便紅了。

想到要做客，林卉索性給家裡人都買了身新衣，省得到時出門不好看。

很快便到了約定的日子。

熊浩初帶著他們走進東市。東市這邊連路邊的房子都比西市鮮亮，街上也沒有就地擺賣的攤販，林卉下意識四處打量，抬轎子的家丁、穿著直綴的讀書人、帶著丫鬟的珠釵婦人……

她驚疑不定，拽了拽熊浩初。「大熊……」

熊浩初回頭。「怎麼了？」

林卉咽了口口水，低聲問道：「你朋友約在這條街上？這裡的酒樓會不會很貴啊？」

熊浩初勾唇，道：「無妨，總歸不是我們請客。」

林卉。「……」

熊浩初眼底閃過抹笑意，拉著她繼續前行。

既來之則安之，林卉乾脆也不想了。

很快，他們便到達約定的酒樓。

飛簷斗拱、雕梁畫棟，雖算不上彩飾金妝，也是華麗非常，絕非他們這種尋常百姓吃得起的模樣。

林卉看得說不出話來，看來大熊這位朋友確實闊綽啊。

林川也是第一回上酒樓，跟姐姐一起震驚地看著酒樓。

「嗤！」後頭響起嗤笑聲。「哪來的土包子，這地兒是你們吃得起的嗎？哪來的趕緊回哪去，別擋著爺幾個的道。」

三人循聲回頭，只見幾名身著輕薄羅衫的公子哥兒正搖著摺扇停在他們幾步外，嫌棄的目光猶自在他們衣衫上巡視。

林卉看得心裡不爽快，明明他們仨都換了新衣服，雖只是普通棉布，但也是乾淨整——好吧，確實是髒了點。

從他們村到縣城的東市要走足足半個時辰，一路皆是塵土飛揚的土路，半個時辰下來，他們都變得灰頭土臉了。

林卉還好，她穿的藕荷色衣裙不吃灰，可憐熊浩初的墨藍色褲子都快變成灰色的了，進城後又把林川抱在懷裡，其褲腳上的塵土便全蹭到他衣服上了。

她看了看自個兒三人的衣服，哎呀一聲，急忙讓大熊放下林川。熊浩初彎腰鬆手，林川滋溜一下滑落地面，躲到他身後，林卉沒注意到，林川一下來，她只顧著趕緊給熊浩初拍前胸、袖子。

熊浩初怔了怔，瞬間回神，按住她的手，搖頭。「我來。」

林卉知他性子，沒再多說，轉去拉著弟弟。

這麼一會兒工夫，已足夠那幾名公子哥兒看清林卉的臉。

尋常姑娘穿藕荷色都顯膚色的，林卉的皮膚本就白，穿上這裙子，更是白得剔透，加上五官秀麗、嬌俏丱髮，端的是靈動可人。

幾位公子哥兒也不是那沒見過世面的人，可林卉這麼白皙可人的真真是少見，一時都看呆了。

待林卉拍完衣服起身，就見那幾名公子紛紛朝她露出笑容。

林卉微皺眉。「……」前倨後恭？她心思急轉，朝熊浩初道：「咱們進去吧。」

熊浩初早將對面幾人的神情盡收眼底，他輕飄飄掃過這幾位，壓下眼底冷意，一手拉住林卉，一手兜著林川後腦勺，帶著他們往裡走，餘下幾名年輕人面面相覷。

一名頰上帶面皰的年輕人開口。「就這樣放他們進去？」

旁邊細長眼的哥兒們「啪」地一聲合上摺扇，沒好氣道：「不然怎樣，咱們還能攔著不成？」

幾人中最為白胖的大個子撇嘴。「剛才可是你先開口嫌人土包子擋路來著。」

細長眼嘴硬。「那我也沒說錯，你看他們身上都髒成什麼樣，那塵厚的，打下去都揚起來半天高。」

白胖子無言以對。

「鄉下人就鄉下人唄。」面皰男砸吧了下嘴巴。「不過，那姑娘……可真水靈。」

可不是水靈！細長眼拿摺扇敲敲左手心，喃喃了句。「還是丱髮呢。」

大夥都聽到了，白胖子撞了他一下。「嘿，打什麼主意呢！」

細長眼回神，笑了。「還能打什麼主意，我可不是裘泰寧那傻子。」

前些日子裘家少爺看上一名村姑，帶著媒婆長輩巴巴去求娶，卻鎩羽而歸。任他裘家再怎麼遮遮掩掩，還是被傳了出來。

那裘家都快淪為縣城笑柄了，他可不會犯同樣的錯誤。他嗤笑一聲。「不就是漂亮姑娘嘛，只要捨得花錢……」

眾人立馬噓他。

細長眼敲敲扇子。「好了，都什麼時辰了，哥早上起晚了沒吃早飯，現在正餓著呢。」

面皰男擠眉弄眼。「聽說昨兒你夜宿春杏樓？」

「怎麼著，你要是不怕你爹，你也來啊。」

「算了吧……」

……

另一邊，熊浩初領著林卉姐弟進了酒樓，跑堂小二眼尖，立馬小跑過來招呼。

「熊小哥，幾天沒見，你這是越發英武了啊。」小二竟認得熊浩初，還拍馬屁。

林卉眨眨眼，看向熊浩初。

熊浩初有些尷尬，咳了聲，問：「符三到了嗎？」

「到了到了，正在樓上等著你們呢。」小二笑容可掬，欲要給他引路。

「不用了，我們自己上去，還是老地方？」

「是的是的，還是九里飄香。」小二不著痕跡地掃了眼林卉姐弟，道：「那小的就不招人嫌了，您慢走，看著點台階啊。」

林卉朝他笑笑，然後壓低聲音問熊浩初。「你經常來這兒吃飯？」

「來過幾回。」

林卉瞪大眼睛。「都是你那朋友請客？」

「嗯，他有錢。」覷見她臉上的不贊同，他下意識補了句。「我現在窮。」

林卉白了他一眼，說得好像他以前就不窮似的。「交朋友講究有來有往，哪有你這樣的。」她苦惱不已。「早知道帶點禮物過來。」

熊浩初無奈。「以後再請回去便是了，他不會在意的。」

「誰說的？哥我在意得很！」

清朗聲音突然從上頭傳來，林卉抬頭，對上一雙似笑非笑的桃花眼。

第九章

白淨臉，桃花眼，淡色薄唇，活脫脫那話本裡勾得大家小姐忘規失節的風流書生。

光線一暗，熊浩初直接擋住了她的眼，再把她腦袋扭回來，沈聲道：「看樓梯。」

樓上的俊朗青年嗤笑出聲，林卉有點心虛。

登上樓梯，候在樓梯口的俊朗青年雙手作揖，笑咪咪地朝林卉行了個禮。「嫂子好，我姓符，家中排行第三，妳直接稱我符三。」

被叫嫂子，林卉既尷尬又赧然，下意識看向熊浩初，熊浩初只是朝她點點頭。

臭男人，也不幫她說句話！林卉忿忿，沒法子，只得忍羞蹲身。「三哥好。」完了拍拍林川，林川忙跟著行禮。

符三還沒說話，熊浩初便黑了臉。「林川年紀小便罷了，妳叫他三哥作甚？直接叫符三。」

「……？」林卉一臉茫然。

符三卻是明白人。他戲謔地看著熊浩初。「你這醋勁也太大了吧？」不過是個稱謂而已。

熊浩初「哼」了聲。「那你何必計較。」竟是絲毫不避諱地承認自己吃醋。

林卉簡直無語了，剛只是有些羞赧，這會兒是整個人都快燒起來了。

熊浩初向來跟木頭似的，對誰都是冷冷淡淡，她說什麼他便做什麼，從來不會多說一句多做一點。

想到兩人本就是被拉媒的，也無甚可說，就當搭夥過日子唄。甚至，她還頗為滿意熊浩初的性子——聽話又肯幹，總比什麼亂七八糟的爛人好。

可這段日子的相處，她已經對熊浩初上心了，熊浩初卻依然像根木頭似的，原想著還要一段日子慢慢培養感情……可今天，他、他……他是吃醋了嗎？

林卉心裡忍不住直泛甜意，連符三說了什麼都沒聽見。

熊浩初剛要說話，眼角一掃，登時愣在原地。

只見她螓首娥眉、霞飛雙頰、面若桃花，他下意識伸手，撫上那抹紅霞。

林卉回神，疑惑抬眸，映入一雙幽深如潭的黑眸，潭裡倒映著自己……

「咳咳。」

林卉倏地回神，扭過頭去，摸摸懵懂的林川，藉機掩飾自己的不自在。

熊浩初則視線一轉，冷冷掃向發聲的符三。

符三調侃道：「你們是打算站在這兒聊天嗎？」

林卉微詫。平日裡，大熊光是站那兒，就能把村裡壯漢們壓得跟鵪鶉似的，這符三竟是絲毫不怕他，可見這兩人交情果真不錯。

熊浩初沒理會他的調侃，帶著林卉姐弟往前走。

符三被扔在後面也絲毫不介意，慢悠悠跟在後頭。

這裡是酒樓的第三層，全是雅間。

被熊浩初拉著走的林卉邊走邊打量，只見每間雅間上皆掛著木牌，一路過去，分別是空谷佳人、雪裡嬋娟、水中芙蓉、月下美人、伊洛傳芳……一直到樓下小二口中的「九里飄香」。

已經有小二站在門外等著了，看到他們過來，小二哈腰。「熊爺。」然後麻溜推開房門。「幾位請。」

一行依次入內。

殿後的符三慢悠悠晃進來，一看，登時笑噴。「好你個熊浩初……」

雅間桌子是紅木嵌雲紋石的圓桌，熊浩初居中，坐了主位，左側留了一空位，右側依次是林卉跟林川，怎麼看都像在防他符三。

林卉有些尷尬，忙要起身，熊浩初一把按住她，扭頭看符三，下巴一點，毫不客氣道：「坐。」

符三氣笑了。「你這傢伙要臉不？」竟然搶主位。

熊浩初挑眉。「要臉何用？」

「呿……」符三輕哼一聲，掀開衣襬大馬金刀落座。「既然你坐了主位，那今兒這頓是你的了。」

林卉登時緊張了。

符三還在繼續。「剛才嫂子可說了，你怎麼能總占我便宜？是該請回一頓了。」

熊浩初斜他一眼，解下腰間錢袋，「啪」地一聲扔桌子上。「吶，總共四兩三錢，剩下你墊上。」

符三。「……」

林卉捂臉。

符三咬牙切齒。「你裝——」

「咳咳。」熊浩初打斷他，轉頭安撫林卉。「別理他，他不差這點銀子。」

符三翻了個白眼。

「還有，妳是嫂子，以後叫他符三、老三都行。」

符三撇了撇嘴。

林卉有些猶豫。「這……」

「就這樣。」熊浩初轉頭朝符三介紹。「我媳婦，姓林，我小舅子林川。」

這是正式介紹了。

符三忙拱手朝一大一小虛揖，然後道：「聽說嫂子廚藝好，以後有好吃的請多關照關照離鄉背井的小弟我啊。」

林卉忙道：「三哥見笑了，我只會些家常菜，比不過外頭酒樓店家的大廚……」

這符三一看就非富即貴，一身藍衫比樓下遇見的幾位公子哥兒還要來得華麗，這一身，沒個百八十兩怕是下不來。

這樣的人物，哪裡需要關照，不過是客套罷了。

符三擺擺手。「嫂子妳別謙虛了，我跟浩初相識多年，他是什麼人我瞭解。若非真的好吃，他定然不會這般推崇。」頓了頓，笑道：「前幾日，他還把妳的滷味方子賣我呢。」

林卉赧然。「讓你見笑了……」

「妳那方子著實好，我這邊讓大廚試了幾回，滷出來的肉都比尋常要香。只這實際配比……不知道嫂子方不方便把配比說一下。」

林卉自然無不可。「八角三十克——咳咳。」她急忙住口，藉咳嗽掩飾口誤，然後將克數飛快換算成現在的計量單位。「八角十錢、肉桂五錢……」

符三凝神細聽，然後還讓小二送來紙筆記下，這方子便算交易成功了。

林卉看了眼淡定抿唇的熊浩初，遲疑片刻，道：「我還有一道十三香的方子，比之滷味絲毫不遜色，你要不——」

熊浩初伸手橫在她面前，林卉忙閉上嘴。剛見面就急著賣方子，似乎是不太好——卻聽旁邊的熊浩初道：「這滷味方子你既然試過覺得不差，是不是該付尾款了？」

林卉。「……」

符三。「……」

符三咬牙切齒。「瞧你這摳門樣……少不了你！」掏出錢袋子，隨手從裡頭翻出一張銀票，直接推到林卉面前。「嫂子，我差點忘了這尾款，這是一百兩，妳看夠不夠？」

林卉登時怔住。「這……太多了吧？」同時看向熊浩初，想讓他拿主意。

符三連連擺手。「不多不多，妳不是還有別的方子嗎？妳要覺得多，就一併當定金了。」他搓了搓手，嘿嘿笑道：「我跟浩初那是過命的交情，又有這銀子打底，妳看有什麼方子好的，一併說了唄。」

好好的帥哥，生生整出股猥瑣氣息。林卉暗笑。

未等她開口，熊浩初便接著朝她道：「有什麼方子儘管說，他要是不給錢，我替妳討回來。」

符三翻了個白眼。

話已至此，再推脫就是矯情了，林卉索性爽快地將十三香方子說出來。

符三聽罷，想了想，問：「兩個方子都拿藥入菜，會不會有些不妥？」

「香料入菜，取的就是個味兒，量不多，無甚緊要。如若擔心，可將成品給信任的大夫看看。」

符三一想也是，遂略過不提。

接著，林卉給他介紹香料方子的使用方式，比如五香多用於白案，也即是素菜類，十三香多用於紅案，可以壓腥膻，比如燜菜可以適量加哪幾樣……接著再列舉了數十種能用香料調味的菜品，從硬菜到臘腸、粽子等零碎小食。

符三聽得雙眼放光，手裡毛筆唰唰不停，直至小二敲門上菜，符三才戀戀不捨放下筆。

菜品上齊，幾人便邊吃邊聊，期間符三還掏出一遝銀票交給林卉，權當買林卉所說的配方、菜品。

給的金額太高，把林卉嚇了一大跳，都不敢收了。熊浩初看不過，索性自己拿了，轉手塞進她的錢袋子裡，讓旁觀的符三側目不已。

說完配方，符三的視線落在乖乖坐著的小林川身上，溫聲笑問：「你叫林川是嗎？」

林川看看林卉，點點頭。

符三也沒有不耐，笑咪咪再問：「幾歲啦？」

林川輕聲細語。「我六歲了。」

「識字嗎？」

林川忙搖頭。

林卉接話。「正打算送他去唸書。」頓了頓，她試探性道：「你可知縣城哪兒有好私塾、好先生？不拘學識如何淵博，只要那人品端方不迂腐的。」她擔心林川被一些迂腐的傢伙教成書呆子。

符三看向熊浩初。「你不知道？」

「……」熊浩初面無表情。「你為何以為我能跟讀書人打交道？」

符三撓了撓頭，打了個哈哈。「我以為你能跟……哈哈。」他乾脆問林卉。「只是需要開蒙？」待她點頭，道：「別急，回頭我讓人找找，找著了我讓人給你們傳話。」

「好，多謝。」

「小事一樁。」林卉畢竟是姑娘家，符三不再與她多說，轉回去跟熊浩初聊了起來。

「你真打算……」看了眼林卉，咽下後半句。「你真的看不上那個啊？」

正給林川夾菜的林卉立刻豎起耳朵。

熊浩初的視線滑過她，眼底閃過抹笑意，對上符三的怒瞪，才點頭，道：「我既然回來了，就表明了我的決心。」

符三認命地嘆了口氣。「隨你吧……」話鋒一轉。「你上回要的磚，我已經給你弄回來了，你看什麼時候方便，我讓人給你拉回去。」

林卉心裡一頓，抬頭問他：「是要蓋房子的嗎？」

「嗯，咱們年後成親，這房子也差不多該蓋起來了。」熊浩初轉回去。「這兩天都行，我得趕在農忙前蓋出幾間像樣的屋子。」

符三點頭。「放心。」

接下來兩人的話題又轉到了舊友那邊。

等他們聊完，飯也吃完了，家裡還有一堆活兒，熊浩初便跟符三告辭，符三順勢送他們出來。

「……明兒我得去琛州，改天得空了我再去你們那兒瞅——」

他們還正聊著，前頭突然響起一道聲音：「諸位，請留步。」

走在最前頭的熊浩初停下腳步，走在他側後方的林卉探頭望去，擋在前邊的，可不就是樓下遇見的幾名公子哥兒？

熊浩初把她往身後推，沈聲問道：「何事？」

帶頭的細長眼雙手握著摺扇，朝他作了個揖。「適才在門口似乎與幾位起了點誤會……我先給幾位賠個不是。」

後面幾人也紛紛上前作揖，一個個謙如君子，與剛才在門口的模樣大相徑庭，林卉大為詫異。

只聽熊浩初答道：「不過一面之緣，何談不是？」伸手示意他們讓行。「請。」

廊道窄，僅容三人並肩而行。這些人若是不讓，雙方勢必得錯身交會，他身後可是林卉，自然不放心。

對方領頭的細長眼開口了。「相逢即是有緣，大兄弟若是依然對我們有介懷，不如賞個臉，讓我們做東道主，一起移步——」

「不必了。」符三直接打斷他。

細長眼的目光順勢落在他身上，下一瞬瞳孔一縮——這人身上衣物的料子……他定了定神，拱手行禮，謹慎地道：「在下羅元德，敢問兄台貴姓大名？」

符三沒回答他，問熊浩初：「認識？」

熊浩初搖頭。

符三這才轉回來。「既然不認識，羅公子攔著我們所為何事？」

細長眼、也即是羅元德在他扭頭過去的時候，只順勢放下手，面上笑容絲毫不改，只安靜地候在原地。等符三問了，他才溫聲細語地問了句。「兄台應當不是本縣人士吧？」

符三挑眉。「不是又如何？」

白胖子插嘴。「若是本地人，豈會不知元德兄乃是知縣長子。」

知縣？竟然是知縣長子！林卉大驚。

符三「哦」了聲，敷衍了句。「倒是我們走眼了。」然後再次把話題拽回去。「不知羅公子攔下我們有何貴幹？」對面前的縣官之子竟是絲毫沒有抬舉之意。

林卉眼角一跳。

反倒那羅元德態度依舊溫和有禮。只聽他道：「無事，不過是在樓下遇著這位兄台時發生了些小誤會，想藉個機會賠個不是罷了，若是——」

熊浩初打斷他。「不需要。」

羅元德啞口。

符三微笑，詢問地看著他。「那……？」不管神態、語言，都透露著要他們麻溜滾開的意味，林卉聽得心驚肉跳。

羅元德的臉有點僵，他靜默片刻，道：「看來幾位還有其他安排，那我們也不勉強了。他日若有機會，諸位定要給個機會，讓在下好好做個東道主。」

符三點頭，敷衍道：「一定。」

羅元德手指動了動，壓著性子拱了拱手，轉身招呼其他人。「走吧。」

白胖子幾人以他馬首是瞻，雖面有不愉，也隨之離開。

待他們退回水中芙蓉的包間，符三率先抬腳，領著他們一行穿過迴廊，向樓梯走去。

熊浩初將林卉讓到外側，自己擋住包間裡的探究視線，帶著人越過水中芙蓉，慢慢走下樓。

聽著腳步聲到了一樓，羅元德方走出包間，伸手扶上迴廊欄杆，沈著臉俯視下面。

跟在後頭的白胖子探頭一看，藕荷色裙角一閃而過，適才那幾人已經離開視線，他「啪」地一聲打開摺扇，搖了兩下，問：「你就這樣放他們走？這可不像你性格。」

面飽男也跟著問：「元德，你是不是認識剛才那人？」

「我若是認識倒好。」羅元德陰著臉。「那人身上穿的紵絲衫、輕容紗，尋常人家買都買不到，我也就月前見沙二公子穿過。」

「沙二公子？」面飽男倒吸了口冷氣。「你是指，知府家二公子？」

羅元德點頭。

白胖子面色跟著凝重起來。「若是如此，此人非富即貴，萬不可輕易招惹。」

羅元德瞇眼。「得讓人去查一下，看看那位究竟是何方人物。」

面飽男不解。「為何還去查他，不怕招惹麻煩嗎？咱們應該查的是那兩個土包子吧？」

無須羅元德解釋，白胖子瞪他。「你傻了嗎？不查清楚那位的來路，再搞清楚他跟那兩個土包子是什麼交情，你敢動手嗎？」

面飽男頓悟，嘿嘿笑起來。「還是你們想得周到。」

「走吧。」

辭別了符三，熊浩初一行跑到市集採買了些日常所需便往家裡去。

期間林卉一直心事重重，等到出了城，路上人少了，才拽了拽熊浩初衣襬，問他：「那符三究竟是什麼人？為什麼他對上知縣公子像是一點兒也不害怕不緊張？」頓了頓，她又道：「還有你，你是不是瞞了我什麼？」

熊浩初遲疑。

林卉瞪他。「為什麼不說話？」

熊浩初輕輕嘆了口氣，道：「最近我或許會有點小麻煩，身分……我暫且保密，待麻煩解決了，我再全部告訴妳。」

林卉無語。「我又不會洩漏你的事。」

熊浩初顧左右而言他。「妳如此聰慧，定能猜出結果。」

林卉瞇眼。「別不是不敢說吧？」這般遮遮掩掩，不是做了對不起她的事情，就是有什麼見不得光的地方。她哼道：「是男人就乾脆點，這兒又沒外人！」

熊浩初輕咳一聲，看了眼好奇地看著他們的林川，俯身湊到她耳邊，低語道：「妳若是成了內人，我就不用擔心，立馬告訴妳。」

炙熱氣息拂在耳朵尖上，燙得林卉臉紅心跳。

犯規！哪有這樣說話的?!林卉頂著燒紅的臉拍開他的蹄子。「什麼內人外人——」

內人外人？電光石火之間，她陡然想到一個可能性，登時怒道：「好你個熊浩初，你是不是在外頭招惹了什麼風流債？」

熊浩初一愣。「……」媳婦兒太聰慧，也是麻煩。他輕咳一聲，避而不談。「回去再說吧，妳嚇著林川了。」

那就是了！林卉磨牙。「那你還找主簿里正尋什麼媳婦？」

熊浩初無奈。「這是兩回事。」

「就是一回事——」唇上一熱，林卉驀然收聲。

熊浩初站直身體，同時放下掩在林川眼皮上的大掌，含笑看她。「這真的是兩回事。」

脹紅了臉的林卉霎時說不出話來。「……」

好吧，他說兩回事就兩回事吧！不就是個身分嘛，人都是她的，早晚將他的秘密扒出來！

回到梨山村，熊浩初去找里正商量請人蓋房子的事，林卉帶著林川先行回家。

打包回來的米飯交給林川去餵小雞、小狗，林卉鑽進廚房開始處理豬下水、雞鴨頭腳。

今天出門一趟，比她預期的收穫多了很多很多，如今她是手裡有錢心不慌了。雖然不知道熊浩初是何身分、隱瞞了她什麼，只要人還是那個人，她也沒什麼好計較的——在他一無所有的時候，自己尚且敢賭上一把，現在對其瞭解更深，沒道理還躊躇不前。

尤其是現在，他倆也算是……漸入佳境了吧？想到下晌那蜻蜓點水般的輕觸……兩輩子都是單身狗的林卉忍不住面紅耳赤，心虛地瞅了眼廚房外頭。

所幸外頭只有林川對著小雞、小狗碎碎念的動靜，讓她微鬆了口氣，唇角卻不受控制地往上翹——那頭熊是終於開竅了嗎？

哼，別以為她不知道，剛開始的時候，這傢伙也是防著自己呢。

她在裡邊幹活邊胡思亂想，另一頭，熊浩初進了鄭里正家便直奔主題。

「這個時候蓋房子？」鄭里正不甚贊同。「九月就得秋收，現在都快八月，一個月多點的時間，如何來得及？況且，這會兒田裡正是緊要的時候，一年到頭就靠這點糧食過日子，誰敢捨了田糧幫你蓋房子？」

「我知道。」熊浩初點頭。「可是自己要住的房子，我也不想隨便應付。」

「那你的意思是？」

「我不需要幫忙，我可以花錢，每天只要二十人，每人六文錢，從未時正到酉時正，每天只做兩個時辰，一個月，應該能蓋出幾間像樣的屋子。」

饒是鄭里正見多識廣，也是嚇了一跳。「二十個人，每人每天六文錢？」他合計了一番，震驚道：「你要花三兩多的銀子請人蓋房子？」

熊浩初點頭。「只是估算，若是不夠，可以再加。」頓了頓，他又補充。「我家沒人做飯，只給工錢不提供膳食。」

還吃啥，誰還嫌銅板硌手了？鄭里正瞪著他半晌，想到他那份京城開出來的路引，抹了把臉，不再勸，道：「你那屋子確實住得不像樣……你若是銀錢足夠，這也是個法子。」

以往鄉村蓋房子，大都是親朋好友幫忙，被幫的人家也通常會提供一頓飯，沒啥好油水，卻也能填飽肚子，讓大夥省些錢糧過冬。熊浩初若是真給付工錢，怕是村裡都會搶破頭——

鄭里正一咯噔，忙又問：「你打算找誰幫忙？」

熊浩初看著他。「我跟村民不熟悉，這件事需要拜託您。」然後，他補充道：「只要那踏實肯幹的，若是有偷奸耍滑的……我也不會客氣。」

得！怪不得來找他，這是讓他挑人來著，鄭里正沒好氣。「就知道你小子過來準沒好事。」挑中了自是好說，那沒被挑中的，怕是得怨他了。

熊浩初搖頭。「你知道，我是真不認識幾個人。」他神情輕鬆。「你儘管把緣由丟到我頭上。」有那敢上門問話的，他說不定還高看兩眼。

鄭里正眨眨眼，彷彿才想起熊浩初是誰，頓時鬆了口氣，又問：「那，工錢怎麼結？」

「十日一結。」

「成。那這事就交給我吧。你打算什麼時候開工？怎麼蓋？要蓋成什麼樣子的，有想法了嗎？」

熊浩初點頭。「我打算蓋個院子，青磚已經託人採買好，明兒就送過來。你這邊什麼時候確定人選，什麼時候就能開工。」

院子！鄭里正咋舌。「你這是打算往大了整啊。」

熊浩初難得露出幾分笑意。「以後要住的，自然不能差了。」

這話在理，鄭里正自然無話可說。人家有錢，管人家房子怎麼蓋呢。

說完正事，熊浩初便不再逗留，起身離開了。

邱氏抓著抹布湊過來，往大門張望兩眼，確認他已經走遠，扭頭朝自家相公打探。「熊小哥要蓋房子了？」

鄭里正點點頭。「聽語氣，還要往大了蓋。」

邱氏欽羨不已。「看來這些年，熊小哥在外頭掙了不少。」

「有啥好羨慕的？」鄭里正不以為然。「那也是人家拿命換來的。」

「也是。」邱氏也不糾結，轉而感慨。「這麼說，卉丫頭倒是結了門好親，以後嫁過去可就是享福了。」

鄭里正輕嗤。「那也是卉丫頭該得的。熊小哥剛回來那會兒，問了多少人家，一個個的不是嫌人沒田沒地，就是嫌人住茅草屋。」還有嫌人凶煞、嫌晦氣的，這些他都不想說了。

「卉丫頭那不是也難嘛，她要是有得選，指不定就不答應了。」

「怎麼沒得選了？」鄭里正皺眉。「不說別的，周邊幾個村妳見過誰比卉丫頭水靈的？她若是狠得下心，什麼樣的人家找不著？再說，人家卉丫頭不也把日子過得紅紅火火的。」

「欸，我不過是感慨幾句，你衝我發什麼火！」

……

滷好豬下水的林卉開始準備晚飯。

中午才吃過豐盛的，晚上她就想著清淡點。舀了點滷汁做湯頭，加上兩個雞蛋和青菜，簡單煮了一鍋麵疙瘩，晚餐就做好了。

雖然簡單，熊浩初依然賞臉地把麵疙瘩給一掃而空，然後坐到廚房門口修補林家一張有些鬆垮的板凳。

在廚房裡洗碗的林卉絮絮叨叨地跟他說著些日常瑣事，小林川蹲在不遠處逗著兩隻小奶狗，日子平常又自然，彷彿他們已經這般演練過無數遍似的。

熊浩初突然怔住。沒記錯的話，這一切，似乎是從林卉大哭到昏睡的那天開始的……打那天開始，只要天色還早，林卉就會要他留下來做些不輕不重不急的小活，順便話家常……

他下意識回頭看廚房。

「……那樣蒸出來的腸粉挺爽口的，要不，咱們明天試試？」廚房裡的人兒洗完碗，正拿著抹布到處擦擦抹抹，問了許久沒聽到回覆，她扭頭望過來，不解道：「怎麼了？你不喜歡這樣吃？」

熊浩初驀然回神，搖頭又點頭。「不，妳做主就好，我不挑。」轉回去繼續幹活。

林卉眨眨眼。「哦。」掃視一周，確認廚房已經差不多了，把抹布洗了洗，晾起來，走出廚房，拿肥皂洗乾淨手，甩著手坐到熊浩初身邊看他幹活。

熊浩初正削著塊木棍，打算給板凳換個新凳腳。

他力氣大，削起木頭唰唰唰的，絲毫不見停頓，林卉早就習慣了他幹活的速度，腦袋往曲起的膝蓋上一搭，她側過頭，笑吟吟地看著他幹活。

熊浩初看了她一眼，又看一眼。

林卉笑了。「看我幹麼？」

笑靨如花當如是。熊浩初忍不住停下活，伸手過去，在她唇畔的小梨渦上戳了戳。

「呀！」林卉低呼，嫌棄不已。「看你手黑的，還敢碰我！」

熊浩初莞爾，沒說話，撿起匕首繼續幹活。

木頭人……林卉皺了皺鼻子，視線在他因為修板凳而沾上一層灰的手指，想了想，起身離開。不過片刻，又轉回來，手裡拿著兩塊茜紅色的香肥皂，還沒乾透，顏色漂亮得很。這是上回用野豬油做的肥皂，她現在有錢了，索性也不賣了，留下來自己用，這兩塊她是要給熊浩初的。

聽說要給他這個，熊浩初面上顯出幾分嫌棄。「我不是姑娘家，不用。」

這一次的肥皂，林卉不光在裡頭加了香油跟胭脂，還特地拿炭筆描了花，讓熊浩初雕出模蓋，在肥皂的一面壓出花紋，看起來更精美些。本來是打著多賣幾個錢的主意，不想倒惹了熊浩初嫌棄。

林卉無語。「都只是用於潔淨而已，有什麼關係。」

熊浩初堅決搖頭。「我天天沐浴，用不著。」

「用清水洗跟肥皂洗是兩碼事，你天天下地，不用肥皂洗澡多髒啊，再說，這肥皂都是放在家裡的，誰看得見？不會有人知道你用這個的。」

熊浩初不依。「用不完就拿去賣。」總而言之，別給他。

好吧。林卉見他實在抗拒，妥協道：「也行，我這裡還有兩塊不帶顏色香味的，你帶回去。」也不等他說話，麻溜轉回去，換成舊款肥皂。

泛黃的半透明皂體比那紅彤彤的看起來順眼多了，熊浩初這才勉強點頭。

林卉得逞般笑了。「就知道你會這樣。」所以她才先扔出帶色帶香的肥皂。

熊浩初。「……」

林卉瞅了他兩眼，斟酌片刻，又道：「你每天都是沐浴後才過來吃晚飯，以後把衣服帶過來吧。」

熊浩初疑惑地看她。

林卉理所當然道：「拿過來，我幫你洗。」

熊浩初皺眉。「不用。」

「讓你拿來就拿來。」林卉揪住他衣襬開線的地方。「你看看你，這身衣服才上身幾次，怎麼就破成這樣？你平時不是洗衣服，是在撕衣服吧？」

熊浩初有點尷尬，輕咳一聲。「我下回洗的時候力道小點……」

「讓你帶過來便帶過來。」林卉輕捶他肩膀。「你若是不拿來，飯也別來吃了。」

熊浩初。「……」

見他無言以對，林卉抿嘴偷笑，又怕他嘰歪，忙把話題轉到蓋房子的事上。

……

第二天，熊家要花錢請人蓋房子的消息一經鄭里正的口傳出去，村裡登時一片譁然。合著這熊浩初不是一無所有的窮光蛋？

大夥正驚疑不定呢，縣城方向就來了一隊騾車，車上全是碼得整整齊齊的青磚。而這些青磚，全被運到村西頭只有一間茅草屋的熊家。

這下所有人都知道，這熊浩初……是個不顯山不露水的富戶啊！

那幾戶因有適齡閨女而被鄭里正打探過風聲的人家登時捶胸頓足，懊惱不已。

此時，熊浩初領著名穿褐色布裙的婦人進了林卉家。

那名婦人一見著林卉，屈了屈身，抱著行李停在院門處，熊浩初也沒管她，逕自走到正在掃地的林卉跟前，簡單把事情說了遍。

「住我這兒？」林卉詫異，看了眼那名斂眉垂目的婦人。「這位嬸子嗎？」

「嗯。」熊浩初招呼那名婦人過來，邊解釋道：「她姓田，她男人姓王。」

那名婦人聞言上前，屈膝行禮。「林姑娘，小人姓田，林姑娘若是不嫌棄，可以叫上一句田嬸。」

「呃……田嬸妳好啊！」林卉乾笑一聲。「妳先四處看看，我跟他說幾句話。」不等她接話，拽住熊浩初的袖子就進了堂屋。

「怎麼回事？」她壓低聲音問道。

「我託符三給我找了幾名工匠來，這婦人是其中一名的婆娘，我順道一起請過來，好給他們幾個做飯。」

懂了。「那待會我把川川的東西挪到我房裡，空——」

熊浩初皺眉。「不用，林川長大了，跟妳同屋不合適。」他下巴一點。「在雜物間騰張床板就夠了。」

林川才六歲！林卉白了他一眼，不贊同道：「好歹是符三請的人呢，讓人睡雜物間不太好吧。再說，只是這段日子而已，讓川川跟我擠一擠有什麼關係？」

熊浩初搖頭。「不是，要住到年後。」

「啊？」林卉懵了。「怎麼住這麼久？不是說來給工匠們做飯的嗎？房子要蓋到年後？」

「做飯只是其中一點。還要考慮到妳平日只有一個人在家，若是遇到什麼事情，多個人多把手，反正都是要住的，我跟符三說了，就讓這婦人幫忙到年後。」

而年後，他們就該成親了。

林卉張了張嘴，小聲道：「我哪裡一個人在家，我這不是養了小狗嘛，幹麼浪費這個錢。」眉眼卻忍不住彎了起來。

熊浩初想到那兩隻小奶狗，道：「太小了。」

林卉嘟囔。「往日也不見你嫌小，再說，這麼多天我不也住過來了。」

熊浩初莞爾，抬手碰碰她粉撲撲的臉頰，解釋了句。「最近事情多，還是注意點好。」然後又補充。「還有，這段日子她的工錢由我付，有什麼活妳儘管吩咐她做。」

「嗯。」林卉抿著唇笑，瞅了眼院外候著的田嬸……她想了想，抓住他袖子，把他拽進裡屋。

熊浩初疑惑地跟過去。「怎麼——」溫香軟玉撲了個滿懷，把他的話堵了回去。

林卉也是突如其來的想抱抱他，很快便撒手。她退開半步，笑吟吟地看著他。「這是謝謝你的。」

熊浩初眉眼柔和下來。「真想謝我？」

林卉眨眨眼。

高大身影壓下來——溫熱氣息在唇上一觸即走，男人低沈的嗓音在她耳側響起。「這樣才夠。」

林卉有些羞，聽了這話，忍不住朝他胸膛拍了下，壓著嗓音斥道：「你嚇著我了！」

熊浩初低笑。「嗯，下次我提前跟妳說。」

林卉。「……」

誰說他是木頭來著？

話說回來，她這是第一回聽見這男人笑，男人的嗓音渾厚而低沈，笑起來帶著股說不出的性感。林卉聽得耳根發熱，抬眸打量他。

熊浩初長得不差，甚至說得上帥氣，那陽剛硬朗的五官平日裡太過冷肅、凜冽，旁人不大敢直視。林卉倒是不怕，卻也沒機會好好細看。

這會兒他臉上帶著淺笑，配著那雙深眸，竟生出幾分鐵漢柔情之感。

林卉忍不住抬手撫了撫他含笑的唇角，輕聲道：「你應該多笑，笑起來好看。」多笑，別人也就不會這麼怕他了。

熊浩初抓住她的手，拉到前邊親了口，問：「喜歡？」

「嗯。」帶著羞澀，林卉直言不諱。

熊浩初定定地看著她半晌，低頭——

林卉連忙躲開，嘟囔地道：「咱們進來好久了，別讓人等……」滋溜一下，從他身側躲了出去。

熊浩初啞然，直起腰，跟上去。

茅草屋那邊還有一堆事，熊浩初只停留了片刻，拎上林卉給他裝滿涼白開水的水囊就準備離開，林卉一路跟到門口。「……田裡活計已經夠累了，既然都請了人幫工，你就別動手了，站邊上盯著就成，知道嗎？」絮絮叨叨了一堆，最後又補了句這個。

「嗯。」熊浩初沒有絲毫不耐，走到門口，朝她道：「別送了，回去吧。」

「真不用我過去幫忙嗎？」林卉猶自擔心。

熊浩初不贊同。「那邊都是漢子，沒事妳就別過去了。」

「那不是有你在——好吧好吧。」林卉投降。「我就在家裡待著。」

熊浩初這才緩下神情，摸摸她腦袋，走了。

林卉關上門，走進堂屋，找田嬸一起去整理雜物間。

熊浩初則轉道強子家——上回幫著打野豬的周強。他家裡有空屋，他得租房子安置匠人。

忙完這些，熊浩初才回到自家茅草屋，遠遠便看到許多村民圍在那幾名勘測地形的匠人身邊，他以為是來看熱鬧的，便沒管，過了會兒周強也過來了，湊到那夥人身邊。

他才剛從周強家裡出來……怎麼回事？

他乾脆走過去，先問周強。「怎麼過來了？」

周強笑道：「明兒就要開始幹活，我們先過來看看有什麼要幫忙的。」

眾人紛紛點頭，熊浩初有些怔住。

一名黝黑的漢子看了眼熊浩初，緊張地搓了搓手。「那個，熊小哥，我沒蓋過房子，就有把子力氣，你別嫌棄。」

「無妨。」熊浩初指了指自己身後的中年工匠。「這幾位都是有經驗的師傅，大家聽他們安排就行。」

大夥頓時鬆了口氣。他們以往蓋房子都是磚石和土坯居多，用青磚蓋房子還是第一回，大夥心裡都提著根弦，生怕搞砸了被趕走，如今聽說有師傅領著，自然鬆了口氣。

熊浩初面冷，加上大夥跟他不熟，草草說上幾句，場面一時就冷了下來，有位漢子看看左右，乾脆湊到幾名工匠身邊說道：「師傅，反正我們現在也是閒著，你們先跟我們講講要做什麼唄？」

「對對對，先給我們講講，要準備些啥我們可以先準備起來，省得明兒才弄耽誤工夫。」

「正是正是，明兒得算工錢的呢，別耽誤工夫了。」

一群漢子嘩啦啦湊過去，瞬間把幾名工匠淹沒了，倒把正主熊浩初給扔了下來。

他看著這些老實巴交、恨不得多給他幹點活的村漢子，怔了片刻，啞然失笑。

他那座茅草木屋連帶周邊一大片土地，全被他買了下來。

他剛回村時確實引起了不小的騷動，加上當時鄭里正對他不甚瞭解，一聽說他要大塊的地，就小心翼翼地建議他住偏一些，清靜些也容易圈住大塊地。

正合了他意。在村裡晃了一圈後，他就擇定這塊靠近矮坡的荒地，一是遠著村裡住戶，一是靠著山，方便他進山打獵。

鄭里正不是那嘴碎的人，只猜測他家底不錯，後來給他說親的人家都是村裡不錯的人家，不光家裡殷實些，姑娘也長得端正。

後來的結果，大夥也知道了。

總歸呢，熊浩初現在是無比慶幸——要不是那些人瞎了眼，他還找不著這麼滿意的媳婦兒呢。

熊浩初挑的這塊地雖說靠近山坡，離山坡還是隔著老大一段距離，坡下那片夾雜著灌木的低窪地，正是林卉之前抓蟾蜍的地方。

看到那片窪地，熊浩初彷彿又看到當初那個撲騰蟾蜍而略顯狼狽的小丫頭，渾身氣息柔和不少。

他自己是毫無所覺，旁人看來，卻是分外明顯，連那幾名剛來的工匠都察覺到幾分。只見他們交頭接耳一番，其中一名瘦高個的中年人走出來，行至熊浩初身後，朝他恭敬拱手。

「熊爺。」

熊浩初回身，掃了眼不遠處張望的眾人一眼，問：「何事？」

這名工匠姓王，是借住林卉家的田氏的男人，也是這次蓋房子的工頭。他恭敬地把事情敘述了一遍，簡而言之，就是鄭里正給他招來的這些人，急著要幫忙——不要錢，今天純搭把手的那種。

熊浩初心裡好笑，這是覺得他給的工錢高了，拿著燙手？他看看天色，約莫快到申時末了，他們再幹也做不了多久，遂點頭。

王匠人朝他們比劃了下，那群人登時喜笑顏開，嘩啦一下四散開來。不等熊浩初問，王匠人就細心解釋。「他們回去拿鋤頭。」

熊浩初明白，這地方都是草，還夾雜著石塊，要蓋房子得先把地面給整平了，鋤頭是必要工具。

果不其然，不過半盞茶工夫，那些散開的漢子們一個個扛著鋤頭飛奔而來，也不用吩咐，隨便在茅屋後的草坪上找個位置站定，彎腰就開始鋤，石頭得挖起來搬走，草根也得連根帶土鋤起來，若是留了草籽，日後院子裡指不定得拱滿雜草，那可得愁死。

一群漢子在那兒幹得熱火朝天，熊浩初則站在邊上聽匠人講新房的佈局，拿出了一卷圖紙，鋪開，仔細講著門前石獅、蕭牆照壁、幾進院落、還有迴廊小亭……

熊浩初登時皺眉。「這是符三給你們的？」

王匠人瞅著不對，忙問：「是的，可是有什麼不妥？」

大大的不妥，在鄉下地方蓋這花裡胡哨的屋子幹麼？他領著幾名工匠直奔林家找林卉。

「圖紙？」林卉瞅了眼那幾名頭也不敢抬的中年人，接過圖紙攤開一看，她眨眨眼，抬頭看熊浩初。「你是打算蓋個園子？」

「不是我。」熊浩初有點尷尬。「這是符三讓人繪製的。」

「然後？」

「我對房子不太瞭解，之前拜託他找個匠人給我整出圖紙，我好讓人依樣畫葫蘆，誰知道他給我整了個這麼……花哨的玩意。」

可不是花哨……林卉無語極了。「你之前沒看過嗎？」

熊浩初摸摸鼻子。「嗯，我想著他比較懂……」然後問她。「妳有沒有想法？沒有的話，我讓他再找人改改吧。」

「自己住的屋子，你怎麼能全交給人安排。」她也是服了，吐槽道：「照這圖紙做的話，你那點人和青磚哪夠啊？他這圖紙也是不靠譜。」

熊浩初茫然。「不夠嗎？」

「當然不夠。」

王匠人聽著不對，小心翼翼看了他倆一眼，輕聲插嘴道：「熊爺，還有幾名匠人押著東西在後頭，估計這幾天能到。」

熊浩初和林卉相覷一愣，後者拽住前者袖子，把人帶到一邊，瞇著眼問：「你到底給了符三多少錢，這都成啥樣了啊！」

熊浩初莫名地有些心虛。「不多，也就一千兩——」

「一千——咳咳咳咳！」林卉的驚呼剛出口便想起財不可露白，好險給停住了，只那口氣岔在嗓子眼，差點沒把自己嗆死。

熊浩初的手舉在半空，想拍又不敢拍——這兒好幾個人呢，可不能壞了她名聲。

好在林卉只是略咳了咳，很快就緩過勁來，一緩過勁，她立馬俏眉倒豎，壓著聲音訓斥他。「你錢多燒得慌啊？在這荒山野地蓋個園子你是不是傻？立刻去把那些亂七八糟的東西退回去，把錢拿回來！」

熊浩初難得顯出幾分氣弱模樣，他乾咳一聲。「我沒想到……符三不在，我改明兒去——」

「還明兒？他不在不能找他鋪子裡的人嗎？」林卉大怒，一手插腰一手往大門外一指。「現在、馬上、立刻去！」

一千兩銀子，指不定有八百兩都要花在那些亂七八糟的地方，還明兒……明兒東西就全都被送過來了！再說，以他的腳程去縣城來回也就一個時辰的事，有什麼好拖時間的？

她這一聲不可謂不大，站在另一邊候著的幾名工匠縮了縮脖子，連在雜物間打掃的田嬸都跟著探頭張望。

熊浩初有點尷尬，又彷彿有點新奇，甚至還被面前這位杏眼圓睜、兩頰生霞，生氣勃勃的小未婚妻勾住魂兒，忘了說話。這下可把林卉氣得不輕，她怒斥。「熊浩初！」

熊浩初驀然回神，摸了摸鼻子。「咳，那我走了。」說完立馬腳底抹油，還不忘把幾名工匠和惹事的圖紙帶走。

林卉氣呼呼拍上院門，踩著重重的腳步回堂屋。

她算是知道了，熊浩初這塊木頭，除了力氣大點、箭法厲害點，啥都不行！怪不得窮得連衣服都沒錢買，怕是身上有點錢就被揮霍乾淨了吧？

一千兩……尋常人家蓋個房子不過幾十兩的事，他就算全用上青磚，也不至於花上一千兩啊，真是敗家子！氣得她都肝疼了。

話又說回來，普通的兵，要怎麼攢才能攢到一千兩、甚至更多？

林卉瞇了瞇眼。

當兵、又有錢……難道……是個將軍？

林卉正發呆呢，田嬸有些侷促地過來說，要去熊家那邊做飯，就是材料不知道上哪兒買。

買？林卉皺眉。「熊大哥怎麼說？」

田嬸偷看她一眼，小心道：「熊爺只說聽您的。」

聽她的？林卉想了想，道：「那便不需要買，家裡的米和菜暫時夠用，回頭不夠的話再買。」

「哎，哎。」田嬸連連點頭，笑道：「熊爺也是這般說的。」

好傢伙，敢情是早早打定主意帶人過來吃她家的？給錢了嗎？林卉暗自咬牙，面上卻維持風輕雲淡。她不著痕跡地打量了眼面前婦人，接著道：「不知道你們以往吃用如何，在我們這鄉下地方，飯菜是管飽，葷腥卻是少見，你們若是有什麼要求，早日提出來比較好。」

瞧熊浩初乾脆俐落將人扔過來的模樣，就知道這傢伙鐵定想不到這些，她得先打個預防針，先小人後君子。

那田嬸似乎並不介意她的直白，反而放鬆了些。「林姑娘想多了，我們不過是些走街串巷的低等匠人，能管飽就不錯了，哪裡還敢挑三揀四的。」

那就行。林卉心裡也鬆了口氣，她放下手裡針線，起身。「不過，你們今兒第一天過來，咱們可以加點菜，吃得豐盛些，權當給你們接風了。」

田嬸微有些驚愕。林卉示意她跟上，抬腳往廚房走去。「妳剛才說，大、咳、熊大哥讓妳在那邊做飯，不在我這邊做了送過去嗎？」

「哎，熊爺說這兒的灶台您要用，我在這兒做飯會耽誤您。他那邊有灶台，我們自個兒也帶了鍋碗瓢盆的，回頭我只需要帶上材料，過去就能開伙，也省事。」

林卉聽罷點點頭。「妳有成算就行。」連鍋碗瓢盆都自備了，看來是慣常這樣了。

說話間兩人一前一後進了廚房，林卉走到房樑下，那兒用麻繩繫著三個大籃子，裡頭裝著她燻好的臘肉。

「現在那邊什麼都沒準備，今天的晚膳就在這兒做吧。」她踮起腳跟，探手掏了塊肉，轉身遞給田嬸。「拿去洗洗，待會幫忙蒸上。」

田嬸看著那塊比她胳膊還長、巴掌還寬的臘肉條，驚詫萬分，問道：「全蒸了？」

「嗯。」林卉想到吃飯的有四個大男人，熊浩初還吃得賊多，總覺得這點肉不太夠，想了想，又去翻了塊臘肉，兩塊肉一起塞她手上。

田嬸下意識摸了摸肉，瞅了她一眼，小心托著。

林卉又走到櫥櫃那邊，翻出家裡唯一的大碗公，走回灶台，將大碗公擺在台上，再把擱在裡頭灶孔的陶罐揭開，取了個乾淨的木勺，舀了滿滿一大碗的豬腸、豬肝、雞鴨頭腳。

聞不著啥味兒，醬色、材料卻是看得分明，田嬸咽了口口水，小心翼翼道：「全拿來晚膳？」

「嗯，第一天嘛，接風。」林卉將盤子擱在台上，又去摸雞蛋。「再蒸盤水蛋、炒份青菜就差不多了。」

田嬸瞪大眼睛看著她。「還、還蒸雞蛋？」

林卉回頭看她。「不愛吃？」

田嬸老實道：「有點多了。」不是說鄉下人都沒什麼錢的嗎？怪道能蓋大院子……

林卉心裡一動，停下腳步轉回來。「你們不是符家的人？」

田嬸笑了。「我們不過是在符家鋪子下面混口飯吃的，哪裡算得上符家人。」

林卉明白了，只是在符家鋪子裡打工，難怪這般謹小慎微的。轉念一想，若是高門大戶裡出來的下人，指不定還怎麼狗眼看人低呢，還是現在這樣舒服些。

做的菜不複雜，又有田嬸幫忙，這頓晚飯準備得頗為輕鬆。即便有人幫忙，林卉也依然自己掌勺。她自己來，還捨得下油下鹽，萬一田嬸給她玩節省，燙了一鍋寡淡無味的菜出來，別說她自己不一定吃得下，那被她養刁了胃口的一大一小也指不定吃不下……

果不其然，看見林卉挖了一勺豬油下鍋炒菜，田嬸眼睛都看直了。

最後，桌上擺了一大份蒸熏肉，一大碗公滷菜，一盤蒸水蛋，加上一道蒜蓉炒空心菜。

林卉想了想，又燒了道茄子，湊了滿滿當當一大桌。

田嬸瞅著不對，小心翼翼建議她把菜分成兩份。林卉眨眨眼，明白過來，自己還是未出嫁的姑娘家，即便有熊浩初這個未婚夫在，跟外男同桌吃飯總歸不太好，分開吃大家都自在，想明白這點，她麻溜地拿出盤子將菜分成兩份。一份讓田嬸帶過去熊浩初那邊屋子，一份留著她跟熊浩初、林川吃——唔，蒸水蛋不好分，乾脆全讓她帶過去了。

她原本還在愁家裡碗筷不夠來著，湊上熊浩初家裡的，勉強也算夠了，唔，回頭得去城裡買點碗筷碟子啥的了。

剛安排妥當，熊浩初一行便回來了。

林卉先不忙跟他說話，朝他身後的幾名匠人溫和笑道：「你們辛苦了，晚膳已經備好了，田嬸正在熊大哥那邊等著你們，你們趕緊去用飯吧。」

幾名工匠喏喏，遲疑地看向熊浩初，熊浩初擺手。「去吧，吃完飯我再過去找你們。」

幾人躬了躬身，退了出去。

熊浩初轉回來，將抓在手裡的畫軸遞給林卉。「我讓人改了——」

林卉好笑地接過畫軸，一努嘴。「待會再看，先去洗手，該吃飯了。」

熊浩初瞅了她兩眼，確定她沒了下晌的惱意，微微鬆了口氣，點頭。

林卉將畫軸放在堂屋條桌上，轉身進了廚房。「川川過來幫忙。」

剛洗過澡的林川蹦蹦跳跳跟過來。「好！」

熊浩初洗完手也湊過來幫忙端菜，很快，三人便坐下來開吃，林卉瞅了眼大口扒飯的熊浩初，默默把想問的話給咽下去。

倒是熊浩初扒了幾口飯後想起什麼，轉頭看她。「對了，妳要找的先生，有眉目了。」

林卉想了片刻才反應過來，看了眼林川，問：「是給林川開蒙的先生？」

林川聽到自己名字，跟著抬頭看過來。

「嗯。」熊浩初解釋道：「有位老大人上月乞休，他是本縣人，想念老家的鄉親，特地回來住一段日子，待個一年半載是沒問題。他怕這段日子閒著沒事，想找個懂事的小童帶著，權當是打發時間。」

退休官員？林卉皺眉。「人可靠嗎？咱們家川川就是個鄉下小孩，他會不會不樂意？」

熊浩初挑眉，似笑非笑地看著她，林卉被看得莫名其妙。「幹麼——」靈光一閃，她瞪大眼睛。「這位老先生你認識？」

「還算熟悉。」

林卉舒了口氣。「那就好。」斜了他一眼。「看來你也不簡單啊。」

熊浩初唇角微勾。「還行。」

林卉皺皺鼻子。「那又怎樣，你現在也不在軍中了，回村啃老本也啃不了幾年。」她一揮筷子。「以後好好幹活、好好掙錢，知道嗎？」

熊浩初莞爾，點頭。「好，聽妳的。」

林卉這才滿意，轉而又問：「你說這位先生只在這兒待個一年半載，那他若是走了，川川怎麼辦？」

「不擔心，一年半載足夠我們慢慢找個好先生了。」

林卉一想也是。「那束脩怎麼說？」

「改天送點禮過去便成了，老人家不差那點束脩。」

林卉一想也是，遲疑道：「那這事就定了？」

熊浩初點頭。

林卉扭頭看向林川，後者茫然看著她，她摸摸他腦袋又問：「先生在縣城，川川是不是要住到縣城？」

「嗯，等老人家那邊安頓好了，就把川川接過去。」

林卉不放心。「可他還這麼小……」

林川這會兒已經聽明白了，緊張地抓住林卉的袖子，眼眶都紅了。「姐姐，我不走！」

熊浩初先安撫林卉。「別擔心，老先生那邊有下人照顧，林川過去專心學習便好。」轉回來又教訓林川。「你姐姐掙錢養家，你難道就只會留在家裡跟小狗小雞玩耍嗎？你現在捨不得姐姐、不肯去學東西，以後怎麼安身立命、養家餬口？」

熊浩初難得這麼多話，又是板著臉，林川有些嚇著了，眼淚跟著便下來了。

林卉忙抱了抱他。「川川乖，你只是去縣城學東西，要是想家了就跟先生告個假回來，有空了姐姐也會去看你的，別擔心……」

好生哄了一頓，林川才好多了，只是這頓飯也吃得不香了，完了還一直跟著林卉不放，吃飯黏著、洗碗跟著，連她跟熊浩初討論房子佈局的時候也不肯出去逗狗逗雞了。

眼看小傢伙聽得腦袋一點一點的，林卉無奈，反正天也快黑了，她索性把畫軸捲起來，輕聲道：「有些地方我還沒看明白，明兒再說吧。」

熊浩初點頭，瞅了眼那牛皮糖林川，俯身抱起他，林川驀然驚醒，慌張地叫了句「姐姐」，待看清是熊浩初，急忙扭腰去找林卉。「姐姐……」

林卉心軟，伸手過去。「別急，姐姐抱——」

熊浩初轉身。「他太沈了，我抱著吧。」不顧林川委屈兮兮的神情，抬腳把他送進房裡。

林卉忙跟上去，熊浩初直接把人放到床上，她湊過去幫忙脫鞋子。

林川揉了揉眼睛，摟住她脖子，扁嘴道：「姐姐，我今晚要跟妳睡。」

林卉嘆了口氣。「好——」

「不許。」

林卉還沒回神，摟在她脖子上的胳膊便被掰開。再看，扁著嘴的林川已經被塞進被子裡。

「多大的人了，自己睡！」男人沈聲訓斥。

不等她說什麼，她就被圈著肩膀帶出房間，留下要哭不哭的林川一個人在屋裡。

再然後，林卉就被男人炙熱的氣息困在牆角處。

不同於上兩次的一觸即走，溫熱的柔軟在她唇上廝磨了片刻才離開。「妳是我媳婦兒，以後只能跟我睡覺。」

大哥，你吃一名六歲娃娃的醋，臊不臊啊？

在男人熟悉的氣息籠罩下，林卉羞窘不已，眼看男人又要再次貼上來，她情急之下找了個話題。「川川那位先生是年齡大了退下來才回鄉，你還年輕……你是自己辭官，不是犯什麼事逃回來的吧？」

「嗯？」熊浩初停住。「我還年輕？」他低笑。「沒記錯的話不久前有人嫌棄我年紀大。」

林卉擰了他一把。「別顧左右而言他，好好說話。」

熊浩初抓住她搗亂的手。「別擔心，我沒犯那謀朝篡位的事兒，咱們都是安穩的。」

林卉舒了口氣。「那就好。」

話音剛落，她的手掌便被捏著翻過來，然後被塞了幾張東西。暮色漸沈，屋裡光線有些暗，林卉看了好幾眼才發現那是銀票。

「怎麼——拿回來了？」林卉驚喜，連忙抽回手，藉著窗外微光仔細清點。

熊浩初看著她點，眸裡閃過深思。

一百兩、一百兩……還有張是五十兩的，總共只有四百五十兩，她數完銀票，皺眉抬頭。「那些青磚、幾名匠人就要五百五十兩？」

「我給了三百兩讓他幫著買些大件家具，還留了五十兩在身上，回頭給工錢。」

也就是說，二百兩是青磚跟請匠人的費用，林卉明白了。「那還差不多。」下一刻又緊張起來。「家具買啥樣的？」

熊浩初毫不客氣。「三百兩而已，隨他折騰。倘若買貴了，咱們不補錢，符三自己墊。」

林卉無語。

熊浩初摸了摸她臉頰。「卉卉。」

「……做什麼突然這樣叫我？」林卉抖了抖。「我雞皮疙瘩——」

「妳識字？」

「當然——」話題改變得太突然，她說漏了嘴。按照她原本的打算，是想等林川學字後拿他當擋箭牌來著，如今林川還沒識字，以她原身的出身和家境，她是絕對不可能識字的……

她心一沈，收起笑容，平靜地看著他。「識字如何，不識字又如何？」攥著銀票的手指捏得死緊。

熊浩初發現那幾張銀票在微微顫動，胸口彷彿被針刺了一般，突然什麼都不想問了。將面前嬌小人兒擁進懷裡，他輕聲道：「不如何，妳若是識字，家裡的帳就讓妳管吧。」

……只是管帳？林卉緊繃的神經一鬆，滿心的酸脹恨不得讓她把自己的來歷徹底坦白，可她不能。有些事情，永遠也不能說破。

腦袋埋在男人寬厚的胸膛裡，她的聲音悶悶的、低低的。「嗯。」

熊浩初撫了撫她後脖上的細髮，凝重的臉不知道在想些什麼，屋裡一時安靜了下來，直到他的視線掃過窗下條几上的針線簍子及隨意擱著的做到一半的衣裳——袖短且窄，一看就是孩子的衣服。

他立馬皺眉，林卉猶自沈浸在感動中，就被他扶著肩膀推開些許。

「這些錢都交給妳，以後妳管帳，我養家。」

林卉眨眨眼，點頭。「好。」

熊浩初又道：「咱家不缺錢，要換新衣，直接去鋪子裡買。」

林卉莫名其妙，好端端的，怎麼突然提起衣服？

「尤其是林川，正在長身體，衣衫換得勤，直接去鋪子裡買得了。」熊浩初頓了頓，輕咳。「妳若是空閒，多給我做兩身就好。」

林卉無語了。美死你！直接把人攆了出去。

第十章

一夜安穩。

第二天一早，她起來的時候，田嬸已經給菜畦澆過水，正坐在廚房裡燒水，看到她尚有些拘謹。

林卉看看天色，確認自己沒有起晚，才微微放鬆些。

做早飯、下地、收拾家裡，一直忙活到巳時，她才跟熊浩初坐下來翻開圖紙繼續討論。

把昨天看不懂的地方問清楚後，林卉開始說自己的想法。「我想在院子裡打口井，這樣以後用水也方便些。」

熊浩初點頭。

「我想把這邊牆改一改，做成雙層的。」

熊浩初不解。

林卉拉過圖紙，手裡拿著從廚房順來的炭條，指了屋子某處。「在這兒加個燒水間，冬日就在這兒燒水，煙道走牆，這樣堂屋跟這兩間屋子都能暖和些。」

熊浩初隨口道：「咱們這兒冬日雪少。」

不下雪也很冷啊。她早就翻過記憶了，這一帶應該是處於亞熱帶地區，冬天肯定不會凍死人，但該冷還是冷，若是遇上雨雪天氣，那彷彿滲進骨頭縫裡的寒意真的難受。

她揪住他袖子輕輕晃了晃。「這樣也不費什麼事，冬天可以舒服點嘛。」

熊浩初不過隨口一說，她一撒嬌，他立馬投降。「那就這樣改吧。若是冬日裡太冷了，我再讓人給妳盤個炕。」

那就太誇張了，林卉忍不住笑了。「這個就免啦。」有這份心意便夠了。

她看看左右，四下無人，扶著桌子半起身，飛快在他臉上啄了下。「謝謝大熊。」

熊浩初眉眼柔和。「這就高興了？」

「嗯。」林卉眉開眼笑。「這樣冬天就舒服多了。」下一刻垮下臉。「今年就難過了。」

熊浩初摸摸她的長髮，林卉再次振奮。「不說那些了，來，咱們接著說。」她再次扒拉圖紙。「浴間、廚房，還有這些地方，地上都要挖個溝槽，鋪上磚。」見熊浩初不解，她解釋道：「這樣方便下水，洗漱啥的，院子裡就不會到處濕答答的了。」

熊浩初若有所思。

「還有……」

對於以後要住進去的家，林卉有許多想法，如今兜裡有錢，熊浩初又放任包容，她自然要把自己的想法做出來。一個聽一個說，偶爾交換一個視線，間或拉把手、摸摸頭，屋裡氣氛溫馨又怡然。

「請問，這裡是林姑娘家裡嗎？」外頭陡然傳來高聲詢問：「林姑娘在家嗎？」

林卉頓住，下意識扭頭往外望。「這聲音聽著陌生啊。」

因著他們沒有成親，院門、屋門都是敞開的。不過他們坐在屋裡，所在的位置恰好被屋牆擋住，看不見外頭是誰。

「林姑娘？林姑娘在家嗎？」約莫是瞧見大門敞開，外頭的人不死心地繼續喊。

熊浩初皺了皺眉，摸摸她腦袋。「走，我陪妳去看看。」

「嗯。」

兩人放下圖紙，相攜出去。

外頭的人已經看見他們了，視線在林卉身上打了個轉，鬆了口氣地笑著問道：「妳就是林家姑娘吧？」

這人穿著藍布衫子，樣式跟村裡人常穿的裋褐不太一樣。模樣也是陌生的。

有熊浩初在身邊，林卉絲毫不懼，爽快點頭。「我是，你是哪位？」

「是就好、是就好。」藍衫男人行了個禮。「小的是知縣家的下人，奉我家大公子之命，前來給您送禮。」

知縣家的大公子？不就是在縣城酒樓遇到的那位羅元德？

林卉下意識看向熊浩初，後者的神色已經冷了下來，瞇眼看著外頭。

剛才那藍衫男子已經扭頭去招呼外頭，立馬有兩名十來歲的男孩抱著布疋、提著匣子過來。

藍衫男子轉回來，繼續笑說：「我家大公子說了，上回見面似有誤會，嚇著林姑娘了，這是他給姑娘的賠禮，望姑娘多多包涵。」

林卉一臉莫名，上回在場的可不止她一個，單給她送禮做什麼？她這般想，便這般問了。

藍衫男子笑容不變。「這小人可不知道，我家公子單吩咐我給您送禮來著。」

得，她已經不敢去看身邊人的臉色了。

果不其然，只聽身邊男人沈聲開口。「不需要，拿回去。」

光憑聲音都能聽出男人的心情著實不美麗。

那藍衫男人卻只掃了眼粗布裋褐的熊浩初，笑容不變，甚至帶上些許蔑意。「你是哪位？這禮是送給林姑娘，可不是給你的。」他們家早就查清楚了，上回在酒樓遇到的那位符公子雖然衣物不俗，但也就是個商人，據說是從淮州過來的大戶公子，月前剛在縣城買下一家半死不活的朋來客棧，有個在知州當官的遠親。這身分，他家公子可不放在眼裡。

而這位林家姑娘除了有個不頂事的未婚夫之外，家裡沒別的男人，他家公子便著急著要送禮來。

「我是她未婚夫，我說不需要就不需要。」

藍衫男人微訝。「喲，你就是林姑娘的未婚夫啊。」仔細又看了幾眼，嘖嘖兩聲。「林姑娘這樣仙女似的人物，竟然跟你這莽夫村漢訂親……按我說，雖說朝廷要照顧你們這些個娶不到媳婦的窮光棍，再怎麼照顧也得有些章程，那些粗鄙姑娘便罷了，林姑娘這樣的人家，求娶的人排起隊來能踏破林家門檻，哪能隨隨便便配給你這樣的糙漢……嘖嘖，真真是一朵鮮花插在牛糞上。」

這話似曾相識。林卉暗樂。只是吧，這話由她說出來，是他倆之間的情趣，由這不相干、甚至不懷好意的人說出來，聽起來就分外刺耳，這是要把大熊往死裡得罪啊。

熊浩初冷冷地盯著藍衫男人。「朝廷章程如何，輪不到你一個下人指指點點。現在，拿上你的東西，滾。」

低沈嗓音夾雜著冷冽冰霜，若是村裡人怕是早就嚇得跑掉了。藍衫男人卻無動於衷，甚至還頗為不屑地輕哼一聲。「虛張聲勢。」轉頭還朝林卉道：「林姑娘，我家老爺乃本縣知縣。妳不過十五歲，若是有什麼困難，我家公子都能幫上忙。」說著，還不忘斜睨熊浩初一眼，指的什麼事昭然若揭。

熊浩初的臉都黑了。

林卉縮了縮脖子。她也很無辜，可這爛桃花確實是衝著她來，她自然心虛。不等大熊說話，她忙開口拒絕。「不用了，我沒有困難，這些禮我也用不上，你都拿回去吧。」

藍衫男人連連擺手，道：「使不得使不得，我家公子吩咐了，這禮必須得親自交到妳手上，若是漏了一件，回去必定要受罰。」他擠出一副苦瓜臉。「妳若是不收，公子肯定要打斷我的腿。」

林卉皺眉。「平白無故——」

「拿回去。」熊浩初走前一步，擋在林卉身前，居高臨下地看著藍衫男人。

「你算什——」

「碰！」

藍衫漢子瞬間啞口。

聽著聲兒不對，林卉連忙探身去看——

嚇！她家院子左邊那半扇朝裡開的木門上赫然破了個大洞。

「你若是不拿回去，我現在就能打斷你的腿。」低沈的嗓音帶著無邊煞氣，森冷滲人。

林卉發誓自己聽到咽口水的動靜。

「你、你、你敢？」藍衫男人的目光艱難地從破洞移開，抖著手，指著他。「我是知縣家的管事，你敢打我？」

熊浩初面無表情地看著他。「你可以試試，看我敢不敢。」

藍衫男人打了個寒顫，後退一步。「你、你給我等著！得罪我們家少爺，有你好果子吃！」放完狠話，連人帶禮一塊兒跑了。

熊浩初輕哼一聲，林卉也鬆了口氣，但隨即轉身插腰怒斥道：「做什麼拿我家門洩氣，你賠我門！」

熊浩初已然收起渾身森冷，只眉峰還緊緊皺著。「門我待會修，現在，我們先算帳。」

「算什麼帳？」林卉心虛，下一刻又挺直腰桿。「關我什麼事？難不成還是我讓人給我送東西的嗎？你打爛我家門還有理了？」

熊浩初板著臉。「妳——」

林卉壓根不怕他冷臉，立刻打斷他。「還有，別以為我不知道，咱們訂親之前，里正還幫你跟好多人家談過親事呢，不比我這個嚴重嗎？我跟你算帳了嗎？」

劈頭蓋臉被訓一頓的熊浩初。「……」

「瞧這大洞！不知道我這裡只有手無寸鐵的弱女子跟幾歲小孩嗎？就那麼一扇木門都給我搗壞，你想幹麼？」林卉兩步過去，點著那個破洞，斥責道：「趕緊想辦法把門補上，不然你今天就別吃飯了！」說完，她重重哼了聲，扭頭進屋去。

被威脅的熊浩初。「……」

氣呼呼的林卉一躲進屋裡，怒容立消，鬆了口氣地拍拍胸口。哎呀媽呀，嚇死了，要是說慢一步，鐵定就跑不掉了。

因為心虛，她躲進後院，擦擦這個抹抹那個，忙忙叨叨老半天，熊浩初都沒有進來找她算帳，她才鬆了口氣。

過了會兒，外院傳來類似劈柴的聲音，林卉頓了頓，扔下手裡活計，磨磨蹭蹭走出去。

背對著堂屋的熊浩初正扶著一根不知哪來的木頭劈砍著，瞧那木頭高度，彷彿就是她家院門的大小。

林卉湊過去。「要補門了嗎？」

熊浩初似乎早就知道她走過來，頭也不抬道：「嗯，省得妳找出一大堆理由。」

林卉一時回不出話。

熊浩初抬眸，似笑非笑地看她一眼。「敢出來了？」

合著這傢伙摸清楚她心思了。林卉尷尬，嘟囔了句：「我有什麼不敢的。」

她裝模作樣看了一圈，又晃回屋後，看了眼四周，剛才一通忙活，連晚餐要做的菜都擇回來洗好了，這會兒也沒啥好忙的，轉頭又跑回前院，湊到幹活的熊浩初身邊。

林家的院門是傳統的雙開門板，每扇門的方框以榫卯方式拼在一起，中間嵌入幾塊豎狀木板，被熊浩初打穿的是左邊門板，只需要將洞穿的兩塊板子換掉就成。

林卉邊在他身邊團團轉，想給他幫忙卻無從下手，最後乾脆蹲在一邊，隨便撿了些話題跟他聊天。

兩塊板子的事，熊浩初很快便削好換進門板裡。

林卉咋舌道：「要不以後你去做木工活吧，照你這速度，肯定能掙不少錢。」

熊浩初看她。「妳這是擔心家裡沒錢？」

林卉皺皺鼻子。「我才不擔心，家裡還有好幾百兩呢，再說，我也能掙錢。」她剛賣方子得了二百兩，又有他昨天帶回來的幾百兩，他們家短期內都不用擔心錢的問題。

熊浩初莞爾，想了想，道：「那些雕刻功夫都需要多年浸潤，我除了力氣大些，別的也幹不來，真做木工估計不行。」

林卉扶額，她不過是調侃一句，這傢伙當真了嗎？

熊浩初又道：「不過我這幾天琢磨了下，有了個想法。」

嗯？林卉忙凝神細聽。

「我有力氣，田裡的活都能做得來。」他看著她。「我想把新家後面的山買下來，種些能賣錢的東西。」

包、包山頭？林卉瞪大眼睛。「那麼荒涼的山，要種什麼？」

村子西邊那座山，比北邊的山頭要矮上許多、也平緩許多，村裡人經常在山腳附近砍木柴，林子自然比別處的稀疏許多，可再怎麼稀疏，那也是接近原始山林，想爬上去連條路都沒有，要種東西的話，打理起來可不是容易的事。

熊浩初點頭。「沒事，我若是要做的話，會找些人來一起弄。」

「那就是要請人。」請人的話，也不是不行。林卉歪頭想了想，又問：「那你想種什麼？」她想到自己那奇怪的體質了，若是種東西，似乎還真的可行，甚至與她原來的想法不謀而合了。只是熊浩初手筆比她大，她原本只打算種一、兩畝地，這傢伙開口就是一座山。

「還沒想好。」熊浩初看著她。「妳在吃的方面比我懂，妳幫我拿個主意。」

「……」林卉白了他一眼，皺起眉頭，自言自語道：「在山上種的話，倒是適合果樹。一來果子可以吃，二來吃不完還能做果醬……只是適合種什麼果樹呢？」

她在這邊苦思冥想，熊浩初的視線掃過前院那株移植回來、長得鬱鬱蔥蔥的矮野梨，隨口道：「咱們村叫梨山村，這邊也適合梨樹生長，乾脆就種梨得了。」

「咱們這邊的野梨不是說又酸又澀——等等，」林卉大叫一聲。「秋梨膏！」她怎麼給忘了這個！她會做秋梨膏啊！

她雙眼放光，掰著手指開始數。「除了梨膏，果肉還能做成梨脯、梨乾、梨罐頭，梨葉、梨樹皮還能入藥……」

熊浩初挑眉。「好，那就種這個！」

林卉登時回神，瞪他。「你想啥呢？你說種就種啊，動動腦袋啊，要買山頭你要準備的東西多著呢，不說別的，光說錢，咱們那點錢可不夠折騰。」

熊浩初皺眉。「不夠嗎？」

「夠啥？幾百兩扔下去也就聽個響。」林卉撇嘴。「買座山頭起碼要好幾百兩不是嗎？這樣買了山，後面的活兒就沒錢使了。」

熊浩初無語。「誰告訴妳買山需要幾百兩的？」

林卉大驚。「這麼大片地，不用嗎？」

熊浩初合計了一番，估摸道：「咱家後頭那座山小小的，五十兩頂天了。」

林卉愣住。對啊，她忘了這時候還不流行炒地皮，山頭什麼的，確實不如田地值錢。

「可是……真的可以把一整座山買下來？政、官府會賣給我們嗎？」

「為何不行？」熊浩初不以為然。「荒山野地的，還不如田地值錢，能賣出去掙點稅錢，官府巴不得我們多買點。」

林卉怔怔地看著他。天啊，若是真能買下來，那她以後……豈不就是地主了？

OMG，不就是幾十兩嗎？買了！

多年貧民的林卉心裡發出吶喊！

買山畢竟不是小事，需要斟酌的事情頗多，兩人剛聊了些方向，田嬸便回來了，兩人遂把話題擱下不提。

門補好了，離晚飯也還有段時間，熊浩初跟林卉說了一聲就出門去了新房那邊。

熊浩初在新房直待到太陽西斜，請的人都已回去，連工匠都要用膳了，才離開。

中途他還抽空跑到鄭里正家，托他去打聽買山地的事，鄭里正如何吃驚不說，他扔下這個消息就跑了。

過了幾天，陰乾的梁柱送到了。

蓋房的地面估計這兩日也能整完，熊浩初吃飯時跟林卉提了一句準備開工了，又問了問她對新房還有沒有什麼想法要補充的。

該說的這兩日都說了許多，林卉暫時沒想法，聽他說要開工，隨口問了句。「那什麼時候燒香？」

她記得以前的人蓋房動土都有講究的，前面事情一件接一件的來，磚石剛送來那時，因為大熊放話要花錢請人蓋房子，一大堆人鬧哄哄湧過來幫忙整地，大夥兒沒顧上還說得過去。現在都要正式開工了，怎麼也得燒幾炷香吧？

誰知，她話音剛落，就見熊浩初茫然地回視她。

得，這傢伙完全沒想到這茬！林卉無語了。

不過，他年少就在外頭闖蕩，不懂這些很正常……幸好她問了。

對這些傳統習俗，她是抱持著寧可信其有的態度。畢竟她都穿越了，還有什麼不可信的呢？再者，這邊習俗如此，熊浩初若是不做，日後若是出點什麼事，指不定被人加上什麼神神叨叨的色彩，還不如一開始就把事情做全了。

林卉顧不上別的，裝了一籃子雞蛋，拽上熊浩初，風風火火地奔去村裡懂風水的老人家裡，請其幫忙算了個就近的好時辰。

恰好這一天的未時就是不錯的時辰，她一算，還剩下不到兩個時辰，二話不說，立刻要熊浩初進城去買香爐、蠟燭等物。

熊浩初無奈，只得又跑了趟縣城，等買好回來，已經踏入未時。所幸林卉還惦記著他沒吃午飯，給他留了飯菜，還熬了甜絲絲的綠豆湯。

熊浩初瞅了眼綠豆湯，有些猶豫。

林卉自然知他不喜甜食，勸道：「這綠豆湯我特地給你留的，不很甜，又擱水裡放涼了，現在喝正解渴。」

熊浩初這才勉強端起湯，先抿了口，確認不太甜，仰頭，咕嚕咕嚕幾口喝光，完了一抹嘴，抓起筷子開始扒飯。

林卉看他喝完綠豆湯，還沒來得及說話，就見他扒飯扒得飛快，無奈了。「你慢點，我給你留了很多，夠你吃的，也沒人跟你搶，你急啥啊。」

熊浩初這才慢下動作，一時間屋裡安靜了下來，聽著男人吃飯時碗筷輕輕磕碰的動靜，林卉開始整理他買回來的東西。

等她收完回頭，恰好看到熊浩初擱下碗筷。

林卉嚇了一跳，再看桌子，上面的飯菜已被一掃而空。「你是直接把飯菜倒進肚子裡去的嗎？」

她下意識去摸某人腹部，當然沒得逞，半路便被人抓住了。

「我一身灰塵和汗的，髒。」熊浩初解釋地說了句。

林卉瞪了他一眼，嗔道：「你以為我要幹麼？」

杏眼靈動，顧盼生姿。

熊浩初伸手一兜，托著她後腦勺往上送，同時俯身快速一「啾」，直起身，提起籮筐。

「時辰差不多了，走吧。」

死傢伙，一嘴油！

嫌棄不已的林卉直接給了這傢伙一巴掌，可惜後者不痛不癢的，還抬腳往外走。她翻了個白眼，跟了上去。

未時正。

熊家未來的房子空地上，已經擺上桌子、香爐、裝上茶水的土陶茶杯、果盤，以及五穀豐登盤。

林卉準備好這些，時間便差不多了，她忙拿出三炷香，遞給熊浩初，示意他趕緊點了去拜拜。

熊浩初依言點了香，朝四方叩拜了一遍，將香插到香爐上。

這樣大概就差不多了吧？林卉看看左右，都是些大老爺們，連個問話的人都——手裡突然被塞了三支香，她一臉茫然。

「妳以後也是熊家人，妳也上三炷香。」

圍觀眾人登時笑了起來，還有幾個年輕的吹起了口哨。

林卉鬧了個大紅臉，正想把香塞回去，熊浩初板起臉。「快點，吉時快過了。」

熊浩初轉頭四處張望，瞧見後頭的林川，大步過去，抓小雞仔似的把他揪過來，也拿了三炷香給他。「你也點三支。」

眾人愣住，這可是姓林的。

林川不知所措，看看他，又看向林卉，吶吶道：「姐姐……」

林卉還沒說話，熊浩初便沈聲道：「你今年六歲，在你成家立業之前，將來都會住在這裡，由我跟你姐姐共同撫養。即便你以後成家立業了，這裡也是你的家，年節走親也要回來，這三支香，你上得。」

林川年紀還小，聽得似懂非懂，林卉卻聽明白了。她滿心感激，看了眼圍觀眾人，抿了抿唇，朝林川點點頭。

她明白，眾人更是明白。林川本該無父無母寄人籬下，卻又有幸遇到好姐姐和好姐夫。也不知道算命好還是不好了……不過話又說回來，當初誰能想到孤身回來的熊浩初竟然有此家底呢？林家姐弟這是上輩子燒了高香啊……

不管眾人如何長吁短嘆，香還是繼續燒。

待林家姐弟上了香，熊浩初領著兩人又拜了拜，簡單的祈福拜拜便結束了，新房便正式開始動工。

搞定這一切，林卉鬆了口氣，繞著磚石、整平的地面晃了一圈，再提醒熊浩初等香燒完，香爐放哪裡、茶杯放哪裡，各種瓜果豆米怎樣收拾……好一通囑咐說完，確認熊浩初記住了，她才領著林川慢悠悠晃回家去。

她那嘮嘮叨叨的一大通話，聲音雖小，大夥多少還是聽到些，等她走了，臉上皆不由自主地露出些許揶揄。

有那爽朗些的漢子看看大夥，大著膽子打趣道：「熊小哥，你這門親事訂得不虧，瞧人什麼都幫你打理好了。」林卉忙前忙後的，大夥都有目共睹呢。

熊浩初頓了頓，「嗯」了聲，道：「我媳婦兒好。」

眾人噓笑。

「嘿，這還沒過門呢，就護著了。」

「護著便護著了，哪個爺們不護著自己媳婦呢？」

「咱可沒說不能護著，只是吧，他這話可讓人沒法接，誰家媳婦兒不好呢？」

「就是就是，我媳婦兒也很好。」

「喲明哥，昨兒才聽說你媳婦兒拿著燒火棍攆你兩里路，今兒就巴巴拍上馬屁了，這是生怕被踢下床了吧？」

「哈哈哈哈，對對，肯定是為了爬媳婦兒床。」

「怎麼著，難不成你們不想爬自家媳婦兒的床了？」

「去去去，你別挑事啊！」

……

剛翻好的空地上登時聊得熱火朝天，熊浩初第一次聽鄉親們聊天打趣，頗為新奇，乾脆站在一邊靜聽。

可惜大夥也不過說笑兩句，很快便有那醒過神來的提醒大夥該開工幹活了。

如是，每天晨起後一家子都陷入忙碌之中，早上弄完幾畝稻田，男丁就得跑去新房那邊忙活，林卉則得趕回去做飯收拾。

田嬸每日都領了米麵菜瓜去熊浩初那邊做飯。現在多了幾口人吃用，林家後院菜畦裡的菜頓時不夠了，林卉只得東家買一些、西家湊一點。除了蔬菜，她每隔一天會有一頓給加上幾枚雞蛋，或是切塊臘肉，讓工人們吃得不至於過於素淡。

聽著少，竟也讓這幾名工匠並田嬸感激不已，幹活更賣力不說。

很快，十天就過去了。

這一日，熊浩初幹完地裡的活兒後，帶上幾兩碎銀進城，換回來一籮筐的銅板。

按照他跟鄭里正商量好的，他請村裡壯勞力蓋房子，十天結一次帳，而今天，就是結帳的日子了。

前幾天他已經按照林卉的想法，削了二十塊大小差不多的長方形薄木片，每塊木片一面分別寫上工人大名——當然，是林卉拿炭筆寫的——反正別人不知道熊浩初識不識字，若有人問起，推到他身上便是了。

一張方桌、一籮筐銅板、一籃木片，還有一盒磨開的劣質硯台，梨山村首輪蓋手指印簽收工資大會，正式開始。

發錢的地點安排在新屋前，熊浩初把茅草屋裡唯一的桌子搬出來，往空地上一放，再加上一籮筐的銅板、一籃子寫好名字的木片，場子就擺出來了。

每人工錢一天六文，十天下來，便有六十文。林卉提前把銅板用細繩串好，十文一串，每人只需發六串，方便又省事。

這會兒是酉時，正是停工的時候——鄭里正找的這些漢子著實實誠，從來都是提前到，到點了再忙好一會兒才罷手。

熊浩初這陣仗一擺出來，再算算日子，大夥還有什麼不明白的？登時都有些激動。

熊浩初也不含糊，拍拍手招呼他們。「過來。」

大夥你看看我、我看看你，皆不好意思上前。

熊浩初皺眉。「趕緊的。」

大夥在他這兒幹了十天活，對他也多了不少瞭解——熊浩初這人除了話少力道大，與常人並沒有什麼兩樣。只是他長得高大冷肅，又有那過去的經歷擺著，他這一皺眉，便有那膽子小些的乖乖聽令。

畢竟是好事，有帶頭的，其他人忙不迭跟上。

幾名匠人則笑呵呵地旁觀——他們幾個的工錢是另算的，待房子蓋好，熊浩初才會一併結給他們。總歸他們吃住都有熊浩初負責，也不差這些日子。

很快，桌子前面就排出一條歪歪扭扭的隊伍。熊浩初長腿一勾，將裝著銅板的籮筐踢到跟前，再俯身，接連抓了幾把銅板串放面前，一串一串的銅板堆在桌上，隊伍前頭的幾名漢子眼睛都看直了，視線隨著熊浩初的動作挪移，後頭的漢子也是探頭探腦。

準備好了的熊浩初看向隊伍，領頭之人對上他的視線，緊張地咽了口口水。

熊浩初看了這人幾眼，拉過桌邊裝著木片的小籃子，翻了片刻，找出一張，抬頭確認。「陳添福？」

「哎哎，是我，是我。」那名漢子搓了搓手。

熊浩初點頭，從銅板堆裡劃拉出來六串，示意他拿上，然後指向右邊的硯台，道：「拇指沾點墨，在這塊牌子上蓋個手指印。」

陳添福小聲問了句。「這是要幹麼？」

熊浩初隨口道：「領了這次工錢就蓋一個指印，回頭好計數。」這是林卉教他的法子。林卉在現代待慣了，涉及錢財這等東西，習慣要簽收。但村裡識字的人少，讓大夥簽名不實際，她乾脆用木片加名字，領一次錢蓋一個手指印，回頭若是出了什麼糾紛，也好有個證據核實。

熊浩初覺得小心無大錯，聽了她的話，覺得理兒不錯，反正也不費什麼功夫，就按照她說的做了。

陳添福似懂非懂，將六串銅板抓過來，拿衣襬兜著，再伸出拇指，在墨水裡沾了沾，朝熊浩初推過來的木片上摁下去，略有些粗糙的木片上頓時多了個手指印。

熊浩初點點頭，撿起木片隨手一扔，「啪」地一聲輕響，木片被扔進還有些許銅板的籮筐裡。他接著道：「好了，下一個。」

陳添福舔了舔嘴唇，兜著銅板串，小聲問：「熊小哥，這些銅板，我、我這就帶走了？」

熊浩初抬眼看他，略有些無奈。「這是你的工錢，你不要？」

「要的要的。」陳添福連連點頭。

熊浩初下巴一點。「那就拿走，別擋著別人領錢。」

陳添福回頭看，對上一眾怒目，立馬打了個哆嗦，兜著銅板串麻溜讓開，站到邊上看著。

熊浩初沒管他，搜了眼後頭湊過來的漢子，再次翻揀牌子，問：「邱大虎。」

「是！」後頭那人興奮上前。

熊浩初紋絲不動，再次劃拉出六串銅板。「拿走，手指蘸墨，在這兒蓋手指印。」

「哎哎。」邱大虎麻溜地將銅板塞進衣襟，一手托著銅板，一手蘸墨摁指印。

「啪。」

熊浩初撿起木片一扔——

「下一個。」

邱大虎喜孜孜走開，站到陳添福邊上。

陳添福靠過來，瞅了眼發錢的熊浩初，低聲道：「這就領了……」他低頭看看衣兜，聲音不自覺發顫。「這就領了六十文？」

邱大虎笑話他。「瞧你這沒見過世面的模樣。錢都到你手裡了，還有什麼不敢信的？」
「哎哎，」陳添福砸吧兩下嘴巴，感慨道：「咱們這是攤上好事兒了。」
「那可不。」
「做十天有六十文，做一個月就有一百八十文，兩個月就是三百六十文……」陳添福又看了眼熊浩初，聲音再次壓低幾分。「大虎啊，你說，要是這房子一直蓋下去……」
邱大虎一聽，覺出味兒，登時嚇了一大跳，忙噓他，低聲罵道：「你傻了啊？幹一天活就能掙一天錢，誰不想來插上一腳。這還是里正看我們本分、幹活索利才找我們，拿了錢你還不賣力幹活，還想著偷懶、拖延時間，你這是不想幹了？」言外之意，不想幹的話，村裡多的是想分一杯羹的。
陳添福急忙搖頭。「哪能呢，我就那麼隨口一說，拿了錢呢，不幹活不得虧心死了。」
邱大虎臉色這才好看些。「正是這個理兒。」
正好下一個領了錢的漢子湊過來，聞言，笑呵呵接了句。「啥理兒呢？」
邱大虎隨口搪塞。「咱們在說熊小哥說話算話呢。」
那漢子點頭。「確實。」頓了頓，他又道：「托熊小哥小倆口的福，我家今年可是要好過許多了，趕在天冷前，應該能給家裡都做上一身厚棉衣。」說到後面，他臉色都有些感慨。
邱大虎一怔。「怎麼感謝兩口子了？不是熊小哥蓋房子嗎？」
「嘿，林家丫頭前些日子教了大夥做肥皂，我家婆娘跟著學，賣了幾塊了，也掙了幾個錢。」漢子樂呵呵。「緊接著熊小哥又蓋房子……這不，前前後後的，都是得感謝他們兩口子嘛。」

邱大虎兩人恍然大悟，漢子兀自繼續。「我瞅著啊，這兩口子都是能掙錢的主，又都是厚道人，咱們以後仰仗他們的地方估計多了。」

邱大虎兩人面面相覷。

不到一刻鐘，二十個人的工錢就發放完畢。熊浩初將剩下的銅板串掃回籮筐，再把裝著木片的小籃子放進去，朝眾人道：「明兒記得準時上工。」

「哎，知道了。」

「忘不了忘不了，熊小哥放心！」

沒說話的漢子也是點頭。

熊浩初點點頭，揹起籮筐，端起硯台，朝旁觀的工匠們道：「桌子交給你們了。」田嬸已經做好晚飯，正站在木屋前朝這邊張望，這桌子由他們搬回去用膳剛好。

待工匠點頭，他才端著硯台往林家走去。

他去林家如何自不必詳述，二十名漢子如期領了工錢的事，不到半個時辰便傳遍了整個村子。

當然，旁人對她、對熊浩初如何議論、如何評價，她也不太關心——自己的日子過好了，才是真的好。

這天，他們一家三口剛用過飯，鄭里正神情嚴肅地過來了。

彼時林卉剛把碗洗了，聽見說話聲便走出來，正好聽到熊浩初沈聲問了句。「為何不賣？」

「我托陳主簿打聽過了，聽說是縣令公子想要那座山，把這事兒給壓下來了。」

林卉頓足。

熊浩初靜默片刻，點頭。「我知道了。」

鄭里正有些遲疑。「要不，你再看看別處，咱這塊窮山地，別的不多，山坡野地多的是。」

「不急，這事我會處理。要是買不下來，我再找你商量換塊地方。」

「哎哎。」不是不買了就好。鄭里正也不問他怎麼處理，只是連連點頭。「那我等你消息。」

送走鄭里正，熊浩初轉身，看到林卉，似乎毫不意外，隨口問了句。「洗好碗了？」神色如常，絲毫沒有被搶了山頭該有的憤怒。

林卉看了眼里正離開的方向，小聲問：「縣令公子是不是那個羅元德？」

熊浩初立即蹙眉。「妳倒是把人家的名字記得實實。」

什麼時候了還顧著吃這些莫名的飛醋，林卉無語。「說正事呢。」

熊浩初渾不在意。「小事而已。」對上林卉擔憂的神情，他摸摸她腦袋。「還記得要送林川去唸書的事嗎？」他勾唇。「估計時間差不多了，我也正好去拜訪拜訪那位先生。」

林卉有些懵。買山的事跟林川唸書有什麼關——等等！

熊浩初提過的老先生……

她斜睨某人一眼。「看來那位老大人身分不低啊。」能跟這樣的人物套上關係，熊浩初原來的地位，想必也低不了。

熊浩初一臉淡定地解釋。「京官比地方官多了許多人脈，這些官兒若是還顧念前程，自然要謹慎小心些。」

懂了，林卉稍微放心了些。

這事兒一時半刻也解決不了，林卉沒再惦記，用過午飯，在田嬸的指導下開始醃酸菜。

這時節沒有白菜跟芥菜，豇豆卻正當時。

林卉自己不會醃酸菜，想吃就跟相熟的人家換，前兩天又換了一次，算上幾名匠人的分，拿了不少白麵去換，田嬸看得心疼不已，建議自己醃一些，十來天便能吃了。

林卉大喜，忙不迭讓熊浩初去隔壁村揹回來一個大缸，自己也找幾戶栽種豇豆的人家，花錢買了一大堆，多得讓田嬸嚇了一大跳。

別說，最近她家用菜多，每天都得花幾文錢買菜，村裡好些人家都把自家菜畦擴大了，見面看到她都會問上一句。「卉丫頭，我家的菜差不多可以摘了，要嗎？」

這也算是帶動村裡的種植業了？林卉心裡暗想。

話又說回來，這時候沒有相應的栽培技術，也沒有成熟的冷藏技術，她若是不多積點酸菜，入冬後，難不成一個冬天光吃白菜、蘿蔔嗎？

回憶起原身往年冬天吃的菜色，林卉就覺得膩味，再看這一缸豇豆，頓覺不夠。若是這一缸成功了，她再多泡幾缸，反正酸菜能放，不怕多。

買回來的豇豆昨天已經清洗乾淨晾在院子裡，大缸也用開水燙過並晾乾。林卉將晾乾的豇豆堆進大缸裡，根據田嬸的指點放入足量的薑片、蒜瓣，然後倒入早上熬製好的鹽水——鹽水裡還要加些許糖，再倒上一些她特地打回來的農家自釀米酒，最後拿舊棉布把缸口封住，上面再用木蓋壓實，就完事了。

聽著簡單，但要用的薑片、蒜瓣數量太多，兩人也是折騰了許久。

離晚飯還有些時間，田嬸跑去新宅那邊搭把手，林卉閒著沒事，便抓了塊抹布到處擦。這裡沒有水泥地，到處都是土，隨便颳點風，屋裡必定蒙上一層塵，家裡桌椅、架子什麼的，天天都得擦，屋子乾淨清爽了，住得才舒服——

「有人在嗎？」正在忙時，外頭有人喊門，聲音聽著挺陌生的，同時響起的，還有她家兩隻小狗崽的低吠。

林卉抓著抹布走到門口，朝院外望去。

敞開的院門外正站著一個中年人，身上裋褐合身整潔，除了沾了一身塵灰，看起來頗為爽利。

看到林卉，他眼睛一亮，上前兩步，恭敬拱手。「敢問這兒是林家嗎？」

不是村裡人。林卉走下台階，停在屋門前，問：「是，不過我們村裡好幾戶姓林的，你要找的是哪個林家？」

中年人臉上帶笑，拱手道：「若姑娘家裡只有姐弟二人，便是我要找的人家了。」

林卉皺了皺眉。「那沒錯。你找我們家有何事？」

中年人臉上的笑容更真切了幾分，只見他掏出一張拜帖，雙手平舉向前，道：「我家老爺日前剛安頓好，想起舊友之託，特令我跑這一趟，邀請你們姐弟二人明兒入城，跟我家老爺吃頓便飯。」

老爺？舊友之託？林卉立即想到熊浩初口中所說的乞休老大人。

但最近遇到的意外有些多，她帶著幾分戒心停在原地不動，謹慎道：「男女授受不親，我家如今只有我一人，貿然接你帖子不太好，你在外頭稍等片刻，我未婚夫馬上就回來。」

不過是接個帖子，她這要求其實有些過了。

「好的好的。」中年人卻滿口應下，甚至體貼地退後兩步，站到門外，朝她拱拱手。「林姑娘請自便，我在這稍等片刻便好。」

林卉鬆了口氣。看來川川這位老師家裡，規矩不錯。

好在，沒讓人在外頭等多久，熊浩初和林川便回來了。

看到那中年人恭敬地朝熊浩初行禮，林卉扔下抹布跑出去。

「……以後跟著村裡人叫我熊小哥便好了。」

「這怎麼行，小的——」

「熊大哥！」奔到門口的林卉看看兩人，朝熊浩初問道：「你認識他？」

熊浩初點點頭，介紹道：「這位是韓大人家的管事，跟著主家姓韓。」

還真是相識的人家。林卉忙轉過來朝那中年人、也即是韓管事行禮。「韓管事，適才真是失禮了，竟讓你在外頭站著等。」

「林姑娘客氣了，您不過是為安全著想，情有可原，何須掛齒。」韓管事恭敬回禮。

「韓管事今兒過來，是不是韓大人有什麼事？」

韓管事連忙將手上的帖子往前遞。「老爺託我給您和林姑娘下帖子，邀請你們明日到縣城一聚。」

熊浩初順手接過來，翻了翻，先將寫著「林姑娘親啟」的帖子轉手遞給林卉，自己拆開了另一份一目十行地看了起來。

趁他低頭看帖時，韓管事看向安靜的站在一邊的林川。

裝文盲的林卉接了帖子自然沒翻開，見韓管事在看林川，心裡一咯噔，忙跟著看過去。

小傢伙早上跟著下地抓蟲除草，午覺後又蹦躂去新房那邊，身上又是泥又是土的，尤其袖子跟褲腳，髒得完全看不出布料原來的顏色，也就剩下臉還算能見人了。

林卉絕望地閉了閉眼。得了，這泥猴樣，人家怕是要看不上了……

恰好熊浩初看完帖子，道：「告訴韓老，我們明天必定準時赴約。」

韓管事笑著拱拱手。「那小的就在府裡恭候幾位大駕了。」

林卉忙插嘴。「都這個點了，韓管事不如留下吃頓便飯再走吧？」

「謝林姑娘美意，只是天色不早了，小的得趕回去向老爺回話。」

熊浩初也點頭。「你對路況不熟，還是早點回去的好。」天黑趕路可不是鬧著玩的。

林卉一聽也對，遂不再留。

送走韓管事，林卉轉頭瞪向林川。「讓你去幫忙，怎麼弄得跟泥猴似的？」

林川看看熊浩初，不服道：「熊大哥也這麼髒，妳怎麼不說他？」

「他又不需要找先生！」

林川嘟了嘟嘴，看看自己袖子，委屈道：「先生是不是不喜歡我這樣髒的小孩？」

林卉頓時後悔了。「不是的，沒關係的，剛才是姐姐太急說錯話了，這是川川給家裡幫忙的象徵，姐姐不應該說你。」完了還蹲下來抱抱他。「要是先生不喜歡，咱們也不用著急，再找一個先生就是了。」

林川立刻高興了，「嗯嗯」兩聲。

熊浩初摸摸他腦袋，朝林卉道：「別擔心，老人家不是迂腐之人。」

有了大熊這話，林卉略微放心了些。

進了堂屋，攆著一大一小去洗手擦臉，順帶把廚房裡的菜飯盛出來，林卉才有空仔細看自己手上的帖子。

信封上寫的是林家長女親啟，應該是自己沒錯，字跡帶著幾分灑脫寫意。人說字如其人，若這帖子是韓大人親筆，倒是能讓人放心不少。

帖子言簡意賅，大意是住處已經歸置好，明日午時掃榻相迎云云，落款是嵅州潞陽韓博遠。

嵅州潞陽正是他們這裡。這位韓大人真是他們這兒出去的？

恰好熊浩初端著那鍋燉菜出來，林卉順口問道。

熊浩初「嗯」了聲。「不過他舉家搬遷已經幾十年，回來一遭也就是解解鄉愁。」

林卉感慨。「幾十年，怕是沒什麼認識的人了。」倒是跟大熊不一樣，他出去才幾年，回來還有這麼多人記得他做過什麼，不過……

林卉想到一個問題。「新朝剛建幾年，他離鄉這麼多年，都是在當官？」那豈不是……

熊浩初懂她意思，解釋道：「他確實一直在當官，以前他都在西邊那片地兒任職，後來戰起，他領著鄉民避到山裡，躲過了戰亂，等到新朝建立，急需穩定，他又被拉出來繼續當官。」

林卉懂了。看來這位韓大人現在退下來，還是有些政治因素的。年紀大不大另說，經過幾年，朝廷已然安穩，也應該已經拉起了新的班底，他這種前朝遺留下來的人，也是時候退位讓賢了。

她這般想，也這般感慨了一番。

熊浩初看著她，眼神幽暗莫名。

——未完，待續，請看文創風873《大熊要娶妻》2

2020年8月出版

厲害了，娘子

文創風 870～871

扶不起的紈袴，比扶不起的阿斗還難對付，
怎知這頑劣的男人，最終會是她銅牆鐵壁般的後盾……

愛情的樣子是認輸、賣乖加賴皮／熹薇

牧斐，擁有令人咋舌超強背景的男人──
太后是他姑祖母，樞密院使是他舅爺，威武大將軍是他父親……
可惜，雖生在將門之家，卻是個紈袴子，功夫不會、讀書不行，
整日賭錢、聽曲兒、混酒樓，哪裡敗家哪裡去。
一朝馴馬摔破頭，整日神志混亂、滿口胡話、驚怖異常，
家人無計可施下，選了個八字最硬的女子入門為他沖喜，
怎料榮登最驚嚇開箱──來者竟是之前被他整得夠嗆的秦無雙！
原以為她是懷著報復之心，前來牧家搶錢搶權搶人的，
誰知劇情一路脱稿演出，秦無雙不但自立自強超會賺，
還對他這副好皮相以及花式賣乖表示極其無感。
心高氣傲的他，怎堪忍此折辱，這愛情的坑，她不跳，他來跳！
殊不知，秦無雙竟是重生歸來，不但要還他曾救她的人情，
還要阻止前世秦、牧兩家含冤莫白、家破人亡的一連串災難……

2020年7月出版

好運綿綿

文創風 867～869

年前，有個瞎眼老道上門算命，
指著還是個嬰兒的她說：在家旺家，出嫁旺夫！
她若真有福氣，上輩子怎會落了個不得善終的下場？

口甜如蜜沁心脾，體貼入微送暖意／采采

綿綿，家裡做生意成嗎？妳爹能中秀才嗎？這位當妳四嬸好嗎？
面對奶奶各種問題，小名「綿綿」的姜錦魚很是無奈，
她從不認為自己有好運，爹能考上秀才，是爹平常的努力。
有了重生的奇遇，她也只是比上輩子懂得珍惜，
偏偏奶奶莫名信了這套，她只能認真的回應。
身為女子，無法考科舉，又還只是個孩子，
乖巧、利用年齡優勢逗樂大人，這是她如今唯一能做的。
時光飛逝，很快就要過年，在鎮上讀書的哥哥也該回家了，
她扳指頭算時間，緊盯著門口預備準時迎接對方，
未料這次歸家的除了哥哥，還有一位來作客的冷漠少年。
少年名為顧衍，親娘早逝，爹在京裡是高官，
分明身分高貴，卻到這偏遠的小鎮念書，
這大過年的，竟然有家歸不得，得在他們這農家作客，
雖不知箇中原因，可她忽然覺得這個俊秀的少年可憐極了……

2020年7月出版

富貴桃花妻

文創風 864～866

今朝落難又如何？她偏有本事再來過。
明日桃花盛開，便是春風得意之時！

慧眼識夫 情有獨鍾／凌嘉

她名叫桃花，可穿越後即遭狠心的養父母毆打賤賣，前途簡直太不燦爛，
計畫逃跑又出師不利，竟被冷面將軍顧南野當成刺客抓起來，險些小命休矣。
雖是誤會一場，但生計無著，她只好賣身給將軍府，孰料卻是掉進了福窩～～
顧家母子真是佛心的雇主，顧夫人供她吃喝，帶她赴宴，教她理家讀書，
而顧南野不過臉臭了點，其實是個大好人，還使計助她擺脫養父母的糾纏，
卻因征戰四方保家衛國，得了殺人如麻的惡名，但也只得默默認下……
將軍心裡苦但將軍不說，她瞧得明白，決定利用前生本事與原身記憶幫一把，
寫寫話本替他洗白名聲，結果紅遍金陵城招來官府注意，繼而捲入人命官司。
唉，她想低調待在顧家安居度日，結果惹出這麼多是非還脫不了身，因為——
最大的風波並非她揭穿顧南野被黑的真相，而是她那太有哏的身世鬧的啊……

未了情緣穿越再續　古今交錯情生意動／灩灩清泉

2020年6月出版

豪門小農女

前生英勇殉職，怎麼再醒來卻變成弱不禁風的農村小丫頭？
連門檻都跨得喘吁吁，手無縛雞之力，怎麼在異世活下去？
而且她不僅自己穿來，連警犬小夥伴與前世戀人也一起來了——

文創風 854 1

夏離沒想到自己為了緝毒而英勇殉職，在別人眼裡是個真英雄，
卻穿到這個不知何處的小農村，只能當個連門檻都跨不過的弱丫頭！
弱就算了，這戶人家雖是孤女寡母，偏又有點銀錢，惹得村裡人人覬覦，
不是想娶她母親當續弦，就是想塞個童養婿給她，連自家親戚都想分一杯羹；
看似柔弱的母親心志雖然堅定，但能支撐多久？不行，自己前世是警察，
雖然沒什麼能在異世賺錢的才華，但總能走穿越女的老路子——做料理！
如願賺到了第一張銀票，她正打算好好來應付家裡的極品親戚，
誰知竟然遇上前世的小夥伴——警犬元帥！原來狗也可以穿越，驚！

文創風 855 2

以為早已失去的愛竟能尋回，對夏離來說比重活一次更教人激動！
只是，眼前的葉風不知是穿越還是投胎轉世？雖是長相一樣，卻又異常陌生，
見他似乎認不得自己，只把她當成一個農村丫頭，夏離的心又酸又澀；
但如今有機會再續前緣，管他是皇親國戚還是大將軍，
自己即使再平凡，也要想個法子讓他上心，成為能配得上他的女子！
不過越是壯大自己，她越是覺得自家疑雲重重，
母親夏氏從不提早逝的父親，對她的教養卻是按照大戶人家的規格，
她出身農村，即使未來經商賺錢也做不了貴女，為何母親如此盡心？

文創風 856 3

雖然早知意外救回的小男孩出身不同，夏離卻沒想到真相竟是如此——
他不但是名門公子，更是她同父異母的親弟弟！
誰會隨手救人就救到自己弟弟，她這手氣……等等，若他倆是姊弟，
那她夏離的父親根本不是什麼京城的秀才，而是鶴城總兵邱繼禮啊！
這下她的身世更曲折了，原來夏氏是生母最信任的丫鬟，
受主子之託，帶著襁褓中的她逃離邱家，隱姓埋名地養育她長大；
那個邱家究竟發生了什麼事，竟逼得主母連女兒都護不住，
而她那個渣爹一得知真相，竟急匆匆地找上門，到底是何居心？

文創風 857 4 完

原來自己不只是當朝將軍之女，因著早逝的母親，還跟皇室有關係呢！
但就算是半個皇家親戚又如何，母親被太后齊氏所害，父親遠遁邊城，
外祖家楊氏一族流放的、死去的，加上被圈禁十多年的大皇子表哥，
她實在看不出自己的身世尊貴在哪裡，根本活得小心翼翼、如履薄冰；
不能曝光她的真實身分，可若是她膽怯了不敢回京，
又要怎麼為冤死的生母復仇、討回公道、洗刷楊氏的冤屈 ?!
只是她身分特殊，當朝的皇子又個個蠢蠢欲動，自己像個朝廷的未爆彈；
眼看朝堂風波將起，她真能藉機為楊家翻案，更為自己正名嗎……

大熊要娶妻 1

國家圖書館出版品預行編目資料

大熊要娶妻 / 清棠著. --
初版. -- 臺北市 : 狗屋, 2020.08
冊 ; 公分. --（文創風）
ISBN 978-986-509-129-3（第1冊 : 平裝）. --

857.7　　　　109009845

著作者　清棠
編輯　黃淑珍　李佩倫
校對　周貝桂
發行所　狗屋出版社有限公司
地址　台北市104中山區龍江路71巷15號1樓
電話　02-2776-5889～0
發行字號　局版台業字845號
法律顧問　蕭雄淋律師
總經銷　知遠文化事業有限公司
電話　02-2664-8800
初版　2020年08月
國際書碼　ISBN-13　978-986-509-129-3

本著作物由北京晉江原創網絡科技有限公司授權出版

定價260元
狗屋劃撥帳號：19001626
網址：love.doghouse.com.tw　E-mail：love@doghouse.com.tw